不遵礼法的是我，
胆大妄为的是我，
罔顾纲常的是我，
天下要笑话要斥骂的是我，
遗臭万年的是我。
只要能圆皇叔所愿，
又有何惧？

狼梦享
ENJOY LIVING

崖生 著

北京燕山出版社
BEIJING YANSHAN PRESS

目录

第一卷

驯养雏狼

废帝
第一章

中州宣和年间，天下九分，形如羲和倚日。日轮之处，即九州之枢，是为大冕。

宣和三年七月十一日，我成了一个废帝。

那是我登基的第三年。短短不过三年。

那一夜，宫变来得太过悄无声息，也太过突然，让我猝不及防。从龙榻上被拽下来时，我尚在梦中，梦见刚即位的那一年，我鲜衣怒马，踏着飞雪，凯旋入城，意气风发，满城百姓夹道相迎。睁开眼时，我的手脚都已戴上镣铐，被锁在自己的寝宫之中。

篡位的不是别人，正是我那一向深居简出、不问世事的四皇兄萧澜。他平日里去寺庙比去皇宫还要勤，最后却没有遁入空门，反倒一脚踏上了金銮宝座，禅意皮囊一脱，露出了豺狼本相，委实唱了一出精彩绝伦的好戏。他先是将我步步架空，后又将我软禁数日，逼我称病禅位，将皇位名正言顺地让给他。

我当然没病，但他自然有的是办法让我生病。

他日日派人喂我那号称能够强身健体的汤药，不足半月，我一副能骑善射的好身板便成了扶风弱柳的模样，连走路也要人搀扶。

一个连走路都需要人搀着的病秧子，自然不适合再坐在皇位之上。

我这位"德高望重"的皇兄不想让自己背上"弑君"的骂名，于是，我还有活下去的价值。我得活着，以一个废帝的身份活在世人茶余饭后的闲话之中，直到萧澜死的那一天。

宣和三年十二月，我举行了一场隆重的祭天仪式，宣布自己禅位给萧澜。

那日，乌云漫天，大雪纷飞，我拖着病体，身披华美的绛红皇袍，像登基那天一样，在文武百官的注视下走上烈火燃烧的社稷坛，行告天礼之后，亲手摘下皇冠递给萧澜。

我那时咳得厉害，连站也站不住，一头长发披散下来，样子很狼狈。萧澜装模作样、毕恭毕敬地接过皇冠，浓黑的眼眸里满是笑意。宣表官员诵念禅位诏书的声音洪亮，敲钟擂鼓的响声震耳欲聋，可我还是听见了萧澜对我说的一句话。

他说："萧翎，比起展翅的雄鹰，你还是比较适合做一只笼中鸟。"

话音刚落，骤然狂风大作，将我那绛红的皇袍吹得猎猎作响。

我明白萧澜为什么会对我说这句话。我自小便是父皇最宠爱的子嗣，而萧澜则是备受欺凌、可有可无的那个。年少无知时我常常欺负他，萧澜比我大九岁，面对欺凌，他从来都是打不还手、骂不还口。我知道他对我的嫉恨由来已久，这是一场蓄谋已久的报复性的掠夺。

父皇折断他的羽翅，如今他便要来折断我的。我登基时，他托人送来一只名贵的金丝雀作为贺礼，当时我还不懂他是何意，如今终于懂了。他从幼时便养了一只鸟儿，近年来更是置于寝宫的书桌上，时时逗弄，原来竟有此深意。

而我，居然曾经相信他那些年的低眉顺目、无欲无求是真的。

我将目光投向了社稷坛中的熊熊烈火，想起宫变的那一夜，那些被关在禁苑里烧死的人，我的亲信、我的妃嫔，还有伴我长大的侍女梁笙。她算得上是我最亲近的人，从小就服侍我，总在我心情沮丧时安慰我、鼓励我，登基后我本想给她一个嫔的名分，却因她出身低微遭到百官的反对，我本想执意为之，她却顾全大局，说自己不在乎虚名，只要能伴我左右就已经心满意足，甚至以命逼我放弃。为了将她留在身边，我也只得暂时作罢，但我对她的信任，甚于任何一个妃嫔。

他们死前挣扎的身影仿佛在烈火中重现于我眼前，烧穿了我的眼睛，也烧到了我的心里，使我的咽喉泛出一股子血腥味来。

我张了张嘴，将一口血尽数吐在了萧澜的袖摆上。

然后，我抹了抹嘴笑道："萧澜，你最好现在就杀了我，否则你将来一定会后悔。"

萧澜也笑了，对身边的侍卫们吩咐道："太上皇病得厉害，撑不到祭天仪式结束了，快些扶他回幽思庭休息吧。"

我听着这个称谓，只觉得万般讽刺。我不过刚及弱冠，年纪轻轻，连子嗣也未有一个，就变成了太上皇。幽思庭是历来冕国帝王避暑度假之地，萧澜送我到那里，无非是想长长久久地将我软禁起来。

我被人半扶半架地拖下祭台时，看见了萧澜的几个子嗣。他们在今日一跃成为皇子与公主，我从他们稚气未脱的脸上仿佛看见了未来的腥风血雨。

那一刻，我厌憎他们，就像憎厌萧澜一样。

在我逐个打量他们的时候，一个稚嫩的声音忽然叫住了我。

"这是你掉的吗？"那个声音道。

我侧头瞧去，只见一个男孩站在我身后的楼梯上，身形在萧澜的那几个子嗣里显得最为瘦小。他头上梳着一个小髻，发间嵌着一枚黑木簪，约略十一二岁，容貌却一点也不像萧澜，生得高鼻深目的，一双眼瞳泛着隐隐的碧绿，显然有关外的异族人血统，让我想起十六岁那年在大漠上猎到的那只雪狼的幼崽。

当时，那只小狼崽子伏在我脚边，未生爪牙便凶相毕露，啃咬着我的靴尖要替它母亲报仇。

我把它逮住，拴了链子带回宫里。可任我软硬兼施，威逼利诱，都无法将它驯化成一只乖巧的宠物，终于在某个夜晚，它咬伤了我的手后逃之夭夭。我每每想起都耿耿于怀，就像想起关外那些凶狠贪婪、时时侵犯边境的蛮族人。

我登基前打过一次胜仗，替父皇夺回了他在位时失守的麒麟关，但那是一场我终生难忘的恶仗。

这萧澜，居然与关外的蛮子通婚。

呵，小杂种。

我想笑，可喉咙里袭来的一阵痒意让我咳了又咳，唇上又染了血。

那个男孩走近了些，一双碧绿的狼瞳般的眼眸直勾勾地盯着我的脸，没注意脚下的路，他一下子跌到我身前，被一个宦官慌忙扶住。他仰起头，举起胳膊，将手里的东西递给我，那是一块本该塞在我袖间的金丝锦帕，散发着毒药的幽香。

我垂眸看着他，心里生出一股戏谑之意，轻蔑地拭了拭唇角，哂道："这是孤赏你的，收着吧。那上面洒了神仙水，闻一闻能强身健体。"

自然不是，那丝帕染了我的汗液，我故意赏给萧澜的子嗣，虽然知道肯定无法毒死他，那一刻却心怀恶念，想将厄运一并传给他。后来每每想起，我都对自己的这一行径深感不齿，堂堂一个帝王，即使沦为废帝，也不该对一个孩子做出此等低劣之事。

那小狼崽子显然未作他想，将锦帕收进袖子里，仿佛是收了什么宝贝。

旁边的一个宦官小声提醒道："五殿下，还不快谢过你的皇叔？"

"谢……皇叔。"他吞吞吐吐，声音有种蛮族人的粗拙腔调，像不会说话似的。

萧澜的其他几个子嗣窃窃发笑。他们显是讨厌他的。

小狼崽子蹙了蹙眉，下颌紧了一紧。

我倒起了奇怪的兴趣，就像看见了当年的那只小狼，于是伸手拍了拍他的头顶，染血的手指却不小心在他的额头上留了几道血痕，鬼画符似的，很是滑稽。

男孩一愣，好像被我照拂了一般，眼睛都亮了一下。

我似笑非笑地挥了挥袖子，命侍卫们将我扶了下去。

后来我得知，原来那孩子是萧澜与他买来的蛮族舞姬的私生子，是一夜醉酒后的错误，是他的耻辱，甚至可能都不是他的亲生骨肉。

萧澜原本想将这个孩子扼杀在母胎里，谁知他给孩子母亲赐药的那一晚，电闪雷鸣，天降异兆。钦天监卜了一卦，说这孽种乃是萧澜命盘上不可或缺的七杀星，是所谓"为孤克刑杀之星宿，亦成败之孤辰，在数主肃杀，专司权柄生死"，萧澜便留了这孩子一条命，给他取名为萧独。

宣和四年年初，萧澜改元为永安，自此，他正式称帝。

自萧澜登基那日起，他减少了送给我那些导致身体受损的药的频率。大概是因为在祭典上看我咳血咳得厉害，生怕我死了，又或许是看我病成这副样子，没法兴风作浪了，终于放心了。于是，尽管我被禁了足，但也真被当作了太上皇，锦衣玉食地伺候着。

但我心里很清楚，我活着的价值不会一直保持，萧澜也不会真的容我得个善终。

来年入秋之际，我的身子稍微好转了一点，走路不用人搀了，但走得快一点还是会喘不上气来，一阵风刮来便要倒了。

我看过镜子里的自己如今这副样子，肤色比从前健康时要苍白许多，双颊却总是泛着奇异的红晕，配合那一对天生的细长风流的瑞凤眼，便似喝多了酒醉眼迷离的神情。宫里也纷纷流传出我这个废帝如何在宫里寻欢作乐，如何花天酒地，成天醉醺醺的。

其实这不假，萧澜虽然剥夺了我的自由，可他不能限制我的娱乐。我常召伶人戏团进幽思庭来，一闹便是整整一宿，次日才将他们遣走。

我召他们进来自然不止是为了排解忧闷，这些伶人戏子里有我秘密培养的暗卫，以前专门为我去办那些见不得光的事情，不动声色地为我铲除异己。我用他们除掉了我那几个不安分又不够聪明的异母兄弟，还有在我刚刚登基时意图称制的嫡母孟后。但萧澜比他们都要聪明，他对我的监控不会轻易松懈，我当然不敢轻举妄动。我必须堕落下去，直到他相信我真的成了一个对他毫无威胁的废帝。

于是，我开始穿上戏子的服装，戴着面具，提着偶人，整夜整夜地唱傀儡戏。

渐渐地，我疯了的流言不胫而走，自然也传到了忙于政事的萧澜耳中。

这夜，我正借着唱傀儡戏与我的暗卫们交流宫里的局势时，萧澜不期而至。

他来看我，是为了看我是不是真的疯了。

那时，他在门外饶有兴趣地听，我在门内胡言乱语地唱。一曲终了，他还击掌喝彩，非但不嫌恶我这个疯子废帝，反倒推门进来，将那些伶人戏子全部赶走，径直坐下来独自观赏。

他想看，我自然便演给他看。我提着酒壶边喝边唱，东倒西歪地走到萧澜的面前，眯着一双醉眼盯着他。萧澜却做出了一个令我意想不到的举动。

他冷笑一声，猛地夺走我手里的酒壶，一饮而尽。

我记得他那双幽黑阴郁的眼睛，他不像在喝酒，像在喝我的血，啖我的肉，嚼我的骨。

"萧翎，朕不日便要择妃立后，你说朕该选谁呢？数百佳丽，可没有一个能入朕的眼，朕只想要钥国公主何氏，你说怎么办？"

何氏是我曾经恋慕过的钥国公主，如若不是萧澜篡位夺权，她本该成为我的皇后。

我咬牙强忍，装作醉醺醺地乱笑，萧澜却不笑，定定地看了我一会儿，忽然起身一把锁住我的咽喉。

"砰"的一声，酒壶砸碎在地，似金戈铁马，刀剑相交。

我吃了一惊，明明是我在装疯，萧澜却像比我更疯。

我猜测，他本想激怒我，却没有如愿看到我因恨失态的样子，故而对我忽生杀意。我只能强作醉态。

我十分笃定，萧澜现在不会杀我。他刚刚登基，而我在朝中还有未曾遗忘我的老臣旧部，他们把我父皇传位于我的遗诏看得比命还重。

萧澜俯视着我，手指卡着我的脖子，像一条冰冷的毒蛇。他的声音又轻又柔："萧翎，你说朕为什么要留着你这个废帝，尊你为太上皇？你真以为我只是顾忌世人的眼光，怕自己被骂篡权夺位？还是真的怕了朝中那些老臣，瞻前顾后，不敢要你的命？我有诸般考虑，但除此之外还有因由……"

我闭着眼，装作醉得很了听不见，却被他卡住脖子呼吸困难。

"萧翎，因为你很有趣。如果你够聪明，就该清楚如何更有趣，活得更久……我还会来看你的。"他说，"在你清醒的时候，萧翎，你可别让我失望……"

萧澜走后，我一夜未眠，翻来覆去地琢磨他那几句话，越想越觉得屈辱难言。他与我同为皇子，乃是异母兄弟，即便要报复我曾经欺他辱他，也不该说出这般狠毒的话来，就好似他想……让我这个曾经的帝王卸下尊严，奴颜婢膝，来讨好他以求得一丝活路一般。

我心中气血翻腾，看着镜子中的自己，更觉厌烦，便拂下戏服宽阔的袖摆，走出门外。

幽思庭门前是一片湖，湖的对岸便是皇宫的中心殿群，如今那已不是我的地盘。春去秋来，恍如隔世。

我驻足在湖岸边遥望对面，发现林间有几个衣着鲜艳的身影骑着马在追逐嬉闹。

那是萧澜的几个子嗣。

其中骑着一匹黑色骏马的，分明就是那天看到的小狼崽子，他似乎具有蛮族人的天赋，贴着马背纵马飞驰的动作矫健狂野，与萧澜其他的子嗣迥然不同。

看见我正在对岸看着他，小狼崽子猛地勒住缰绳，停了下来，马儿摇头甩尾，焦躁不安。另一个年长他许多的少年追上来，将马鞭狠狠地抽在他骑的骏马的屁股上。只听一声嘶鸣，他的马儿受惊尥蹄，眨眼之间，便将马背上的人一下甩进了湖里。

岸上的其他皇子并不惊慌，反而响起一阵哄笑之声。我见那小狼崽子在湖中扑腾挣扎，却无人施救，禁不住高喝一声。那几位皇子自然知道我是谁，交头接耳一番后，一哄而散。

我忙唤来庭内侍卫，将那小狼崽子拖上岸来。此时，他浑身湿透，呛了好几口水，伏在地上不住地咳嗽，头上的簪子也不见了，一头的毛发变得卷曲凌乱，显现出蛮族的不驯之感。

短短一年时间，他的体格便结实了许多，肩膀变宽了些，背脊变厚了点，真是长得比狼犬还快。

"谢……谢皇叔。"他撑起身子，却不敢抬起顶着一头湿乱卷毛的脑袋看我，像初次见面时那样无所适从。一阵刺骨秋风刮来，他便打了个喷嚏。

"既是唤孤一声皇叔，便别那么惧孤，孤又不会吃了你。"我轻笑一声，像对待当年在草原上捡回的那只幼狼，将他领进了幽思庭内。

这一回，这只狼我得好好地驯。

因为，他将来也许会是我手上的一把刀。

而后来回想起这一日，我都痛心疾首，因为我并非磨了一把刀，而是引狼入室。

狼崽
第二章

那时，我还一无所知。

我将小狼崽子领至寝居内的温泉边。泉池周围温暖如春，水雾袅袅，他止不住地打喷嚏，显然是着了凉，却站在池边，不知所措地绞着手指，局促不安地望着我。

我被他的样子逗笑了，问道："还不快下去，愣在那里做什么，你想得风寒吗？"

小狼崽子身子一僵，快速脱掉黏在自己身上的外衣。他还是很瘦，但已有了少年的体型，古铜色的胸膛上赫然有一片醒目的胎痕，似是狼头形状，甚至能分辨出狼瞳与狼爪的轮廓，似乎藏着某种不可名状的险恶。

蛮族人奉天狼为神，我们却将其视作灾祸。可我想要拉近和他的叔侄关系，便忍下将这身负不祥之兆的小狼崽子扔出去的冲动，朝他招了招手，让他靠在池壁上。

我用玉勺舀了水，缓缓浇在小狼崽子的头上，明知故问道："告诉孤，你叫什么名字？"

小狼崽子一对天生形状锐利的碧眸幽亮闪烁，闷声闷气地答："萧独。"

萧独，孑然孤身，一匹独狼——我想起他被众皇子排挤的情形，不由得心想，还真是个很适合他的名字。

我嘴上却赞叹道："好，甚好。独，意为举世无双，万千凡人中独你一人超凡脱俗，出类拔萃。萧独，名字决定命数，你注定将是众多皇子中最出色的那一个。"

萧独怔怔地瞪大眼，想来是从没有人告诉过他自己的名字能够这么解释，半天才从齿缝里挤出几个字："父皇……从未如此告诉过我。"

我勾起唇角，说："那从今日起，你便记住孤说的话，日后莫要辜负这个好名字。"

萧独点了点头，神色多云转晴。到底是个孩子，心性单纯，三言两语便能将他哄住。我心下暗嘲，抬手揉了揉他的头，举起玉勺，一边浇水一边替他理顺虬结的乱发。我身份尊贵，从不曾为他人做过这种事，萧独也自然未被人如此伺候过，更何况，现在伺候他的人还是自己的皇叔，曾经的帝王。他僵着身子，涨红了脸，受宠若惊。

"皇、皇叔……为何待我这么好？"

我刻意将口吻放得温柔："许是觉得与你有缘吧，否则那日孤丢的贴身宝贝也不会被你捡到。况且，你是孤的侄儿，孤疼你有何不妥？"

萧独陷入沉默，未接我的话，但神情已经表明了一切。这个从小备受冷落的小狼崽子已对我这个皇叔感激涕零了。他眼圈微红，却目不转睛地盯着我的脖子看，我猜他是看到萧澜留下的指痕，那指痕上还有一个扳指的印记。我收回目光，他却不知避讳地追问："我今日在对岸，看见了父皇来皇叔这里，是父皇……欺负了皇叔吗？"

"自然不是。"我只觉得这句无忌的童言十分好笑。

不用急于现在就挑拨他们父子。我起身出了浴室，回到卧室里休息，却于恍惚中睡了过去。不料，萧独在池中磨磨蹭蹭，足足泡了几个时辰，竟晕了过去。幸好宦侍们发现得及时，将他捞了出来。

醒来后，萧独便像狼犬认了主似的，在幽思庭内转来转去，竟然赖着不肯离开。我顺势容他留在幽思庭里睡了一夜。直到次日，擅离职守的老宦找过来将他带走……

萧澜忙于政务与立后大事，无暇顾及他的皇子们，众皇子又排挤萧独，唯有我这个皇叔能收留这匹无处安身的小独狼。自那一日起，萧独便常常往我这里跑，而且跑得越来越勤。一个冬天过去，我们叔侄俩便真的亲近起来。

我虽身子不行，但还能教他琴棋书画、天文地理、兵法权术，有时也通过字画指导他骑射技巧，总之囊括一切能让他在这个偌大的皇宫里立足的知识。

我没有料到，萧独天资极其聪颖，悟性奇高，学什么都学得很快，甚至远胜于我年少之时。似是应验了那日我信口胡诌的预言一般，他当真是万千凡人中超凡脱俗的独一个。

来年春至，萧独已年满十四岁。

这个年纪的男孩个头蹿得奇快，尤其是他还混有蛮族血统。夏季的皇家狩猎活动结束，他回来时，就已长得超过我的肩头了，虽然还是瘦，但骨骼已长开了不少。很多蛮族男子身高将近八尺，肩宽腿长，不知萧独是不是也会长得那般高大，会不会越来越有蛮族人的性情，变得凶狠野性，难以为我所控。

想到此，我心里有些不安，将九州的版图铺在案上，教萧独识记冕国的疆域。

九州版图形如羲和倚日，冕国位于日轮之处，故国名为冕。冕国以南为汪洋大海；东接冰天雪地的霖国；西面是大草原，与数个游牧小国接壤；北面则是一片广袤的沙漠，散布着四个蛮族大部落，分别为魑、魅、魍、魉，时分时合，其中尤以信仰狼神的魑族最为强大，已经形成了国家，它最靠近冕国边界，数年来与冕国摩擦不断。

听我这般讲述着，萧独也用手指划着我指的那一处，好奇地问："皇叔，为何您讲到魑族的时候，我觉得有些熟悉，好像许久以前就听谁讲过这个部族的存在？"

我心头一跳，暗自忖度，莫非他的母亲是魑族人吗？

不过我自然不能明讲，便含混搪塞过去。萧独神情一黯，倒也没有多问，依旧聚精会神地听着。

待我介绍完整个版图，萧独已能默画下来大概轮廓，只是画得极为难看，令人看了发笑。他似乎天生没有作画的天赋，连根线也画不圆滑，饶是我手把手地带他运笔也是徒劳，一幅版图绘完，萧独的画工没什么长进，反倒把我累出一身汗。

我这副身子骨，算是被萧澜赐的药给伤到根儿了。

萧独这个小狼崽子很懂事，起身扶我坐下不说，还掏出一块帕子递给我擦汗，并一脸愧色地说："皇叔，您出了好多汗，还是回房休息吧？"

我有气无力地点了点头，却瞥见他手里攥着的巾帕很是眼熟，不禁微愕道："这块帕子……"

萧独匆忙把帕子塞进袖子，做贼似的不敢抬眼，浓密的睫羽挡住了那双幽绿狼瞳。过了一会儿，他才说："是皇叔当年赐的那块。皇叔说，能强身健体，我便常常……带在身边。"

这个小狼崽子，还真信了。这下轮到我愧疚了。我拍了拍他的肩膀。几个月以来，这已经成了我的一个习惯动作，萧独也并未表现出反感，像只驯服的小犬。可后来我才知道，原来萧独生着一身反骨，他把狼的本相藏得太好了，好得连我这个看着他长大的人都没有及时察觉。

"你早些回去吧，莫等天黑了饿着。"我不留他一同用晚膳，急着赶他走，是因为晚上要召我藏身于伶人戏子间的暗卫过来议事。

明日就是宫中举行封后大典的日子，萧澜分不开神，我可以利用这个机会做点事情。可站起身时，我突然感到一阵头晕目眩，连站都站不稳了。许是整个下午都耗费精神，故而体力有些透支。

我身子一歪，却被一双手臂稳稳地扶住了。我有点儿窘迫，恨自己这副不争气的病弱之躯，又禁不住斜目打量起小狼崽子。只见他侧着脸，下颌线条隐约现出刀雕般的利落，英气逼人，已不是两年前那个小孩童了。

才两年而已，长得也太快了。我心里暗叹，现在我还算年轻，但衰弱的速度很快，只希望在我死去之前，这把利刀能够出鞘……

萧独扶着我从书房走出去，经过前庭时，不知为何，他忽然愣在原地。我侧头望去，看见前庭敞开的一扇窗后站着一个人。

他一身青衾，神情阴郁，鬼魅一般悄无声息，竟然没有人通传他的到来。

我定了定神，站稳身子，漫不经心地笑："明日就是封后大典，皇上怎么于百忙之中抽出身来驾临此处？也不派人提前通传一声，孤也好准备准备。"

萧澜不回应我，而是冷冷盯着萧独："独儿，这会儿你怎么会在你皇叔这儿？"

萧独的呼吸明显一顿，他将我扶到一把躺椅上，才转过头向跟着进来的萧澜跪了下来，行礼道："儿臣拜见父皇。儿臣听闻皇叔这几日身体欠佳，故而过来看望皇叔。"

萧澜扫了我一眼，鼻子里发出一声轻哼，道："是吗？朕倒不知你何时与你皇叔如此亲近了。明日便是封后大典，每位皇子都要参加，一早便要起来，你这么晚还不走，明日起得来吗？"

萧独沉默不语，我瞥见他匍匐在地的模样好似一只伏于草丛的小狼，就连手背上的血管都微微隆起，半晌才答："儿臣不敢耽误明日之事，这便回北所准备。"

说罢，他便站起身来。临到门口时手臂一甩，从袖子里掉了个什么物件，他却看也没看就走了出去。

"你们都退下吧。"萧澜挥了挥手，遣散室内所有宫女宦侍。

门被关上，光线一暗，偌大的幽思庭内只剩我和他二人。我不知他突然到访打算做什么，但肯定是来者不善。想起上次他说的那番话，我心里不免警惕起来，奈何身子却是无甚气力，只得勉强撑坐起来，拿起矮案上的白瓷茶壶，倒了两杯茶水。

"皇上大驾光临到底所因何事？"我端起其中一杯，做了个请的手势。

萧澜扫了一眼那杯茶，却不去碰，而是缓缓走近了些。他颈间一串青金石朝珠碰撞着，发出令我不适的响声。那原本是我的东西。

我不悦的目光引起了萧澜的注意，他忽然伸出一只手，猝不及防地抓住我的领口，使劲往上一提。我猝不及防，手猛地一颤，茶杯滑脱，滚烫的茶水淌到肩头，又顺着胸口流下，疼得我倒吸一口凉气。

萧澜又猛地用力将我推搡出去，我跌坐回躺椅上。震骇之下，我顺势将手里的茶朝他泼去。萧澜的反应极快，他当即举起手臂，用袖子挡住了大部分茶水。暗绣的龙纹被染得更加深沉，活物一般张牙舞爪地扑过来。

我只觉眼前一黑，浑身疼痛，这副残破的身子骨似乎都要散架了，忍痛道："萧澜，你到底想要干什么？"

他终于撕去了伪装，露出阴鸷疯狂的表情，狰狞着说："萧翎，你可知道朕明日要册封谁为后？"

我蹙起眉头，冷冷盯着他："孤自然知晓，是钥国公主何氏。"

钥国为冕国东边关隘处一边陲小国，国力一般，战略位置却极为重要，故而数年来一直以联姻的方式维系其附属国的地位。若不是萧澜篡位夺权，何氏本该成为我的皇后，而且何氏也是我倾慕多年的女子。

"怎么，你册封皇后，还要来对孤这个废帝炫耀一番吗？"

萧澜笑了一下："钥国习俗特殊，女子出嫁前一律蒙面，公主也是如此。朕早闻这何氏是位名动天下的美人，昨日才见到真容，可一见之下，觉得也不过如此。记得皇弟少时与她互通过书信，似乎对她颇为倾心，还说过一定要娶她为妻。可惜，她不久后就要躺在朕的龙榻上了。"

"萧澜！"我恶火攻心，一阵猛咳。

"不过，假如你愿意跪下来求我，我一定会待她好些。否则，我会让她在这后宫之中，过得比你还要惨。"

我抿紧嘴唇，口腔里全是血腥味。他当了皇帝夺走我的一切还不够，还要用这种方式来刺激我、折辱我。

我深吸了一口气，极力维持着曾经的帝王气度，道："萧澜，你这般待我，对得起萧氏的列祖列宗吗？"

萧澜好像听到天下最好笑的笑话似的，控制不住地大笑起来。等笑够了，他将我猛地抓起，揉倒在地，一只脚踩上我的背，冷笑道："那你前几年为了坐稳皇位对兄弟手足做出的那些事，又对得起列祖列宗了？"

"古往今来，哪个帝王不是如此！却未有一个帝王，像你这般……"

我话音未落，便听门口忽然传来一串脚步声，随之一个尖厉的声音响起："哎呀，五殿下，您怎么又回来了？欸……五殿下，您不能进去！"

"我有东西落在里面了，是父皇御赐的护命手珠，离身了便会鬼怪侵体！"

萧独在外头扯着刚刚变声的嗓子，声音急切。接着，门被撞了两下，"砰"的一声，一个身影闯了进来。门前守卫的宦官"哎呀"一声，跌跌撞撞地一屁股坐到地上。萧独捂着鼻子，手缝间满是鲜血，四下张望一番，目光在我与萧澜的身上极快地逗留了一瞬，便蹲下去摸索起来，果真在门缝附近捡起一串黑曜石的手珠。不待萧澜发话，他突然倒在地上，一阵抽搐，竟真如鬼怪附体一般，晕厥了过去。

"快，快！去看看五殿下如何了！"老宦官慌了神，几位宫女手忙脚乱地将萧独扶起，又是掐人中，又是给他擦鼻血。萧独却还抽搐不停，牙关紧咬，双眸紧闭，脖颈上青筋一扭一跳。

我瞧着小狼崽子这模样，原本还以为他是装的，但听宦官说"又发作了"，才明白原来他是患有旧疾。发作得倒挺赶巧，助我脱了困。

萧澜站在原地，本因被打断而怒火中烧，却因萧独旧疾发作而隐忍不发。此时，他一张脸黑到了极点，却也只能命人扶起萧独，带回寝宫，自己则拂袖而去。

望着萧澜和萧独离去的背影，我心里隐约生出一丝不安。

对于萧独，不知，萧澜会如何罚他。

我不该担心萧澜的子嗣，但我着实不想失去这把还未露锋芒又十分称手的刀。

晚膳时，萧澜又派人送来了那种含毒的汤药。

他不想让我那么早死。他要看我活着，并且必须活得生不如死，毫无尊严，如同一只猪猡。

我在宦官的监视下将那些药服了下去，当夜，便害起热来。服下药的第一夜总是难熬的，过几日便会好些，只是浑身乏力。一觉昏睡过去，也不知睡了几日。

我做了一个混乱而古怪的梦。

梦中的我又身着皇袍，坐在龙椅之上，一只手攥着锁链，一只脚踏在什么野兽的背上，粗硬的毛发异常扎脚。我低头瞧去，发现脚下竟伏着一匹健美的雪狼，深邃凌厉的狼瞳自下而上地盯着我，幽幽闪烁。

我弯下腰，伸手抚摸它的头颅。那狼却站起来，抖了抖毛，一下子便挣脱了我手上的锁链，朝我猛扑过来。巨大的狼嘴一口叼住了我的脖子，尖利犬齿直抵我的咽喉……

我惊醒过来，一身冷汗，刚才的梦境太过逼真，我不禁摸了摸脖子。

窗外传来阵阵雷鸣，光线忽明忽暗。过了半晌，我才慢慢清醒过来，外面并不是打雷，而是在为册封大典放烟火。皇帝的婚礼要持续整整七日，普天同庆。

我口干舌燥，竟一时发不出声音来唤宫侍，只好自己伸手去摸索榻边的茶水，却听见一声杯子磕碰的响动。我不由得一惊，迅速看去，只见黑暗中一对幽绿的光点若隐若现，使我不禁想起刚才的噩梦。饶是我胆子极大，也吓得打了个激灵。那光点却越凑越近，恰值窗外烟火闪过，照出了榻前的人影，又暗了下去，将他隐匿起来。

茶杯被递到我的嘴边，一个青年的嗓音响起：“皇叔，喝水。”

原来是他。我喝了一口，润了润嗓子，问道：“独儿？你怎么半夜三更地跑到这儿来？”

榻面往下一陷，是萧独坐了下来。我嗅到他的身上散发着一股金疮药的味道。

我敏感地猜到了什么——萧澜定是罚了他。

“我……睡不着，想跟皇叔说说话。”萧独声音嘶哑，呼吸有些急促，可能是身上的伤口疼得紧了。毕竟是个孩子，尽管面上强撑着，实则还是忍得很辛苦。

我心里一软，轻声道：“你早些回去休息吧。”

萧独坐在那里沉默片刻，终于站起身来。我以为他要走，却见他只是走到窗下的躺椅边，衣摆一撩就躺了下去，又翻了个身，把脸侧向窗口。

看不见他的表情，却清晰地听到他说："皇叔，别赶我走。"

我一时无语。

眼下，小狼崽子这么依赖我，未尝不算是件好事，我心里盘算起来，日后待他弱冠，我可寻个机会将自己挑中的女子托人引到他身边去，撮合成一对，将他掌控得更牢……

萧独当然不知我在想什么，沉默不语，仿佛睡着了。

我看看窗边的萧独，想开口让他回去好好休息，忽然又觉一阵头晕，只得作罢。于是，又躺了下来，准备睡个回笼觉。

萧独的气息渐渐变得均匀绵长，他似乎真的睡沉了，我却辗转难眠。

萧澜送来的药的效力似乎更强了。我头痛欲裂，一会儿浑身燥热，一会儿又如坠冰窖，难耐至极，整个人在床上打起滚来，一不留神，我竟摔到了地上。

高热使我神志不清，我只觉焦渴至极，下意识嘶喊："水——"

蜷缩在窗边躺椅上的萧独被蓦然惊醒，瞧见了我，急忙来到我身旁，将我扶起："皇叔？你如何了？"

我不住抽搐着，狼狈不堪的模样尽落在这小子的眼中，一时难堪不已："你滚，滚！"

萧独却没滚，只是爬起来，赶忙去为我取了一碗水来，要喂我喝下。碗甫一靠近唇边，我便嗅见了那股熟悉的药味，不由得一阵作呕，本能地伸手去挡，他却坚持要喂我喝下。我勃然大怒，一挥手扇去，竟将药碗打到萧独脸上，水兜头洒了他满脸，我指着他，颤声道："你父皇折辱我，连你也想看朕的笑话，谋害朕吗？"

他退后两步，捂着脸颊，脸上又是委屈，又是震惊，我瞧着却更来气。又一阵眩晕袭来，我按捺不住心头火气，拾起茶碗砸过去，不偏不倚砸到他头上，砸得他头破血流。他额上带着血，大睁着眼看了我片刻，似是咬了咬牙，一转身，推窗跳了出去，转瞬便消失在了黑夜里。

许是那夜对我的迁怒生了气，之后很长一段时间，萧独真的没再来幽思庭，令我不禁有些后悔。狼还没养成犬，就把他打得不认主了，真是白费心思。

不过让人庆幸的是，萧澜自册封大典之后，忙得是不可开交。既然册封了皇后，便要册封太子。

萧澜年逾三十，已有三个儿子两个女儿，按理应是将嫡长子封为太子，可他的长子萧煜是侍妾所生，性情顽劣，暴躁蛮横；二皇子萧默和大公主萧璟是他身为藩王时明媒正娶的王妃诞下的双生子，萧璟乖戾任性，萧默却沉默内敛，唯姐命是从；二公主萧媛和姐姐一样，刁蛮得很；最小的便是那混了一半魑族血统的小狼崽子萧独。

这些皇子公主个个都不是省油的灯。眼下，皇后才刚刚册立，还没有怀上子嗣，自然不乐意现在便立太子。但萧澜也不会立别国公主生下的子嗣作为冕国的皇储，以免埋下祸根。于是，立储成了一件让他头疼的事，群臣也是议论纷纷。于我而言，倒是好事，因为萧澜无暇再来找我的麻烦。

趁着这段时日，我悄无声息地命暗卫们混进宫中六局，重新安插了自己的棋子，为日后翻盘做准备。萧澜对朝中大臣盯得紧，我不想打草惊蛇，只送一纸密信出去，联络上了我远在千里之外的亲舅舅——西北侯白延之。

白氏家族家大业大，占据冀州，驻守着北疆边关，手握精兵三万。我被逼禅位后，一直被软禁于宫中，无法告知舅舅我的真实情况。他并没有轻举妄动，以边关有蛮族骚扰不得脱身为由，连萧澜的登基大典也未参加。而萧澜鞭长莫及，暂时也无法拿他这个三朝老臣怎么样。

白延之与我生母姐弟情深，我们舅甥俩曾一同征战沙场，除了君臣之谊、血脉亲情之外更是有过命的交情。我相信，如今我沦落至此，他不会坐视不理。果然，三个月之后，我收到了白延之的回音——

他遣自己的弟弟——卿大夫白辰赶赴皇都冕京上贡。不过路途遥远，到冕京不是一时半会儿的事，又要耗费几个月的时间。

我不急不躁，一边在宫里织网，一边等待。

时光如梭，一晃便已到了次年年初，册封太子之事迟迟没有落实。萧澜为了让不断进谏的群臣别总盯着"立储"之事，就提出举办骑射大典，一是祭祀后羿，迎接新年到来，二是借此让各位皇子一展雄风，所有贵族子弟皆可参加或者观看。

连我这个太上皇，也破天荒地受到了邀请。

其实我是不大想去的，天寒地冻的，我身子弱，禁不住风吹。

轿子摇摇晃晃落下来时，我还抱着手炉，裹着雪狐大氅，卧在软垫上不想动。听见远远一声鸣镝之响刺破天穹，勾起我昔日征战沙场的回忆，我这才抬起倦怠的眼皮，掀开了轿帘往外望去。

嚯！北门围场的宫楼上下人山人海，比当年我参加骑射大典时还要热闹。最高处的看台上，萧澜与他的皇后妃嫔皆已落座，红底金穗的遮阳伞盖刺得我双目灼痛，我便敛了眼皮，由宦侍搀着走上台阶。

"太上皇驾到——"一个宫人扯着嗓子迎接我的到来，声音刺耳。

萧澜仍然坐着不动，周围的一众女子起来欠了欠身，她们并不将我这个废帝放在眼里。我也懒得虚与委蛇，颔了颔首，就在为我特设的看台上落了座，掩袖咳嗽了几声。

萧澜偏过头，目光在我的身上打量了一圈，仿佛要通过厚厚的衣衫看穿我。我冷冷地避开视线，放眼望向下方的围场，他的声音却顺风飘进了我的耳中："皇后这身狐裘可真是毛色上好，衬得你光彩照人。"

这话不是对我说的，我听着却如芒在背，只想将这身狐氅立时脱了烧掉。

"皇上若是喜欢，明日臣妾便命宫人们为您赶制一件。"

"甚好，便比对着太上皇身上那件狐氅的样式做吧。"

我端起茶杯，啜了口浓茶，漱了漱口，带着喉头里那股恶心劲儿吐回茶杯里，往地上一砸，将茶杯摔了个粉碎。

"给孤换杯茶来，这茶味恶心得很！"

宦官依言照办。

茶杯放在案上时，桌案震动起来。我抬眼便见九只鹰挟着金色绣球一飞冲天，又听一串鼓声震耳欲聋，大门轰然开启，数人纵马而出，竞相持弓射之，数支箭矢穿云破日，射向飞鹰。

我有些恍惚，眼前浮现出我初次参加骑射大典的情形，心中竟掠过一丝怅然。那时，我与兄弟们都还未经受腥风血雨的洗礼，只是一群顽皮的少年，竟不知数年之后，会手足相残，兵戎相见。除了萧澜以外，其余几个兄弟都英年早逝，变成一堆尸骨，埋在了我脚下的这片皇土之下。

即便我如今的身子还能骑马射箭，也没有兄弟能陪我比试了。

不知下一个要埋进去的，是萧澜还是我呢？

我这般想着，目光从下方表演骑术的诸军将校中游过，只见一人扛着那后羿射日的大旗单骑冲出，他身后紧随几名少年，头发皆束于脑后，佩戴着皇子才有资格戴的抹额，眼覆纱罩，身穿各色骑装，身上鳞甲闪闪发光。

着银白骑装的人冲在最前，我耳闻身旁的宫女小声叫道："大皇子！"

那少年自鞍上起身，一脚踩镫，横在马身一侧，姿势流畅华美，势不可挡。他一手取下背上长弓，搭弓射箭，根根白羽箭镞铮铮如电，射向高空带着金乌绣球盘旋的飞鹰，不料一支黑羽利箭横空出世，竟穿过白羽箭阵，一下射中鹰头。

飞鹰携球当空坠下，随之一声厉喝响起，我垂眸瞰去，看到那冕旗被烈风扬起，一抹玄衣黑甲人影自旗后疾驰而出，竟一脚离镫，半跪于马鞍之上，一个凌厉转身将弓弦拉得浑圆，手指一收，一瞬之间，弦上十根黑羽箭镞穿云破日，将九只飞鹰尽数射落。他这一连串动作一气呵成，仿若泼墨挥毫般霸道恣意，惊心动魄。

金乌纷纷坠地，他撤弓勒缰，一马当先，甩下其他皇子，驰过围场一周，人马立于猎场中央，一手拔起冕旗，于万众瞩目之中扭头朝看台这边望来。

这般骑马傲立的姿态，竟若一尊修罗杀神，隐隐显露出超越年龄的气势来。

——竟是萧独。

他今年，才十五岁。不鸣则已，一鸣惊人，把皇长子的锋芒都抢了。

我暗暗吃惊，心下微凛。

他今日在骑射大典中一举夺魁，可谓剑走偏锋，冒险得很，若换作是我，绝不会如此博人眼球，招致嫉恨，但恐怕萧澜与众臣是无法忽略他这个备受冷落的混血皇子了。

故而，也不得不说，是一桩好事。

我心想，是时候修补一下与小狼崽子的叔侄关系了，免得他记恨我那一时的迁怒。

我低头啜了口茶，心下盘算着该如何做。说些好话哄哄怕是不够的，这个年纪的小子自尊心最强，还得送点好礼才是。我思索了一番，摸出了贴身佩戴的沁血玉佩，以前当皇帝时身上的宝贝很多，如今真拿得出手的，却只有它了。

入夜后，骑射大典隆重落幕，在馥华庭举办的皇族家宴才刚刚开场。

我不想看见萧澜与曾经的臣子们，本想称病不去，但为了与萧独这小狼崽子说上话，仍是坐上了前往馥华庭的轿子。从北门到馥华园的路很长，我昏昏欲睡，快要陷入梦寐时才到达。我到得是最迟的，一众皇亲国戚早已入席。

宦官们扶着我下轿，将我迎入庭殿。萧澜坐在台阶上的高处，两旁是他的妃嫔与皇后，皇子与近臣们分别坐在两侧的席位上。

我落座后，一眼便在几个皇子中看见了萧独，立时发现，不过大半年的时光，他的身上又发生了不可忽视的变化。

虽正坐于地，仍能看出他体型较之前又挺拔了不少，一身蟒纹玄衣纁裳衬得他颇有气魄，将身旁那位以玉树临风闻名的大皇子萧煜都比了下去。异族混血的特征已在他脸上鲜明起来，让他的面容有了男人锐利的线条，极是英俊。他眉弓凸起，眼窝则深凹进去，一双狭长碧眸掩在阴影里，深沉了些，竟有些让人捉摸不透的意味了。

我盯着他看了几眼，小狼崽子却垂下眼皮，薄唇紧抿，不愿搭理我一般。

——啧，莫非还在生气不成？小性子倒还挺倔。

不过就是砸了他一下，我身为皇叔，还打他不得了？

我讥笑一声，宦官上前斟酒。众人一起举杯向萧澜敬酒，称赞皇子们在骑射大典上威风凛凛，萧氏王朝后继有人，而我则在心里诅咒萧澜断子绝孙。

酒我自然是不敢喝的，虽然萧澜在家宴上毒死我的可能性不大，但几月前我让他在儿子面前颜面扫地，难保这不是他安排的一场鸿门宴，不得不防。我只润了润嘴唇，就将一杯酒全倒进袖子，又命宦官斟上一杯。

酒过三巡，食过五味，众臣便打开了话匣，明着不议政事，却拐弯抹角地往册封太子一事上扯。后妃们亦是不甘落后，各自变着法子夸自己的儿子，一场家宴可谓是波谲云诡，各怀鬼胎。萧独倒是遗世独立，游离于风波之外。

萧独虽被过继给了大皇子之母俪妃，可养母毕竟不是生母，哪顾得上他这么个外来的"小杂种"，眼里只有自己亲儿子。

看着萧煜那副目中无人、与他母亲如出一辙的刻薄面相，我不禁有点可怜起萧独来。

只是册封太子这件事，我一个废帝，当然不便在晚宴上插嘴，只在心里有了计较。暗助萧独上位这一步棋，我是一定要走的。

萧独，你遇见孤，是你之幸，还是你之不幸，还是拭目以待吧。

许是察觉到了我的目光，萧独斜目瞥来，与我的视线隔空相对，瞬时便躲闪开。他端起酒杯，呷了一口，随即仰脖饮下，好像口渴似的，一连饮了几杯，甚至耳根处都泛起一片红晕，握拳抵嘴，咳了两下。

我摇头暗嘲，酒量不好还喝得这么猛，怎么这点没得到蛮族人的天赋啊？

"太上皇为何不用晚膳？朕命人特意筹备的珍馐美味，太上皇都毫无食欲吗？"

正在此时，萧澜的声音打断了我的思绪。

我懒洋洋地支肘托腮撑在案上，漫不经心地答："非也，孤乏得很，头疼，一点也不饿，不如皇上允孤早些回去歇息如何？"

曾经臣服于我、如今又效忠萧澜的几个大臣看着我，神色唏嘘，想必是看到当年那么意气风发的少年天子沦落至此，心中难免惋惜。我在心里冷笑，有朝一日我重登帝位，第一件事就要砍这些人的脑袋，不，光砍脑袋还不够，要投入大牢折辱几年之后再杀……

萧澜饶有兴味地审视了我一番，击掌示意。随即，一队宫女鱼贯而入，为首的两个人手里竟托着一套艳红华丽的戏服，上有象征羲和的火焰纹路，正是我之前穿过的。

我顿时有一种不祥的预感。果然，宫女们将那袭戏服呈到我面前来。

萧澜笑道："朕听闻太上皇总喜欢在夜里唱戏，扮演羲和祈祷大冕国风调雨顺，宫里皆传太上皇唱得极好，不知太上皇可否纡尊降贵在朕与众位爱卿面前表演一番？"

我沉了脸，冷冷注视着他。

萧澜放下酒杯，淡淡地说："太上皇更衣还要自己动手不成？"

他话音刚落，几个宫女便上前抓住我，七手八脚地扒下我身上的狐氅、外袍、中衣，又将戏服往我身上套，之后强行将我推到宴厅中央。

我身子没什么力气，连几个女人也抗拒不了，挣扎出满身大汗，几欲晕厥过去。众目睽睽之下受此折辱，我愤恨交加，瘫在地上，止不住咳嗽起来。

一时之间，宴厅里陷入沉寂，没人料到萧澜会安排这么一出。

"啪，啪，啪——"

一个人鼓了鼓掌，率先打破了沉默，竟是大皇子萧煜。他说："素闻皇叔的戏唱得好，没想到换上戏子的行头竟如此俊美，真是百闻不如一见。"

我抬起眼皮，红着眼睛朝他看去，萧煜被我的眼神骇了一跳，敛起笑意。我的目光不经意间扫过萧独，他并未看我，但攥紧酒杯的那只手骨节发白。

我闭了闭眼，撑着地面，勉强站起身来，咬牙笑了一下，而后认命般地一甩袖子，吟唱出声："吾令羲和弭节兮，望崦嵫而勿迫……"

太上皇虽被称为太上皇，地位却不在皇帝之上。萧澜逼我唱，我不得不唱。

萧澜，孤今日之耻，他日将百倍奉还！

一曲唱毕，宴厅里掌声雷动，在我听来却如丧鼓。

我气息弱，唱得断断续续，直到撑不住咳出一口血来，萧澜才放过我。

我被宫女们扶上轿，临行前还被灌了一整壶酒。那酒里不知下了什么药，我在轿子里昏昏沉沉地躺了没一会儿，便觉浑身发烫，整个人都发起抖来。

伸手一掀轿帘，想看看离幽思庭还有多远，但一眼望去，宫巷深深，哪里是回幽思庭的路？

我心下一惊，嘶声呵斥抬轿的宫人："走错路了，你们这是要去哪儿？"

回答我的却只有寒夜里的风声，令人感觉格外阴森。难道这是要送我去阴曹地府？

"你们要送孤去哪……好大的胆子！"我抓住轿帘，身子一歪，从轿榻上滚到了轿外冰凉结霜的青石地面上，摔得我头晕目眩，神志模糊。

一个宫人将我一把拽起，尖着嗓子道："回太上皇，是皇上的吩咐，说您喝多了酒，送您去御花园的湖里醒醒酒！"

"你们！"我背后发凉，不知萧澜是想折辱我，还是想就此将我溺毙，濒死的恐惧压迫着喉头，让我剧烈咳嗽起来。

忽听一串马蹄声由远及近。我勉强抬起眼皮，只见一人纵马疾风般冲到眼前，利落地勒缰下马，硬底马靴踏过石地，发出清晰而冷硬的声响。那人走到我面前，伸手将我一拽扶了起来。

"五……五殿下？！"

"我看你们谁敢带他走。"

听到这处于变声期的粗哑少年嗓音，我浑身一松，晕了过去。

浑浑噩噩间，背部落在榻上，被褥上一股熟悉的安息香的味道飘入我的鼻腔，四周温暖如春，我意识到似乎是回自己的寝居了。四周一片昏暗，一个人正在帮我脱靴子。

我精神恍惚，分不清此时是现实还是梦境，习惯性地伸手一抓，抓住身旁那人的袖摆，口齿不清地喊："梁笙，梁笙！"

梁笙是我最信任的人，她陪我度过曾经的那些至暗时刻，我对她的感情胜过身边任何一位妃嫔。她性情刚中带柔，耿直大胆，比那些娇柔怯懦的妃嫔有趣得多。可惜她不是贵女，我无法封她做妃嫔，她亦不能为我生下龙子。

"这世上只有你，不是朕的亲人，却胜似朕的亲人。朕的身侧，虎狼环伺，便是我养在身侧的亲侄儿，也得防着他，防着他不是一条乖乖的狗儿，将来会反咬我一口……"

身旁人为我脱靴的动作停了，过了好一阵都没有动静。

我不耐烦地嘟囔着："梁笙，快些为朕宽衣，朕热得很……"

我一边醉醺醺地吩咐着，一边费力地撑起眼皮。昏黄斑驳的烛火里，眼前人影模模糊糊，足有三重虚影，我看不清那人的模样，却觉得分明就是梁笙。是那个已经随我的妃嫔们被萧澜烧死了的梁笙。是那个从我当上太子以来，每天在我就寝前为我脱靴宽衣的梁笙。是那个会在我午夜惊醒时为我点灯的梁笙……

"梁笙……梁笙，朕……好想你啊。"

自古帝王薄情，我却真的很想梁笙。

那人退后了一点，又俯身脱去我剩下的另一只靴子。

"朕累了，你来给朕按按。"我迷乱地笑道。

"梁笙"定定地站着，好像在盯着我看。

"阿笙，你再磨磨蹭蹭的，朕可就发怒了。"我有气无力地说。"梁笙"却像个傻子一样站着不动，我恼羞成怒，没好气地呵斥起来："还站着干什么，你也在看朕的笑话吗？"

被我这么一吼，"梁笙"才走了过来，"她"手指颤抖着，好半天才在我肩膀上揉按。却不似我记忆中那么舒适，"她"的手劲儿不知怎么变得那么大，手掌上似乎还多了粗糙的薄茧。

我不禁发起牢骚："怎么回事，你的手怎么糙成这样？朕的肩膀都要给你捏碎了！"

"梁笙"被吓了一跳，立即松了手。

我精疲力竭，实在没精力罚"她"，只来得及吩咐一句"叫人来给朕更衣"，便迷迷糊糊地昏睡过去。

再醒来时，已是日上三竿。

我确实回到了幽思庭里，正躺在自己的榻上。刚一起身，我就觉得头疼欲裂，口里泛着酒味，胃里直犯恶心，好半天才回忆起昨夜在馥华庭受辱的事，也记得那些宫人似乎想把我送去什么地方，却被萧独拦下。后来再发生了什么，却是记不清了。

我掀开被褥，发现自己穿着干净的寝衣而非那身戏服，坐起身来，也未觉有什么异样之感，不像是中了毒，不由得松了口气。

我唤来宦侍为自己漱口洗脸，更衣下榻，而后用早膳。

先是如往常一样，用银簪一一试了毒，之后夹起一个如意卷。

如今的膳食自然与过去当皇上时无法比，萧澜明面上尊我为太上皇，所以食材还算过得去。只是我至今仍不习惯没有人传膳，尤其是试毒这种事我得亲自来。

我逼自己咬上一小口，心想，萧澜敢在家宴上那般辱我，那些佞臣自是不会有异议。但若是效忠父皇的老臣与百姓们知道了我这禅位后的太上皇的遭遇，恐怕就是另一番气象了。

我得做些什么，不能任由萧澜放肆下去，否则他只会用越来越过分的方法来折辱我，直到将我折磨死。

我将目光投向了身旁的宦侍顺德。如今我身旁的宫人大多不可信，但顺德不同，他有个妹妹在尚服局的洗衣房，兄妹二人在宫里混得很艰难，宫外还有个病重的老母亲靠他们的薪俸过活。数月前，我开始用旧物贿赂他，顺德悄无声息地接受了，他从现任皇帝那儿永远得不到这样的赏赐。

我命顺德在他的同僚之中散播谣言，传到朝堂上去，令那些老臣给萧澜施压，使他注意言行，不可违背三纲五常，随意折辱我这个太上皇。

顺德一面听着，一面伺候我进食。我正嚼着一个汤圆，与他说着话，冷不丁地咬到一团硬物，差点没把牙磕掉。

我独自走到书房里，将那个异物吐出来一看，竟是一块骨头，上面刻着极其细小的字。待看清上面的内容后，我着实一惊。

这可是个大大的喜讯。我的两个舅舅都来了，不仅如此，与他们同行的还有另一队人马，即蛮族最大聚落——魃国的使者，竟是来与冕国和亲的。

我将那快骨头包好，走到外面，想将它扔进湖里，却发现湖水已结了一层厚厚的冰。不远处，几个皇子与十来个宫人在冰湖上"冰嬉"，身姿飘逸。我禁不住观看了一会儿，心里奇怪，竟不见萧独。

那小狼崽子到哪去了？

第四章 布局

"太上皇，当心身子着凉。"

突然，肩上一沉，白狐大氅便裹了上来，我本能地回过头，错以为为我添衣的人是梁笙。可我转瞬意识到并不是。我扫了一眼站在身旁的顺德，他与其他的宦官一样沉默寡言，终究不是伶俐可人的梁笙。

我系好狐氅上的扣子，命顺德前去问问离得最近的几个宫人关于萧独的下落，却听一阵欢笑响彻上空。只见大皇子萧煜展开双臂，衣袖随风上下翻飞，像一只翱翔的鸟儿般倨傲恣肆，却不知我看着他时在盘算如何折断他未丰的羽翼。

他生得很不错，是几个皇子中五官最像萧澜的，唯独那双鸢目不像，看人时总带着一股不可一世的傲慢，与他暴躁且喜怒无常的脾性倒是相衬。若是真封他当了太子，不知他会狂成什么样。

显然是注意到了我的存在，萧煜优哉游哉地转了一个圈后，负手朝我滑了过来，大摇大摆地行了个礼，道："参见皇叔，方才侄儿正在兴头上，没看见皇叔在此，请皇叔莫要怪罪。"

"大皇子高瞻远瞩，眼里只有天上的太阳，何罪之有？"我犹记得在馥华庭受辱时他说的那句话，漫不经心一哂，故意提起他在骑射大典上落败一事。

萧煜的脸色立时便难看起来，他盯着我一字一句地说："侄儿记得曾在父皇的书房里见过一幅画，画上的皇叔风华绝代，冰嬉可真是玩得一绝。可现在皇叔的身子如此单薄，侄儿就是想见识一下您的风采也不行了吧？唉，可惜，可惜了。"

他这话说得既无礼又唐突，我心里隐隐滋生起一股恶火。

其他皇子虽暗地里不怎么尊重我，但起码还知道装个样子，不会像萧煜这般嚣张。呵，狂妄小儿，定要给你点颜色瞧瞧，让你知晓什么叫祸从口出。

我垂眸掠过他脚上的冰刀，似笑非笑地勾起唇角："不错，孤当年冰嬉玩得极好，次次在宫里的冰嬉赛事上拔得头筹。现如今，孤身子是不行了，不过冰嬉的技巧还是知晓的。孤方才见你技巧尚有些生疏，马上就要到年关了，春祭大典上便要举行冰嬉大赛，时日所剩不多，大皇子可要勤加练习，莫要再输了呀。"

萧煜正要拂袖而去，一听这话，身形一滞。

我笑道："转弯慢了些。一脚立起，刀尖点地，方可滑得更快。"

这个技巧当然是错的，他若是这般滑，虽可变快，但滑得太急，只怕会扭伤脚筋。

若是大赛上出了岔子……

但萧煜不知。他争强好胜，虚荣心重，一心求胜，看着两个弟弟都滑得游刃有余，于是半信半疑地依我所言滑了一圈，见果真奏效，不禁大喜。滑了几圈之后，他又回到我面前，一改傲慢无礼的态度，请我再点拨点拨。

我大方地原谅了他，撑着病体，褪了狐氅，绑上冰刀，为他示范。

我的冰嬉技巧虽然生疏了些，但许是因为我实在太轻，滑起来竟不太吃力，一如行于云端，脚下生风，衣袂飘飞。以手为刀旋身舞动，竟好似回到了当年，众人为我鼓掌欢呼，赞我英姿飒爽，有天人之姿，是众望所归的未来天子。

待我停下之时，几个皇子与宫人们都面露惊色地朝这边看。萧煜亦瞠目结舌，半天才回过神来，客客气气地求我指教。

一番指点下来，萧煜的冰嬉技巧提高了不少，他对我的态度也稍微好了点，还虚情假意地向我道了歉，说改日送些宝贝上门来孝敬我。

我答应下来，顺便向他打听萧独的情况。

萧煜一脸幸灾乐祸的表情，道："今早他和我们一道向父皇请安时，不知怎么就触怒了父皇，弄得父皇大发雷霆，亲自动手赐了他二十大鞭，又罚了他闭门思过，连冰嬉也不准他来，实在是可怜得很。"

皇子受鞭刑，这可真是稀罕事，那小狼崽子犯了什么大错竟至于此？

莫非是因为他在骑射大典上抢了其他皇子的风光，妨碍了萧澜册封太子的决策吗？难道……是因为小狼崽子昨日救了我？

"哦？那五皇子现在人在何处？"我问。

"当然是在北所。"萧煜疑惑道，"怎么，皇叔好像很关心他啊？"

"那倒没有。不过是见你们都不待见他，有些好奇罢了。"

"如此甚好，皇叔切莫与他有过多接触。他啊，命特别硬，身犯煞星，易引灾祸上身，父皇留他在宫中，也是为了借他挡一挡灾而已。"萧煜脸色阴晴不定，自言自语道，"也不知道为何，竟会有人看好一个混着蛮族血统的灾星。"

我心里一动。

待萧煜走后，我又向宫人们打听了一番，得知萧独在骑射大典上夺魁，果然让他在臣民中的地位大大提升。

要知道，后羿射日的传说乃是大冕国的起源，冕国人都视自己为后羿的子孙，故而朝中大臣对骑射大典上皇子们的表现也极为重视。萧独一举射下九日，自然被人们视作后羿转世，天命所归。今早上朝时，一下子冒出了好几个支持萧独的大臣，为首的是大神官翡炎。

翡炎在朝中的地位举足轻重，他是我的远房亲戚，还曾经是我生母羽夫人的入幕之宾，与我的关系也很密切，就是他一手扶持我上位的。虽然萧澜依靠他的妃子孟氏掌控了我的养母孟后残留在朝廷中的孟家势力，亦无法撼动翡炎及其党羽的地位。因为翡炎是神官，神官是神的代言者，而神，是至高无上的。

如今，就算萧澜与几个皇子再怎么不待见萧独，也要给"神"三分薄面。

思虑一番，我不由得暗暗庆幸，若不是萧独在骑射大典上自己争气，他一个混血皇子，又无所依傍，这般三番两次地触怒萧澜，恐怕就不是关禁闭这么简单了。

不成，得寻个机会提醒一下小狼崽子，让他与翡炎走得近些，别把一手好牌打烂了才是。

夜里，我命顺德准备了些许药品、食物，附上我贴身的沁血玉佩，一并送了过去。但萧独这小狼崽子还真是个小白眼狼，顺德说，他到北所萧独居住的寝宫时，萧独正赤着上身抄写神谕，背上鞭痕累累，惨不忍睹。

听到是我遣人来送东西，他竟然理也不理。只有那块玉佩被顺德硬塞到神谕里面，倒是被他收下了，其他东西原封不动地退回来，一个口信也没让顺德捎过来。

这小子，到底是什么意思？

收了玉佩不回信，还在生气不成？

日后，他若是不听我的话了怎么办？

三更半夜，我躺在床上反复琢磨，越想越是睡不着，还是决定亲自去看看他。

被软禁以来，白日我碍于萧澜的眼线不便行动，夜里却十分安全。毕竟我曾是这座宫殿的主人，对宫中密道很是熟悉，自是知晓哪条道通往哪里。萧澜篡位之后，为了防止我逃走，派人在通往宫外的所有道路上严加看守。我虽无法逃到宫外，但在宫内行走并不难，只是，出了密道后会十分危险。

要与萧独说上话，不是那么容易的事，在门口送东西还不行，我得进到他的寝宫里去。为了掩人耳目，我遣顺德与我一道，自己扮成伺候皇子们的宦官，以送干净衣物为由，果然顺利地混进了皇子们居住的北所，进了萧独的寝宫。

一路走来，我已经累得东倒西歪，抱着一沓干净衣物，好似托着千斤石，扶着墙才能勉强行走。来到萧独的卧房前时，已是站都站不稳了。

敲了几下门，却没听见什么动静，里面分明亮着烛火，一抹人影飘飘忽忽。

我心里有些不耐烦，用袖子抹了抹额上细汗。我纡尊降贵打扮成一个低卑的宦官，特意来为这小子出谋划策，要是他还敢给我脸色看，我就弃了他这枚棋子。

又敲了几下门，还是没有反应。我索性推开门，放轻脚步走了进去，却立时听见一阵粗重的喘息声。

烛光如豆，室内光线昏暗。我掩着嘴，循声走近了些，借着微弱的光线看见羊皮纸卷铺了一地，上面全是密密麻麻的小字。萧独正俯趴在榻上，弓着背脊，头抵着墙，精瘦的背脊上道道鞭痕纵横交错，还在渗血。

我一时动了恻隐之心，竟有些可怜起他来。虽说血统不纯，但好歹也是天家骨肉，竟沦落到如此地步，和我这个废帝也算是同病相怜了。

可十五六岁，正是一个人自尊心最强的时候，我这么闯了进来，正撞见他最落魄的样子，真不知会不会起到反效果。

正犹豫着，我的喉头却不合时宜地发起痒来，忍不住咳了一声。

萧独的呼吸顿时一滞，他扭头看过来，喘息着沉默一瞬，道："你，过来，为本皇子更衣。"

我愣了一下，继而明白过来。我此刻背着光，这小子竟没认出来。

我心下好笑，张了张嘴，却因受了凉，嗓子一时发不出声，只得走过去。不料，还未到榻边，我便被脚下的东西绊到，摔了下去，还把旁边榻上的饭菜碰翻在萧独的身上。

"哪里来的狗奴，连你也敢欺辱本皇子？"萧独一把将我抓起，正要发作。

我抬起头来，与他打了个照面。

"你！"萧独一惊，脸倏然变色，立刻从榻上滚了下来，头也不敢抬，似乎因被我看见他的落魄而窘迫至极，"皇……皇叔！"

我摆摆手，咳个不停。

"皇叔怎么会在这儿，还穿成这个样子？"

"喀喀，不穿成这样……孤如何进来？"我深吸一口气，极力抑制着咳嗽，一头盘好的头发都散了下来，遮住了视线。

萧独那边一阵窸窸窣窣，待我束起头发，他已经披上了寝衣。

"皇叔，您请坐。"萧独坐到我面前。他面无表情，眼睫低垂，一对碧眸幽光斑驳，语气却是冷冷的，"皇叔为何深夜前来？"

"自然是来看看你的伤势如何。"我眼皮一跳，决意采取怀柔政策，问道，"你赢了骑射大典，如此风光，你父皇为何罚你？可是因为孤？"

"不是！"萧独脸色一变，立即反驳，"跟皇叔无关，是我出言不逊，冒犯了父皇！皇叔，天快要亮了，你还是快些离开得好，早晨我还要去向父皇请安。"

我叹了口气，笑道："你为了孤受罚，孤心里自然知晓。你是一个知恩图报的好孩子，孤会记着的。来，转过身来，让孤瞧瞧你的背。"

萧独宛若石雕一搬，坐在那儿动也不动。

小狼崽子怎么这个样子？我沉了脸色，道："独儿。"

萧独这才僵着身子背了过去，一声不吭地将寝衣往下褪了点，露出半个脊背。

那二十鞭子打得真是结结实实，将他整个后背都快打烂了，皮开肉绽。

亲自动手……萧澜对这个儿子，下手是真狠。

我从腰间取出顺德捎来的金玉生肌膏，蘸了些许，为他搽上。

刚一碰到他的伤处，萧独就浑身一抖，皮肉绷得死紧："皇叔……我自己来。"

我不由得一哂，一掌重重抹了上去："得了吧，你手生得那么长？疼就忍着，孤征战沙场的时候，什么伤没受过，都是靠这金玉生肌膏治好的。"

萧独半天没有吱声，待我把药膏上完，才叫了一声："皇叔？"

我听出他欲言又止，问道："嗯？"

"梁笙……是谁？"

我不由得一怔。

自梁笙死后，再也没有人提起过她的名字了。

她尽管对我无比重要，却只是一个微不足道的宫女，是这皇宫的权力大网里一只渺小而卑微的蝼蚁，一只依附于我这棵倾塌的大树之上的无足鸦雀，死了也就死了，史书上不会为她留下一笔，只有我会记得。

但是，小狼崽子怎么会知晓？

莫非是萧澜？他欣喜于夺走我爱慕之人的快意，而跟他的儿子炫耀？

"你从何处听说她的？"我的语气平静得没有一丝波澜。

萧独用后脑勺对着我，不肯回头，腰板挺得笔直，如临大敌："昨夜，皇叔醉得厉害……拉着一个宫人不住地喊这个名字。那人是皇叔以前极为信任的人吗？"

我有些困惑，怎么也想不起来自己拉着一个宫人喊梁笙的事，心下却确信了昨夜果然是被这小狼崽子所救的猜想。虎口拔牙，胆子够大。

不过，这等胡言乱语的醉态，居然被他这小辈看了去，真是够丢人的。

如此一想，面子上有点挂不住，我敷衍道："一个伺候我多年的小宫婢罢了。"

萧独下颌一紧，默然半晌："原来如此。"

见他依然背对着我，我深吸了一口气，暗道摸狼毛得顺毛捋，眼角瞥到那叠衣物，拿起来为他披上："罢了，之前动手打你，是皇叔不对，没顾及你的脸面。你念念以前皇叔待你的好，看在皇叔亲自来探望你的分上，原谅皇叔可好？"

萧独垂在两侧的拳头攥紧了，却还是不动。

我咳了几下，唰道："你还要如何，让皇叔亲自给你端杯茶谢罪吗？"

萧独似再也绷不住，忙转过身正襟危坐，一副听太傅授课的架势，却仍是垂着眼皮，不肯正视我。

我知晓他是被我瞧见了落魄样心里难堪，心里暗笑，小狼崽子的脸皮如此之薄，倒不像关外那些狂放不羁的蛮族人。

"皇叔，您到底要与我说什么？"

我冲他勾了勾手指："过来，以免隔墙有耳。"

萧独不是很情愿地靠近了些，我凑到他耳畔，不卖关子，直奔主题："你可听说了早朝时翡炎大神官向你父皇提议立你为太子之事？"

萧独点了点头，压低声音："皇叔是为此事而来？"

我试探地问："不错。你可有什么想法？"

萧独避开了些，一滴汗液自他棱角初显的颧骨淌下："皇叔不妨直言。"

我瞧他如此紧张，心想这小狼崽子不会外强中干，不敢争这太子之位吧？

那可真是大大不妙。

我压低声音："你告诉孤，你想不想当太子，有朝一日，龙登九五，成为大冕国的天子？"

萧独碧眸一凛，瞳孔微缩，我自他微妙的眼神变化里捕捉到了一丝渴求，不由得唇角上扬。他想的，有哪个皇子会不想当皇帝呢？或许有，但少之又少。

我循循善诱："若是你日后好好听皇叔的话，皇叔便让你直上云霄。若是成为天子，手握至高无上的权力，便再无人敢将你踩在脚下，你将呼风唤雨，想要什么都能得到。"

"想要什么都能得到？"萧独反问。

"那是自然。"

萧独喉结一动，似有话想说，却并未开口。

我有些诧异，本想追问，又作罢了。少年时期最是敏感，一不小心就要踩了小狼崽子的尾巴，我便将话锋一转："你以后与翡炎私下里走得近些，别太高调，有空多去去皇城西门的神女庙祭神求卜，翡炎常在那里。勤加练习冰嬉，争取在春祭上再拔一次头筹。若有什么不懂的，夜里来找孤。还有，小心提防萧煜，且日后定要谨慎行事，莫要再惹恼你的父皇，只管做讨他喜欢的事便是。"

萧独点点头，道："皇叔的话，侄儿谨记在心。"

我笑了，傻不打紧，重要的是有欲有求，还肯听话。

"孤送的玉佩，你可喜欢？"我愉悦地啜了口茶，"那玉佩是孤的贴身之物，是孤的生母去神女庙里求来的，戴了也有十年了。孤将它赠予你，便是替你驱邪避凶，如若看见那玉佩上的血色变重，便说明将有血光之灾，要万事小心。"

萧独一怔，将玉佩从腰间取出，攥在手里，不敢置信地问："如此重要的贴身之物，皇叔竟送给我？"

一见他这副样子，我知道，这小崽子心里怕是感动得一塌糊涂。其实不过是个物件罢了，于我而言算不得什么，但我还是强调说："好生收着，千万不要弄丢了。"说罢，我看了看天色，见天色熹微，便道，"好了，天快亮了，孤也是时候走了。"

我从榻上起身，却在此时，门外一串脚步声由远及近，转瞬就到了门口。紧跟着，一个尖细的声音透了进来——

"五殿下，皇上来北所了。"

我心里"咯噔"一下。萧独反应奇快，轻声道："皇叔，我去挡一挡。您快走。"

"五殿下？"门口那宦官喊道。

我向他点点头，立刻从窗户翻了出去。

前脚刚出萧独的寝宫，后脚萧澜便进来了，我在窗外听见了萧澜与萧独的对话。

听得出来，经过骑射大典后，萧澜对这个儿子重视了许多。赐了他二十大鞭之后又亲自来看他，便是最好的证明。萧澜仅罚他再禁足两日，这使我松了口气。

而我，自然不能坐以待毙。

计谋 第五章

顺德散播的谣言如燎原之火在朝堂上蔓延开来，人们开始对现任皇帝苛待并禁足太上皇的传言议论纷纷。

我是我那英明神武的父皇昭告天下的大冕国继承人，是率兵亲征蛮族部落凯旋的少年天子，萧澜纵使通过孟家的势力掌控了禁军的兵权，却承担不起这样的恶名。他放宽了我的活动范围，甚至允许我短暂地出现在朝堂上，以证明他没有加害于我。当然，也增加了我身边的监视者。

我知道这样的日子不会长久，萧澜不会甘于活在我与党羽挥之不去的阴影中，也会一步一步地掌控整个朝堂。如果我不与他巧妙地斡旋，他终究会彻底将我从大冕国的历史上抹去。

我将失败归咎于自负与大意，我不该轻视萧澜这条蛰伏于暗处的毒蛇，从而被他一口咬住了咽喉，沦落到此种境地。

自我提点萧独之后，他果然与翡炎私下里有了接触。翡炎将在春祭上把后羿的神谕赋予萧独，令他更具有角逐太子之位的资本。我清楚翡炎对于权力的野心，但我更清楚他不可告人的秘密，他与我生母的关系一旦曝光，他将从高高的神坛上坠落下来，变为一介肮脏的凡人，我们互相牵制，故而也互相帮助。

春祭不过还剩半个月便要到来，萧煜与萧独常来找我指点冰嬉的技巧，只不过一个在白日光明正大地找，一个在夜里偷偷潜来，倒也没有彼此撞见过。

可这日，我在教萧煜时发现萧独那个小狼崽子在远处旁观的身影，这令我不得不担心他将错误的技巧学了去，便在夜里对他格外留神。

果然，萧独滑出了我教给萧煜的姿势，并且十分卖力，好似在跟谁攀比一般，足下冰刀几乎要切碎冰湖，每个拐弯都踩出尖锐的噪声。我看着他矫健的身影，不禁连声喊停。萧独分神之下，冷不丁重重地摔倒在冰湖上，双膝着地，半天才爬起身来，狼狈不堪地回到我面前，及膝的鳄皮长靴已被鲜血沁透了。

我面无表情地垂眸扫去："卷起裤腿叫孤瞧瞧。"

萧独应声俯下身子，解开冰刀，将裤边捋起，露出青肿渗血的膝盖——

还好，只是皮肉之伤，没伤及筋骨。

我暗自庆幸，走到他面前。我这才发现萧独竟与我一般高了，甚至因我总是病歪歪的，站不太直，他还高上那么一点，也健壮许多。

过了春祭，萧独便满十六岁了。十六岁便要束发，行成人之礼了。

"皇叔，我的腿如何？"

我阴沉着脸，稍微仰起下颌，以免失去长辈的威严："谁让你学萧煜了？"

"我见皇叔教他的技巧如此惹眼，还以为……"

"以为什么？"我戏谑地眯起眼皮。

萧独不看我，看着地上，薄唇扯成一条线，挤出几个字："还以为皇叔偏心。"

我憋不住噗笑一声，笑得不住咳嗽："喀喀……你是三岁小孩要争糖吃吗？"言罢，我敛了笑，面露狠戾，"若你真学萧煜，在冰嬉大赛上摔断了腿，都算是轻的。"

萧独呼吸一滞，不知是不是被我吓到了。他的目光落到我脸上，因这不相上下的身高，他看我的眼神不似原来那般胆怯敬畏，反倒有点审视的意味。罢了，早些让小狼崽子知晓我的手段也好，皇权之争，本来就是残酷而阴暗的厮杀。

我直视他的双眼，问："皇叔方才说的话，你可记住了？"

萧独垂下眼皮，点了点头。是的，他该将我说的话奉为铁律。

"是，皇叔。"

我拍了拍他的肩膀，像轻拍那只我豢养过的狼崽，然后笑了："乖。"

萧独浑身一震，退后一步，差点滑倒在地，我不禁大笑起来。

随后，萧独继续按照我教的方法在冰上练习，他十六岁的身体里像隐藏着一只亟待脱笼的野兽，我不由自主地又想起了那个令人不安的梦，目光落到冰湖上他身后一串染血的足迹上，仿佛看见了一道不祥的噩兆。

回到幽思庭，在我就寝之后，萧澜不期而至。

我假作卧病不起，闭门拒迎，但他是皇帝，没有人可以拦得了他。我背对着他，听见他的软底靴踩在地面上由远及近的声响，感觉他就像一条蜿蜒而至的蟒蛇，即将缓缓勒住我的脖颈，一点一点地绞紧。

"萧翎，许久不见……"萧澜的声音在我的背后响起，"这段日子朕没来看你，你一定很无聊吧？"

我一声不吭，阖着眼皮。

若说我不怕萧澜，那当然是假的，我清楚他有多想折辱我，他为此卧薪尝胆了那么多年。这种源自恨意的渴望不会随着时间消退，只会与日俱增。

萧澜一把抓住我的头发，用冰凉的指尖刺着我的头皮，轻笑道："萧翎，你记不记得，小时候你把朕当马儿骑，拿着鞭子呼来喝去，逼朕背着你满地爬的事？"

我闷声不语，眼前却晃动着那时萧澜懦弱的脸，我从未想过那张脸的背后隐藏着多少怒火与屈辱，以至于十年如一日地把那张脸当成了萧澜真正的模样。

"朕从那一刻起便从心里起誓，有朝一日朕要穿着龙袍，把你这个最受父皇宠爱、自小便被众星捧月的天之骄子踩在脚下，令你奴颜婢膝。你说，我们的父皇会不会气得从皇陵里跳出来，像以前那样痛心疾首地指着朕的鼻子大骂？"

他的声音里透着露骨的恶意，毫不遮掩。

我攥紧了枕下的银簪，指甲刻进肉里，心里也满是杀意。

我乃一代天子，岂容他为所欲为？如若他将我逼到无路可退，我定要跟他拼个鱼死网破、玉石俱焚不可。

他说："萧翎，你很聪明，知道如何保护自己，但你防得了一时，防不了一世，你应该早一点认命。等有一天朕的耐心耗尽了，你只会比现在更惨。"

随后，萧澜叫来了一个人。那是我求父皇赐给我的一个歌姬，因为她名动天下的美貌与歌喉，我一度非常宠爱她。萧澜曾对此羡慕不已。

而此时，她竟然被划花了脸，被拔了舌头，她的美貌与歌喉都被萧澜毁了，还被带到我面前示威。

萧澜离去后，我伏在榻边呕吐不止。被他毁掉的，不止是这个歌姬，还有我的尊严。

这夜之后，冕国下了一场暴雪，对于我而言，真正的凛冬也到来了。

借着皇城之内一次动静不小的暴乱的契机，萧澜开始逐步动手将内阁换血，以查谋逆之罪为由，对几个忠于父皇与我的内阁大臣一一下手，他要坐稳他的皇位，就得铲除举足轻重的文臣，首当其冲的便是大学士杨谨。

我遣了暗卫向杨谨通风报信，与萧澜暗中较量。萧澜派去的监察御史接连几回扑了空，都没有抓到杨谨的任何破绽。我知道，萧澜不会善罢甘休，他一定会精心罗织一张网，将罪名安到杨谨的身上，然后将内阁大臣一个接一个地投入天牢。

内阁是我最后的围墙，若是击垮了他们，我便成了瓮中之鳖。

我不会让他得逞。我的帮手已经到来了。在这场突如其来的大雪停息时，皇城迎来了一群远道而来的贵客——我的两个舅舅与魃国的使者。

他们来得不早不晚，恰逢春祭，盛大的祭典在冕京西山脚下的春旭宫举行。作为太上皇，我自然是随着其他皇族成员一同前往。

旭日初升时，我被隆重的礼服包裹，推上了四匹骏马拉的马车。随行的皇家仪仗队浩浩荡荡，笙箫鼓号此起彼伏，我听着只觉心烦意乱，连小憩一会儿也不成，掀开帘子往外看。

萧澜站在金色的冕车上，身披绛红的祭袍，头戴十二冕旒冠，被他的妃嫔们众星拱月般地包围着，享受这万众瞩目的时刻。这景象深深地刺痛了我的眼睛。我移开了目光，将视线投向冕车后骑马随行的皇子们，他们都昂着头，目视前方。

身着窄袖立领的青蓝蟒袍的萧独看起来格外英俊干练，他一头浓黑的卷发兴许是因不好打理，没有像其他皇子那样束成发髻，只由一道抹额缚住，显现出年少气盛的凌厉桀骜与落拓不羁的野性，这风采使他从皇子们中脱颖而出，吸引了诸多倾慕的目光。我注意到那些经过他身前的宫女无不凝足顾盼。

到底是长大了，锋芒渐露。

我放下帘子，转向了另外一侧的车窗，眺望远处的城门。

不知两位舅舅何时来觐见萧澜，他们又是否能助我脱离困境？

祭典开始时，众人齐聚于春旭宫前，我也看见了两位舅舅及魈国的使者队伍。

祭典遵照古法进行，仪式庄严而肃穆。仪仗队鸣金击鼓，弦歌和鸣，在大神官诵读祷词的声音中，萧澜净手焚香，亲自献上五谷与牲血敬拜羲和。他沿梯步步走上殿前的丹墀，而我则由宦侍扶着走下马车，似个垂暮老人。

盛大的宴会在仪式后拉开帷幕，众人依次入席，萧澜没有像上次家宴那样让我坐在臣子之中，而是给我专设了一个太上皇的席位，场面做得很足。

我冷笑着落座，注视着我的两位舅舅走入大殿。

西北侯白延之面若好女，只是长居西北使得他皮肤黝黑，也就不显秀气，军人的强壮体格使他气宇轩昂，一走进大殿便震慑了在场的文武百官。他的身后是我那素未谋面的小舅舅白辰，我不禁惊异于他与我及我生母的相像程度，相似的修眉凤目，瓜子脸蛋，如果不是肤色稍深，身形更为挺拔，他足可以假扮成我。

我的心里跳了一跳，这个小舅舅，也许将来会有大用处。

"参见皇上，吾皇万岁万万岁。"白延之与白辰恭恭敬敬地在殿中跪下，白延之抬头时目光向我扫来，我们极快地对视了一瞬，心照不宣。

他带来的贡品贵重而罕有，多是中部见不到的西北特产，萧澜按照礼节，当场将它们献给了我这个太上皇以表敬意，我早就猜到他就会这么做，自然是照单全收。

魑国的使者队伍在众臣入席后被宣召进殿，看着这些曾与我于战场上厮杀的外族人载歌载舞地走进大殿，我的心里五味杂陈。若是几年前我仍在皇位时，必会拒绝与他们联姻。我接触过魑人，他们野心勃勃，贪婪嗜血，不会诚心与冕国交好。他们想要的，是实现那个可怕的预言，化身天狼，吞噬掉冕国这轮太阳。

但萧澜不同，他急于攘内，不会在此时与邻居交恶。

魁梧壮硕的魑族使者手捧狼头骨走到近前，向萧澜鞠躬，他戴着一张青铜面具，掩住了半边面孔，我却意外地从他裸露的半边肩膀上的痕迹发现，这个人我认得。

他的肩头上，有一处狰狞开裂的箭疤。

那是我的杰作。我的食指微微蜷曲，好似用扳指扣住了弓弦。

"铮"的一声箭响，自我的幻觉中响起，而那人好像也听见了一般抬起头来，眼睛里绽出一丝惊色。看来他也认出了我，那个曾经重伤他的少年天子。

他是魑国狼王乌邪的左膀右臂之一——节度使乌顿。

与几大箱重礼一并被乌顿献上的，还有他们带来的一名姿色绝伦的美人，她热烈奔放的舞姿与丰腴曼妙的身躯惊艳了全场。

乌顿操着一口生涩的冕语告诉萧澜，那是他们的公主乌珠，乌邪王心爱的小女儿，他愿将她远嫁过来，以示与冕国交好的诚心。萧澜答应了这桩送上门的婚事，却没有纳乌珠为妃的意思，而是将目光投向了右侧的席位，我知道他是在考虑把乌珠嫁给哪位皇子。

我眯了眯眼，见众皇子之中，唯有萧独身侧无人相伴，心中生出一番计较，扬声道："皇上，五皇子少年英武，如今已逾十六，不过几日便将行成人之礼，纳妃成婚正好，友国公主远道而来，不如便嫁给他，皇上以为如何？"

我既然是太上皇，在公众场合，说话还是有些分量的。

萧澜没料到我会突然开口，又不便在人前拂了我的面子，只好允了下来。

他话音刚落，我就见萧独变了脸色，乌珠倒似是乐意得很，许是因为萧独高鼻深目的同族长相，令她在异国他乡感到了亲切。

"独儿，还不起身？"

萧独搁在案上的双手攥紧成拳，僵硬地站起了身，脸色却是我从未见过的阴戾漠然。我知晓，他一定是在为我未能提前与他商量，便将他用作了一颗联姻的棋子生气。可眼下，若我不抢先提议，此等笼络蛮族势力的大好机会，定要落到别人的手里。

乌珠婀娜多姿地走到他的面前，萧独却面无表情，一时空气几近凝固。

我举起酒杯，有意为这不懂事的小狼崽子解围，笑道："恭喜五皇子。今日可真是好事成双，孤心里瞧着高兴，先敬诸位一杯。"

此言一出，大臣们亦纷纷举杯道贺，萧独与乌珠并排坐了下来，端起一杯酒，仰脖喝下，而后抬眼朝我看来，脸色依然不善。

怎么，这小子不感谢我，反倒怨起我了？估计是怪我婚姻大事不跟他商量，就替他擅作主张。到底才十六岁，如何懂得朝堂之中联姻的重要之处？

呵，不知好歹的东西。

魑国献上他们的公主，绝不只是联姻这么简单，小狼崽子的身体里多多少少也流淌着魑族人的血，他与乌珠的婚姻，牵涉到两国关系，势必会对他有利。

我这么想着，又见乌珠对萧独十分殷切，可他并没有领会，只一杯接着一杯地喝酒，不言不语，心里不由有些着急。

为免这煮熟的鸭子被萧独弄丢，我蘸着鲜红的葡萄酒液，左思右想，写了个纸条，差人递给萧独。

但见他展开纸条，神情便是微微一变，收起了满脸不悦。

我松了口气。那纸条中并无其他，不过是告诉了他，早成婚的皇子往往比未婚皇子更有可能被立为太子，历朝历代，皆是如此。

宴席间，众人们谈笑风生，话语间却暗藏波流。我知西北侯与蛮族使者的到来必将在朝中引起一场风波，一顿饭吃得心不在焉。

待到入夜，宫廷舞乐与民间艺人轮番上演，殿中歌舞升平，愈发热闹，我与白延一对了个暗号，便借着小解的机会从偏门出去，进了春旭宫后方的禁苑，走到一片密林之中，等他的人过来。

过了半晌，我听见身后传来一串窸窸窣窣的脚步声。

"谁在那儿？"就在这时，一个人轻声轻语地问道。

我回过头，反问道："谁？"

"皇上！"

听见这久违的称呼，我不由得一怔，回头瞧了瞧他，只见斑驳月光下现出一张酷似梁笙的脸来。

我当下一惊，愣愣地看着他，随即才反应过来，这小宦是梁笙的孪生弟弟梁然。他原本与梁笙一起在我身边服侍，后来被我的淑妃要了去，宫变时下落不明。我还以为他与梁笙一起被烧死在禁苑里了，想不到他竟还活着，估计是一直躲在春旭宫这边的缘故。因宠爱梁笙，我过去对梁然自然也不薄，常常赏赐他。

这样一来，梁然定是顾念旧恩的。

"是西北侯叫你来的？"我喘匀了气，轻声问道。

梁然看了看四下，点点头，道："西北侯托奴将这个交给皇上。"说着，他从袖子里取出一封信笺，"以火灼烤，字迹方可显现，皇上看完，切记要将信烧掉。"

我点点头，将信收进袖内。

梁然扶着我往春旭宫走，小声提醒道："皇上，早些回宴席吧，这里不大安全。"

我点头："行了，你先下去吧，有空多来幽思庭走走。朕知道你姐姐疼你，朕不会薄待你的。"

"是，皇上，奴记得皇上对奴的好。"梁然诚惶诚恐地答，而后退了下去。

我回到春旭宫，一眼便看见萧澜坐在龙椅上。巡视了一番四周，很多大臣身边都已坐了蛮族美女替他们斟酒玩乐，一派声色犬马的景象，这必然是经过萧澜应允的。我早就猜出他不是什么明君，秉性压抑了数十年，如今终于坐上皇位，自然会渐渐放纵起来。

如此想着，我的目光不经意地飘到了萧独那儿，与小狼崽子的视线猝不及防地撞在了一处。只见他醉醺醺地收回视线，恰好他身旁的乌珠递上一杯酒，他竟伸手当众一把将乌珠搂在怀里，攥住她的纤纤玉手，低头啜饮。这副姿态可谓放肆至极，好似一瞬间便成了个大男人，惹得大臣与其他皇子交头接耳。

我哂笑一声，这小狼崽子，倒是从善如流，看来是没生我的气。

此时，乌顿站了起来，向萧澜敬过酒后，又回身朝我看来，举起手中的夜光杯，朗声笑道："想当年狼牙关那一战，太上皇一箭重伤于我，我到现在记忆犹新，为太上皇的英武骁勇而震骇。如今两国交好，我也敬太上皇一杯，一醉泯恩仇如何？"

"好，好个一醉泯恩仇！"我皮笑肉不笑地举起酒杯，抿了一口，将剩下的倒在了地上，以敬那些死在乌顿刀下的将士亡魂。乌顿是经常打仗的人，对我的意思心领神会，脸色微变，却仍是强颜欢笑，将酒仰脖饮下。

若我还是皇帝，他说这话可能勉强会讨我欢心，可如今，怎么听都像是讽刺。

"太上皇身体虚弱，莫要贪杯才是。"大抵是见我面色不善，萧澜立刻打了个圆场。我心中生恶，几乎想当场将酒杯砸落在地。

乌顿转向几位皇子，一一向他们敬酒。为向邻国一展冕国王嗣的风采，萧澜便命诸位皇子公主表演才艺。虽然只是表演，但关系到册立太子之事，我看了一眼翡炎，与他对了个心领神会的眼色后，又将目光投向了萧独。见他仍旧怀抱乌珠，一副浪荡不羁的姿态，旁若无人似的，我不由得心下生出几分担忧。

大皇子表演的是"破阵鼓舞"，将战鼓敲得是惊天动地，震耳欲聋。那些得过他好处的大臣连声喝彩，纷纷赞大皇子气魄了得，就差说他有王者之气了。

立嫡长子为储君乃是自古以来的传统，大皇子即使是侍妾出身的俪妃所生，也无疑是最强有力的竞争者。我心中冷笑，只怕他心中期望愈高，摔得愈狠。

大皇子尚武，大公主萧璟却是出人意料，当众表演了一曲《望舒御月》，舞姿倾倒众生。

二皇子倒是平平无奇，他素来沉默寡言，便为萧澜作了一幅画，算得上是行云流水，比萧独的画技好太多了，萧澜也十分高兴。

在二皇子的衬托下，二公主萧媛的表演可谓精彩绝伦，唱的一首《后羿射日》震骇人心，大有巾帼不输须眉之风采。

到了三皇子萧独上场时，他借着醉意取了侍卫的佩刀在殿上舞了一番，并未像上次骑射大典那般锋芒毕露。那股初生牛犊不怕虎的劲头收敛了不少，一抬手，一转身，颇有点儿重剑无锋的意思，不知是有意为之，还是醉得很了，显得有些心不在焉，不知是不是因为我在纸条中提到了立太子之事，他亦动了争储之心。不过这样也好，萧澜现在根本不打算立他为太子，懂得趋利避害方能磨利爪牙，才有希望让不可能变为可能。

第二卷

崭露头角

冰嬉

第六章

宴会结束后，王公贵族们便夜宿春旭宫，我亦不例外。

我急着察看白延之交给我的那封密信，以身子不适为由，拒绝了与萧澜一众人登上殿顶赏月的活动，被春旭宫的几个宫人"送"进了前殿后的寝宫庭内。

进了房间，我将那封密信在油灯上小心灼烤，看清上面密密麻麻的字迹后，我立时将密信烧毁。推开窗，打算将灰尘散到窗外，却在缝隙间窥见有一个人影闪过，心中一惊，把窗子一把推开，喝道："什么人？"

无人应声。窗外是一片梅林，树影斑驳，地上宫灯烛焰幽幽，光线随飘洒的花瓣落到庭后平静结冰的湖面上，好似一簇簇在空中飘浮的鬼火，凄艳而可怖。

春寒料峭，沁透了我身上厚厚的狐裘，我的背后蓦然升起一丝寒意来，"鬼"这个词猝不及防地从我心底蹦了出来。

我是怕鬼的。

虽然并非我本意，也不是我亲手为之，但我的手上到底是沾满了几个异母兄弟的鲜血，因此，自登上皇位后我就变得疑神疑鬼，时常会梦见他们拎着被斩下的头颅，又或者抓着三尺白绫，端着鲜红的鸩酒，圆睁怒目地来找我索命。

我对此无可解释，也并不后悔，却不代表心里没有恐惧。

那天也是春祭，就在春旭宫里，我的二哥萧毅在皇位的角逐中落败丧命。他就死在这院庭内的湖里，戴着企图刺杀新皇的虚假罪名。其实，那只是源于我的幕僚们不放心他曾经立下的功勋，以及他那被称为帝王之相的天生重瞳。他们担心萧毅终有一天会取代我，于是先下手为强。

他溺死在湖里的表情，是我一辈子都忘不了的噩梦。

我盯着湖面，生怕有一双手突然挣破冰层，一具浮肿的尸体从里面爬出来。而此时，一个忽然飘过冰面的身影将我吓得浑身打了个激灵，差点关上窗子落荒而逃，另一个身影也接踵而至。我稳了稳神，定睛一看，这才发现那是玩冰嬉的人，不是鬼魂。

可那两个人是谁？怎么这么晚了在这儿玩耍？

我疑惑地从后门出去，悄悄走到湖边的一棵梅树下。借着月光，我看见一个人滑行的姿态曼妙飘逸，几若乘风归去，另一个高一些的人影亦步亦趋地紧随其后，好似个跟班保护前者，时不时地出手扶前面那人一把，避免他摔倒在地。

是萧澜的大公主萧璟与二皇子萧默。

——这对姐弟感情竟如此之好，在皇族里也算难能可贵。

不过，不知道长大后，置身于钩心斗角的环境里，他们又能否一如往昔？

我这般想着，心中不禁生出几分感慨。刚想回房，忽见萧璟身形不稳，脚下一滑，竟摔在了冰面上。萧默急忙停下脚步，替她解去鞋下冰刀，仔细查看她的脚踝有没有受伤。

萧璟的脚踝看来伤得不轻，在萧默的搀扶下，她一步一滑地往回走，走到湖边轻轻坐下。

"阿默，你为何待我这样好？"

是萧璟的声音。

"你是我姐姐，我待你好，是应该的。"萧默低声回应。

"姐姐？"萧璟突然冷笑起来，似透着几分嘲讽，"阿默，私下里就不必装腔作势了。你待我如此好，不过是因为你觉得你欠我的。没错，你，的确是欠我的！"

听到这句话，我心里不觉生出一丝疑惑。

这对姐弟的对话怎么如此古怪？

萧默沉默了一瞬，道："姐姐，别说了。"

"怎么，你不敢听吗？怕听了心里会更加愧疚？可我夜夜哀号，你和母妃不都装聋作哑，权当没听见吗？"

"姐姐！够了……"

夜夜哀号？我眯起眼，还想再听，只见萧璟起身，无视身旁的萧默朝林中走来。我立刻悄无声息地退了回去，低头往后退了几步，冷不丁地，背后撞上了什么东西。

我浑身一僵，感到身后是一棵树，才松了口气，一滴水珠却猛地落在脸上。我伸手一抹，下意识地朝上方望去，只见上方的树枝上竟有个人影。我想起那不知为何犯了疯病上吊自尽的三皇兄，顿时吓得头皮发麻，跌坐在地，挣扎着往后爬，却被身下一支不明锐物扎穿了靴子，刺入我的小腿。

我吃痛地闷哼一声，抱住了腿，上方那个人影悄声地闪身下来，双脚稳稳落在了地上，踩得落叶发出一声闷响。

我的心才放下来。是人，不是鬼。

"皇叔，是我。"

竟是萧独这小子。

这半夜三更，他在这儿做什么？是跟踪萧璟他们来的吗？

我松了口气。萧独走过来，弯下腰要来扶我，却听到不远处传来那对姐弟的窃窃私语，我连忙示意萧独噤声："嘘，别出声，别动。"

萧独一动不动，静默不语，呼吸里有浓郁的酒气。

"皇叔。我们还要在这里听多久？"萧独低下头，嘴唇微微翕动，发出轻而喑哑的声音，"听见我大姐和二哥的对话，皇叔一定觉得奇怪吧？"

我心里一动，这小子必然知道些什么，遂问："你大姐和二哥之间，到底有什么猫腻？"

他沉默片刻，道："我二姐和三哥为一母孪生，这点，皇叔晓得。"

我点点头："那是自然。"

他压低声音说："龙凤胎本是吉兆，可皇叔不晓得，我大姐和二哥却不是普通的孪生，他们出生时纠为一体，宛如妖物。"

我颇为吃惊，道："连体胎生？这可是不祥的妖胎啊！"

按照大冕皇室历来的规矩，皇室宗血若诞下怪胎畸胎，视为不祥之兆，需立时溺杀，生母也得赐死，怎么还能容他们长大？那他们又是如何分体的呢？

萧独见我沉吟不语，又道："皇叔一定奇怪，他们是怎么分体活下来的，对吗？"

我斜眼看他："知道还不快说，故意卖关子？"

"我听说，那是因为我大姐、二哥的母妃熙娘娘当年请了关外的巫医，对他们施了禁术。"

我愕然，巫术？这更是皇族大忌。

"你大姐为何说你二哥欠她的？可是跟那禁术有关？"

"不错。"萧独点了下头，"据说，我二哥出生时，不过是寄生在大姐身上的一个肉瘤，根本就不是一个完整的胎儿。可那巫医用禁术将他们分体时，却在大姐身上下了个蛊，大姐的骨血被蛊虫吞噬得越多，越虚弱，二哥便越是强壮。"

我心里涌上一股寒意，怪不得萧璟与萧默相处的方式如此怪异，原来是有这层骇人的原因。若萧独说的是真的，那这一对姐弟的存在本身就是皇室的禁忌。若是能掌握什么证据，倒是一个好的把柄。

我微微扬眉："这样的秘密，你是如何知晓的？"

"不过是源于幼时的一次偶遇，二哥的乳娘与人夜里议论此事，我玩耍时不巧听见了。"

我却半信半疑，这样的事情，按照我四哥那缜密又多疑的心思，但凡有可能泄密的人应该都会被他灭口才对，怎会容一个知情的乳娘活下来？可这狼崽子，却也不像在说假话。

罢了，他告诉我这个，也说明他极信任我。

"关于此事，你可有什么证据？"我追问。

他摇摇头："那乳娘第二日便没了。"

我一哂："只要此事是真的，就必有蛛丝马迹可循。这个秘密拿捏在手里，对你将来兴许有大用。你既然肯将这样的秘密告诉孤，孤自然也不会负你。"

萧独看着我，宛如狼眼的绿瞳微微闪烁："我听皇叔的。"

我不由得心情大悦，拍了拍他的肩。

确认萧璟与萧默已经走远，我屈起腿正要起身，只觉小腿肚袭来一股剧痛，不禁倒吸一口凉气。萧独赶紧蹲下查看我那条伤腿，捏住我小腿肚上嵌的那锐物末端。我才看清是半根断了的木簪子，当下觉得窘迫。想当年我也曾叱咤沙场，现如今这副残破身子，竟然连根木簪子都能让我难忍疼痛……

"你快帮孤拔了。"我轻声下令。

"会有点疼。皇叔，忍着点。"萧独用拇指压住我伤处附近的血管，一下将那簪子拔了出来。我忍着痛楚并未出声，血从伤口涌出，沁透了裤管。萧独摘下抹额，为我扎紧腿肚，将我挽了起来。

一路回到居所，上了榻，我斜倚着扶手，垂眸看着萧独为我脱掉染血的靴子，一时觉得这情景有点熟悉，何时经历过却想不起来。小腿因血管被抹额扎紧，被簪子戳出的小洞已不怎么流血了，只有一缕干了的血痕蔓延至脚踝，在我苍白枯瘦的腿上分外触目惊心，令我想起它矫健的模样。

萧独盯着伤口蹙起眉毛："我去传御医来。"

我摆摆手："一点小伤，算不了什么。取些酒来，别惊动你父皇。"

萧独点点头，转身走到门外，向走廊上的宫人吩咐："去取些酒来，我要与太上皇小酌一番，快去快回。"

"是，五殿下。"

许是因为失血又体虚，我靠着枕头，神志有点儿恍惚起来，腿上忽然一凉又一痛，我才醒了过来，半抬眼皮，便见萧独正拿一块帕子擦拭我的伤口，动作极是细致小心。目光再落到他手里那块丝帕上，那绣金的一角刺得我心头一跳，竟然是我当初赐给他的那块旧帕子。只一个瞬间，我睡意全无。

——有哪个十几岁的男孩子会整天随身带着一块别人用过的丝帕？除非，他十分珍视此物，如同我珍视母亲的遗物。

可那时，我分明存在了害他的心。

此情此景，纵是个石头人，心里也会有些愧疚了。我有点局促起来，把脚一缩。

萧独未抬头，认真地说："皇叔，还没弄干净呢。"

只见萧独默不作声，一手扶稳我的小腿，一手轻轻捏住伤口将扎在肉中的木刺缓缓拔出。明明是很轻的动作，他的额头上却沁出汗珠。我心里一震，如果他是我的亲生儿子，可谓是一名孝子了。

他待我如此，我却只是将他视作一个棋子。

半晌，他才出声："皇叔。"

"何事？"

"您若是讨厌了我。以后，我少来烦扰您便是。"

我不禁一愣，被这孩子的气话逗乐了："你为何会觉得孤讨厌你了？"

萧独喉头一动："我，担心皇叔觉得我无用。"

兴许是我多虑了，不过一个半大孩子，太过在意唯一关心他的人罢了。

"孤如何会讨厌你？你是孤最疼爱的侄子。"

萧独一扯唇角："不够。"

"哦？"我挑起眉梢，等着下文。

他垂着眼皮，从齿缝里蹦出几字："我想要……"顿了一下，接着说："皇叔的重视和信任。我想成为皇叔的骄傲。"

我心头微微一热，这小狼崽子，倒是一片赤子丹心。这偌大的深宫之中，我们这些皇嗣看似呼风唤雨，被众人簇拥，可谁也不会真正信任谁，都是各自为政，背道而驰。披荆斩棘坐上皇位，位居万人之上，更是孤家寡人，高处不胜寒。

"独儿你这样想，孤真是没有看错人。"我早已冷如冰窖的心底竟然被这赤子之言烘出一丝暖意，语气不觉柔和下来，微微一笑，"来，把桌案取来，你不是要与孤小酌一番，今夜，你我叔侄二人就一醉方休，可好？"

萧独却不识趣地站起身来，将我的腿放回榻上，慢慢抬起眼皮，绿眸幽幽："我今日在宴上也喝了不少，不胜酒力，喝不下了。"

"你……"

我被这小子的善变弄得莫名其妙，只见他直起身来，顺手将地上染血的袜子一捞，并不看我，径直走到门口。

"我去命尚衣局为皇叔弄套干净衣衫来，皇叔先就寝吧。"抛下这么一句，他便扬长而去。

平白地被小狼崽子甩了脸色，我负气卧下，失血让我本就虚弱的身体更是没有一丝力气，躺在床上头脑眩晕，却又睡不着。

正当我如坠梦魇，昏昏沉沉，门"砰"地一下被推了开来，我被吓了一个激灵。只见萧独站在那里，手上拎着一壶酒，眼神直愣愣的。

我捂着因惊吓过度而狂跳不止的心脏，对萧独横眉怒目："谁让你这么闯进孤的房间了？"

萧独不答，好似是真的醉了，眼神都变得不对劲了。

我气不打一处来，道："你的礼数都丢到哪里去了？"

萧独跌跌撞撞地走了过来，散着酒气，说："皇叔，我心里难受，陪我喝……喝酒！"

我颇有些无奈，但看萧独这副模样，又念及他对我的好，索性接过他的酒壶："说说，怎么了？方才不是还好好的吗？"

"皇……皇叔，世上只有你待我好。"他仰视着屋梁，嘴里酒气腾腾，一双绿色的眼眸大睁着，竟似个孩童一般溢满了泪水，"你可知，今日是我生母的忌日。没有一个人记得，也没有一个人在乎。父皇也一样，他连我的生辰都不记得。皇叔……"

我一时语塞，竟不知该说点什么来抚慰他。

他不知，我也并非真心待他好。

我看着他，觉得这个半大少年似一只被人遗弃的小狗儿。不对，他不是小狗儿，他是小狼崽子。

我盯着他半明半暗的脸，越看越是不安。有朝一日他知道真相，又会如何？会恨我入骨，与我反目吗？

不行，我定要将这份心思藏好，将他牢牢拿在手里……

就在我暗自思量时，他却醉得伏在桌案上睡着了。我暗叹了口气，回到床榻，辗转未眠，直到天亮之际才睡了过去。

次日一早，我醒来时，发现萧独已无影无踪。

辰时钟声响起之时，冰嬉大赛正式拉开了帷幕。

我抱着看戏的心情落座于看台之上，望向已变为赛场的春旭湖，一众皇嗣与校卫俱身着皮服轻甲，提着球杆蓄势待发。大皇子萧煜和萧独一队，萧煜充当前锋，而萧独负责后卫，眼见我教他们的不同技巧眼下便要派上用场，我颇为期待。

当然，我期待的并不是这场大赛，而是这场大赛上即将发生的事。

试过毒后，我小啜了一口热酒，目不转睛地看着众人滑进赛场，开始激烈地争夺冰球。

如我所愿，萧煜一马当先冲在了最前，抢得了冰球，无人能敌其骁勇迅捷。可他太过争强好胜，一心求快，为防被紧随其后的三弟萧默追上，用上我教他那招"仙鹤亮翅"。只见他双臂展于背后，身体前倾，一个重心不稳，双膝着地，当下便重重地摔在地上，往前滑行了数丈，引来看台上一片惊呼。

萧澜亦从皇位上站起身来，着急地说："快传御医！"

萧煜被架下台去，一年一度的冰嬉大赛却还得继续。

萧独顶替了萧煜的前锋位置，在大赛上一展风采，临到最后关头，冰球却被一位突然杀出的宫廷御卫一杆打飞，不偏不倚地飞向皇座上的萧澜。皇座旁边的宦官宫女们来不及阻拦，是白延之眼疾手快地为萧澜挡了一下，可冰球仍然击中了萧澜的额头，将他的冕冠砸落，他头破血流，当场昏厥了过去。

于是，冰嬉大赛在此起彼伏的"抓刺客"之声中落幕。

我知晓这小插曲就是白延之的安排。他是个武人，喜欢用直接的方法来铲除敌人，虽然萧澜没有死的消息令人失望，但他养伤的时间就是我夺回皇位最好的机会。

萧澜在冰嬉大赛的当晚从鬼门关前转了一圈，三日之后才醒过来，听宫人们说，他患上了头痛症，时而清醒，时而恍惚，精神大不如前了。

许是萧澜大病初愈，神志不清，在春祭结束的祭礼上，他竟依照大神官翡炎的预言，宣布将封在骑射大典与冰嬉大赛上一鸣惊人的三皇子萧独为太子。

我没有想到这件事进行得如此顺利。白延之的一步险棋可算歪打正着，促成了我极想达成的局面。萧独自此从最不受待见的小杂种一跃成为皇储，这是众人没有料到的。

只是，太子可立，亦可废，在册封萧独为太子的典礼举行之前，此事也并未一锤定音。待萧澜伤好后，恐怕，就是另一番局面了。

第七章 受辱

早春三月，乍暖还寒。

我披着熹微的晨光走进羲和神庙，跪在羲和神像之下，接受大神官翡炎的祝福。

他将混了金粉的朱砂以手指抹了一点在我额上，我从他的袖口嗅到儿时起就熟悉的焚香气息。其实，曾经我与翡炎的关系远比我与父皇要亲近，比起我那子嗣众多的父皇，他更像是我的父亲。

自从十二岁时发现他对母亲的爱慕之后，我心里就对他产生了一股难以磨灭的厌恶，但翡炎是我如今在宫中为数不多的可以信赖的人。

虽然神官没有实质的权力，但他说的话、做的事，都代表了神明。

"太上皇病魔缠身，需消除业障。"翡炎对着我身后听命于萧澜的宫人道。

近日来，萧澜的精神不太好，但他对我的监视丝毫没有减少，药也按时送。不过，我的身子比去年冬日时好了一些，咳得没那么厉害了，只是仍然没什么气力。

我随着翡炎走进神像后面用彩幡遮住的神隐阁，沐浴焚香。

待童们为我宽衣解带，扶我浸入从神庙后山引流的圣水池中。翡炎将他们遣退，跪在池边，将我的发簪取下，像儿时一样掬水为我清洗三千烦恼丝。

我们谈论到朝中最近的动向，白延之已送魑族的使者返回北疆，而白辰留了下来，在朝中任官，因其文采斐然，便入主内阁，被任命为学士，兼任礼部侍郎。与他一起留下的，还有白家的一支精锐人马，被称为白衣卫。他们都隐身于冕京的花街柳巷，只待时机合适时由我发出信号，便会一举攻入大冕皇宫。

但现在，并不是合适的时机。大冕的兵权还掌控在萧澜的党羽孟家手里，我得从内部动摇萧澜的统治。

眼下正值多雨时节，南疆发了洪涝，海寇趁机入侵了南部靠海的瀛洲，引起了范围不小的暴乱。若萧独能在此时前去赈灾抗敌，鼓舞士气，虽然有些冒险，但他若能凯旋，那萧澜即便有心不遵守立他为太子的诺言，怕也不是件容易的事儿了。只要萧独顺利当上太子，我要办起事来，自然事半功倍。

大皇子萧煜双腿俱伤，不知能否恢复，暂时只能坐着轮椅行动，他是无法前去瀛洲立功的。只剩下二皇子萧默了，可不能让他抢了先机。

"你今日去了早朝，情况如何？"我问翡炎。

"要起浪了，平澜王有了动作，皇上要小心些。"

他与梁然一样，依然称我为皇上，称萧澜为平澜王，这使我很是愉悦，但他告诉我的事情却令我的心情一落千丈。

翡炎告诉我，虽然萧澜现在精神欠佳，但他终于要对内阁下手了。大学士杨谨被人密报在家中发现谋逆的证据，据说是一份来自我父皇的密诏残片。萧澜没有将密诏的内容公之于众，以杨谨私自模仿已故先王的字迹为由将其定罪下狱。不仅如此，这件事还牵扯到了内阁其他的大臣。我开始隐隐有些不安。

我不知道他是栽赃杨谨，还是那份密诏真实存在，因为我也不是名正言顺地继承皇位的。虽然父皇曾昭告天下要传位于我，可他临终前改了主意，他说我年少而冷血，残杀手足，将会是个暴虐的皇帝，有意废了我的太子之位而传位于其他皇子。私下里，我听生母羽夫人说，父皇其实是怀疑我的血统。

我自小便认为自己是注定继承皇位的天之骄子，自然没给父皇变卦的机会。

大学士杨谨在这件事上帮了我，但我不知道他是否保留了真正的密诏。

如果萧澜真的知晓了此事，那我连这个太上皇的身份都保不住了。

"若皇上是在忧心那件事，不必太过焦虑。那份密诏早就被烧掉了，杨谨不可能留着，此事多半是平澜王布的局，以防杨谨说出什么不该说的秘密……"

我立刻明白了翡炎的意思，眯起眼，点了点头。

我一点也不相信自己不是纯正的皇族血统。

我一点也不相信那个不知从谁口里传出的隐秘而可怕的谣言——

说我是翡炎的儿子。

"皇上长得是越来越像羽贵妃了。"

我正出神时，忽然听见翡炎这样感叹道。他如此怅惘的语气，就好像从我身上看见了母亲的影子。

我没来由地感到一阵厌恶，从水里猛地站起身来，走到镜子前，等待他为我涂抹强身健体的虎油。

翡炎来到我的身后，我从镜中看见他的脸，长眉入鬓，眼若星辰，时近壮年便须发皆白，可容貌仍与我儿时见到的并无二致，仿佛真是长生不老的仙人。

反观我这张像极了我生母的脸，与他半分不像。

我讥讽地一扯唇角："难为大神官如今还记得我母妃。"

翡炎眼神一黯，将混了金粉的虎油倒在我背上，以手慢慢抹开："皇上只顾挂心着朝堂上的事情，就没有想过笼络后宫里的女人也有用处？"

是啊，翡炎不就是靠着我母亲的提携，从一个小祭司平步青云的吗？不过，他倒也说得没错。后宫里的女人们都不是简单的角色，就像我的母妃与孟后。

"大神官所言不虚，是朕疏忽了。"我微扬下颔，发出"朕"这个音的时候，感到恍如隔世。

我从镜中审视自己的倒影，我二十有三，样貌体征都很年轻，但看起来孱弱而病态，皮肤苍白得缺乏血色，好像一尊冰铸的雕塑，一碰就要碎了。

我不禁担心自己是否能活到再自称为"朕"的那一天。

由于长期服用萧澜赐的药，沉积在体内的毒素彻底弄坏了我的体质，我再也无法像以前那样骑马打猎，上阵杀敌，只能保持着病恹恹的状态。我尽量克制不去想以后的事，免得失去斗志。

翡炎束起我的头发，以一根辟邪的桃木簪固定，正要为我擦掉虎油，却听见外面传来一声尖细的高唤："皇上驾到——"

翡炎脸色微变："皇上，您先候上一会儿，我得出去迎驾。"

我点了点头，待他出去后，拾起布巾草草擦掉身上的油脂，穿上中衣，将彩幡掀起一条缝。

进来的不止是萧澜，还有他的几个子嗣和后妃，除了腿脚受伤的萧煜不在之外，其余的都来齐了。随行的还有一队宫廷御卫，严阵以待得仿佛要上阵杀敌。

我来得太早了，早过了他们每日清晨参拜神像的时间。

萧澜额头上的伤已经褪痂了，只留有一个淡红的印记，被冕前的金旒一遮，若隐若现的。他看起来还算正常，不知是不是真如顺德所说会偶有癫狂之状。

我希望萧澜不死也重伤，可若是因此令他变得更加危险，那就得不偿失了。皇帝祭拜过后，皇嗣们也逐一来到神像前。

我发现短短时间不见，萧独个头又拔高了不少，已然超过了他的几个哥哥与他的父皇，头都触到上方悬挂的神铃。许是因为萧澜口头宣布要册立他为太子，他已戴上了皇太子才可佩戴的平冕，桀骜的卷发从边缝里不屈不挠地溢出来，像极了他的秉性。神情姿态、举手投足，也多了些许天潢贵胄的傲气。

小狼崽子，披上人皮后，还挺像模像样的。我眯起眼，见他取出一支紫檀，插在香炉之中，目光扫了扫两侧，顺手捏了一把香灰藏于袖中。我不由得心里咯噔一下，这香灰因含毒性，历来是严禁人私取的。

他拿这个做什么？要对谁下毒吗？

我思索着，只见萧独将手收回，面无波澜地行了一礼，退了下去。恰在此时，一阵风穿堂而过，将彩幡吹了开来，我来不及躲藏，便听一声惊叫："刺客！"

是萧澜喊的。因被冰球击中的事，他已有如惊弓之鸟。几十个宫廷御卫一拥而上，拔剑刺来。彩幡被齐刷刷地割开，落在我身上，我身子无力，退了两步倒在地上，被彩幡结结实实地蒙住，宫廷御卫们扑上来七手八脚将我按牢。

"留活口，朕要亲自审讯。"

翡炎惊道："皇上，那是太上皇！"

"你们还不滚开！"是萧独的声音。

钳制着我的几只手当即一松，一串脚步声即刻来到我面前，紧接着，我身上的彩幡被扯了开来。我意识到自己未着外衣，在此场合有损皇家颜面，于是试图攥住彩幡的一角，但一双极为有力的手猛地将彩幡掀了起来，萧独的脸顿时出现在我眼前。一看之下，我们俩都愣了一下，他马上松开彩幡，恭恭敬敬地将我扶了起来。

此刻，我前所未有地狼狈，比被萧澜逼着唱戏之时有过之而无不及。

萧澜饶有兴味地盯着我打量一番，问："不知太上皇在神庙做什么？"

我被侍卫们一番折腾，浑身酸疼，有气无力地接口道："近来身子不适，过来请大神官驱驱邪祟罢了。"说着，我斜眼扫向一旁，招了招手，"顺德，还不快过来，伺候孤更衣。"

顺德走到我身边，刚将我扶住，萧澜却不怀好意地一笑："驱驱邪祟？正好，朕留了一位魑族巫医，医术神妙，前段时日朕性命垂危，便是他救了朕。方才太上皇想必是受了惊吓，去朕那儿试试那巫医的医术如何？"

我装作漫不经心地搭上顺德的手，只觉此地不宜久留，头却阵阵发晕。

"谢皇上美意，孤还是早些回去歇息为好。"

萧独跟上前来，挡在我身前："父皇，儿臣护送皇叔一程。"

萧澜看了看我,又扫了一眼萧独,脸上的笑容渐渐消失了。我心里有了一种不祥的预感,萧独要护我的意愿太过显露,萧澜却恨透了我,显然是心血来潮想将我带走折磨一番,岂容他的儿子为了我这个眼中钉、肉中刺,和他唱反调?这不是触他的逆鳞吗?

萧独这小子,简直是在帮倒忙!

我迈开腿脚,身子就不听使唤地向前倒去。

"独儿,太上皇身子不适,你胡闹什么?"

萧独虽然搀住了我,但不经萧澜允许也无法扶我离开,只得一点一点地松了手。我扭头求助于翡炎,意识却慢慢模糊下去……

短暂的眩晕过后,我便醒了过来。

身下颠颠簸簸,头顶是晃动的金黄车盖,雕有九曜的图案,我意识到自己身处在御辇之中。见我醒了,坐在一旁的萧澜面带微笑地端详着我。我试图撑起身子,却发现心有无力。

我冷笑地盯着萧澜的眼睛:"四哥,你真的什么都不顾了吗?好歹我现在还有个太上皇的身份。"

"难为你还肯喊朕一声四哥,我的六弟。"他低下头道,"这个时候我们称兄道弟有什么意思?兄不友、弟不恭,何必装模作样呢?"

说罢,他将我猛地一推,一把推下了轿子。我滚倒在地,又被一股力道猛地拖拽而起,才发现自己的双手被系在轿子上。我没来得及爬起来,整个人便被向前拖去。我蜷缩成一团,捂住自己的头脸,企图护住自己最后的尊严,顾不上背上腿上被磨得鲜血淋漓。

这条宫道似乎漫长得没有止境,不知过了多久才停下来。我颤抖着睁开眼睛,看见行过的宫道上全是我斑驳的血迹。浑身疼得像是被剐过一遍,甚至连呼吸的力气也不剩了。

这一路上有多少人看到了?他们可知道像罪奴一样被拖过宫道、游街示众的是他们曾经的帝王?

"皇上!"此时,一个女人的惊呼声传来。

我的脑子瞬间嗡嗡作响。那是我曾经恋慕过的钥国公主——何意。

我不敢看她，以这种狼狈不堪的模样，目光却不受控制地向那个声音传来的方向投去。

何意脸色苍白地看了我一眼，眼眶里瞬间蓄满了泪水。我慌忙收回视线，把自己缩得更紧了，恨不得立刻灰飞烟灭，不必承受如此屈辱。

——在自己曾经心仪的女人面前受辱，是比凌迟更残酷的刑罚，何况她如今已经成为萧澜的皇后。

可显然易见，这就是萧澜希望看到的。

"皇上，您怎能如此？他可是太上皇啊！"她跪了下来，抓住萧澜的袖摆，"皇上，您就算对太上皇心存芥蒂，也要顾及天家颜面，您这般待他，如何向天下交代？"

她话音未落，就被萧澜冷笑着扬手一掌，打得滚下台阶。

"他是太上皇吗？你哪只眼看见他是太上皇？再说朕做什么，岂容你一个妇人置喙！"

宫人们惊呼着将皇后扶起，血迹从她的身下渗出，染红了她绣满一千只蝴蝶的薄纱长裙，她捂着小腹，痛呼声不断，听得我都心觉不忍，萧澜却连看也不看一眼便拖着我进了寝宫。

我彻底相信萧澜自冰嬉大赛后言行可怖的传言是真的了。

听闻他醒来那夜满口胡言，亲自动手用烛台在寝宫里重伤了几名宫女与宦侍，口口声声说他们是随他一起逃出鬼门关的怨魂，是曾被他杀死的那些人。他在暴行后更是饮酒作乐，宣淫到天亮，可白日在朝堂中表现得又极为正常，甚至截然相反。

他疯了，可又没有全疯。他释放出压抑已久的本性，那种藏匿在他骨子里的暴虐、残忍与荒淫。父皇得到的预言是对的，他临终前认为大冕国将来的皇帝将是个暴君，只是那个暴君不是我。

"萧澜……你知道你在做什么吗？"

被拖进门内时，我气喘吁吁地质问。寝宫四角的香炉里燃烧的龙涎香袅袅生烟，却令我一阵阵地作呕。

萧澜挥了挥手，命宫人们将我绑起来，吊在他的龙椅前。

在我对面的墙上，镶有一面铜镜，镜中的我衣服破烂不堪，遍体鳞伤，披头散发，如同街边最下贱的乞儿。

萧澜就坐在龙椅之上，欣赏着我此时的模样，冷笑连连。

我不知道接下来他要用什么方法来折磨我。内阁的老臣们不能及时保护我，那尚未磨利爪牙的小狼崽子不足以保护我。

而我更是无力保护自己。

我错估了萧澜，他并不那么在意自己能不能成为一个流芳百世的贤君。至少，现在不在意了。

我不愿自乱阵脚，漠然地注视着镜子，眯了眯眼，道："萧澜，皇后如果因你的暴行而小产，她若心怀不满向母国告状，你可知钥国那边会有什么反应？"

萧澜默然一瞬，道："钥国若有反应，正好，大冕便有理由出兵讨伐。朕不像你，只甘心维持大冕现在的疆域，朕想除掉钥国这根喉中刺已经很久了。"

我冷笑沉吟："你不是想除喉中刺，你是想为自己建功立业。萧澜，你自登位以来尚未亲自出征，打过一场胜仗，你心急了，是不是？可惜钥国这根刺，你拔不得，你若拔了，只会血流不止，引来西边早就虎视眈眈的饿兽一拥而上……"

"朕要怎么治国，不用你教。"萧澜一字一句道，"你总是那么自以为是。你以为你是天之骄子，父皇也最看好你，结果怎么样？你和你的江山还是落到了我的手里。你光顾着提防太后，还有大哥、二哥、三哥，却偏偏忽略了我这个不起眼的窝囊废……实在是失策。"

我垂下眼皮，不再与他争论。自古以来，为夺皇位处心积虑隐忍数十年，登上帝位后却暴虐自负、放纵骄奢的皇帝不在少数，萧澜显然就是一个典型。

终有一天他会自取灭亡。只要……只要我忍过这一时。

可是忍，又谈何容易？

"你知不知道你最让朕讨厌之处是什么？"萧澜眯起眼，打量着我，"萧翎，就是你身上这种天生的王者之气，你被废了，被软禁了，还是一副高高在上的样子，好像还穿着龙袍，坐在龙椅上，接受万人朝拜，看了就让人心生厌恨。"

"疯子！"我厉声痛斥。

"疯子？萧翎，我上次微服出巡，看见街角有个疯了的乞儿，跪地讨饭，你现在的模样就跟他不相上下。"

"不知道皇后今日见到你这般模样，还会不会对你念念不忘？"

"真该叫关外那些蛮子也来看看你，曾经不可一世的天之骄子，令他们闻风丧胆的少年帝王，如今却是这副狼狈样，不知会作何感想？啧啧啧——"

他的话语比他的行径更折辱人，我怒得浑身发抖，剧烈地咳嗽起来。他站起身来，缓缓拿起龙椅旁的一把鞭子。

突然，外头传来一阵惊叫，一串杂乱无章的脚步声奔向了寝宫。

有人大喊起来："走水了！走水了！快去救皇上！"

萧澜起身将窗子推开一条缝，我一眼便窥见了寝宫内的火焰，不知是什么东西使一棵大树烧了起来，黑烟腾腾升起。我竟仿佛从那烟雾中看出了一只若隐若现的狼影，它仰头长啸，顺着高翘的檐牙直冲天际，只眨眼工夫就消失得无影无踪。

火势很快蔓延开，宫人们迅速赶来，萧澜不得不暂时放过了我。

大冕国历代皇帝居住的寝殿被烧得不成样子，查来查去，罪魁祸首却是一盏被飞鸟碰落的天灯，而天灯恰好掉在了寝殿二层外遮阳的帘子上，便立即烧了起来。

我听着侍卫惶恐的解释时，却情不自禁地想起了骑射大典上萧独射的那一箭。

若是萧独那小狼崽子干的，他可真是……天大的胆子。

我希望萧澜别对他起疑，本来萧独这个储位就只是口头许诺，绝非他真心想立。我猜测他多半是欲擒故纵，先遂了那些以翡炎为首支持萧独的一派老臣的意，再伺机找个由头将他们一网打尽。

再往深了想，萧澜更不希望他一双儿女的母亲孟妃家族的势力在朝中独大。萧煜伤了腿，成了残疾，有损威仪，不可立为太子，而二公主萧媛已订下与霖国王子的婚约，即将出阁，他便立萧独为太子，以期萧独的养母俪妃背后以太尉越渊为首的越家势力来制约手握兵权的孟家。

怎么看，萧独都身在风眼之中。

大火扑灭后，倚日宫已无法再住人，萧澜只好迁到南边的夏曜宫，却没有放我回幽思庭，而是将我一并安置在了夏曜宫后山的宫苑内。

当晚，皇后小产，且生命垂危，恐怕母子双双不保。

听见宦官禀告的这个噩耗，萧澜才面露悔意，动身前去皇后的寝宫。

我坐上前往夏曜宫新居所的轿子时，迎面遇见几个人影纵马匆匆而来。

那是几位皇子、公主与一众侍卫，他们似乎正从狩猎场上归来，还身着骑装，背负弓箭。我从帘缝里望见萧独也在其中，他肩上扛着一只幼鹿，正与大姐萧璟、二姐萧媛并肩而行，萧默脸色阴冷地紧随在三人之后，反倒成了被冷落的那一个。

我的轿子接近这队人马时，他们纷纷下马向我行礼。

我想起白日屈辱的情形，听见他们毕恭毕敬地喊"太上皇"，连轿帘也不想掀开，只冷淡地"嗯"了一声，便命宫人们起轿。

晃晃悠悠地行了一程，一串马蹄声自后方哒哒追来，有人喝道："停轿！"

轿子一停，宦侍道："五殿下？"

有人小声斥责："叫什么五殿下，叫太子殿下！"

"谁让你们停下了？"我攥紧轿帘，不想被小狼崽子看见这副狼狈的样子。

沉稳的脚步声接近轿前，帘子一动，我紧紧扯住，不想被他掀开。

"皇叔，夏曜宫往上是山坡，行轿不便，我送您一程。"

我清清嗓子，道："不必了。孤身子不适，无力骑马。"

"无力……骑马？"

我听他低声重复，便知小狼崽子定是猜到了什么，却也不想解释，只是不耐烦地催促道："今日皇宫走水，你父皇定受了惊，皇后又小产，定要举行一场祭祀驱邪避凶。你身为太子，理应在场，还不快去，晚了可就不合礼仪了。"

萧独沉默半晌，深吸一口气："那……我晚些再来探望皇叔。"

巳时。

夜深人静，我命宫人给我调了可治愈外伤的药汤，独自浸泡在池中。

尽管如此，我身上却阵阵发冷，控制不住地想，现在的处境是不是当年我参与皇位角逐的报应。

可我不会服输，也不会认命。

死，我也要死在龙椅上。

恍惚之间，我睡意渐深，身子不住地往池水中滑去。呛了口水，我刚刚稳住身形，却听见"咔"的一声，抬眼一看，只见萧独从窗中矫健地翻了进来，长臂一伸，将我拽出了水池。

他剑眉紧锁，一双碧眸惊痛难掩："皇叔，您做什么？"

我暗忖，莫非他以为我被萧澜折辱后意图轻生？

我反问他："你半夜三更又闯到孤这里来，被人发现可怎么是好？"

"发现不了。我天生似狼，擅长夜行。"

"今日那火，是不是你放的？"

萧独不置可否，目光却时不时地往水中扫去，咬着牙，从牙缝里挤出几字："父皇对你动用私刑了？"

我不愿回想，面若寒霜，道："今日之事，不许再提。"见他及时闭嘴，我又放缓了脸色，低声道，"放火烧皇帝寝宫，亏你小子干得出来。勇气可嘉，但以后万事小心，莫让你父皇生疑。"

"那一箭非我所放，皇叔不必担心。"萧独面色稍缓，"不过是一个不懂事的侍卫放错了方向罢了，我什么也不知道。"

我有些意外地一挑眉，哂道："知道借他人之手，聪明。"

萧独瞳孔一缩："我还有更聪明的时候，皇叔会知道的。"

我欣慰地笑了一下，转过头去，起身出了浴池，拾起寝衣穿上。

萧独将我扶到榻上，我躺下来，头一挨到枕头便昏昏欲睡，放下帘帐准备就寝，懒懒地吩咐他说："替孤将灯灭了。"

萧独弯腰吹灭烛灯，人却没走，在黑暗中徘徊于我榻边，不知是何意。

我睡意渐浓，勉强撑着眼皮："还不早些回去，你想被人发现不成？"

萧独定立不动，碧眸微光闪烁："我……等皇叔睡着，再走。"

我隔着帘帐瞧着他影影绰绰的挺拔身影，只觉他像极了一只耐心蛰伏的小野狼，等待猎物放松警惕，便一跃而起，咬住猎物咽喉。这荒谬的感觉令我极不舒服，可感觉终归只是感觉，我从心底里并不忌惮这半大小子，再说这小子现在一心向着我，怎会趁我睡着加害于我呢？

这么一想，我便兀自阖上了眼皮。可随睡意一起涌来的俱是白日遭受折磨的情形，我浑身一抖，便惊醒过来。

"皇叔……你做噩梦了？"

萧独竟还没有走。

我头痛欲裂，迷迷瞪瞪地眯起眼。

"你怎么还没走？罢了，你且来帮孤按按头，孤头疼得很。"

"嗯。"

黑暗中响起窸窸窣窣的声音，萧独搬个凳子坐在我的榻头后方，掀开了帘子，我撑起身子，多垫了一个靠枕，方便他揉按我的头部。他手指的力度不轻不重，恰到好处，指腹上又带有薄茧，似一把细沙磨过头皮，让我顿觉通体舒畅，说不出地惬意。

萧独小心翼翼地问："皇叔，可觉得舒服了些？"

我点点头，哂道："想不到你小子还有这么一手绝活，以后多给孤按按。"

萧独"嗯"了一声，一手滑至我的后颈，着力一捏。这一下捏得正是地方，我少时因常戴冠冕，颈肩患有隐疾，时常隐隐作痛，每逢春雨时节尤甚。

"多捏捏这儿，肩膀也来几下。"我闭着眼吩咐。

萧独默默按着，而我，则迷迷糊糊睡了过去。

半睡半醒间我不由得在心中暗想，萧翎，萧翎啊，你妄图翱翔于天穹，凌驾众生，可终究只是个凡人。隐藏在不肯卸掉的帝王面具下的，是有弱点的血肉之躯啊……

突然，我的身子一轻，似是乘着什么纵身而起，跃入风中。

我睁开眼，发现自己竟趴在一只雄壮矫健的雪狼背上，正被它带着在草原上疾驰。我抚摸着它粗硬的狼毛，心底喷薄出一股强烈的征服欲来，我一臂扼住它的脖颈，一手去袭击它的双眼，可它猛然站定，晃了晃硕大的狼头，便轻易将我甩下背来。我倒在地上滚了几圈，被它猛扑上来用前爪踩住了背脊，趴在草地上动弹不得。它那锋利的爪子触碰到我的皮肤，喷着粗气的巨大狼嘴掠过我的后颈，一口咬了下来！

"啊——"

我大叫一声，从这个梦魇中猛然惊醒。

"皇叔，您又做噩梦了？"萧独的声音从上方传来。

我喘息着，一时无力说话，我竟然梦见自己被一只野狼袭击了，这是不是什么不祥之兆？那野狼代表什么？我摆摆手想让他走，萧独却毫不识趣地起身点了灯，为我倒了杯茶来。

"皇叔，喝水。"

我接过杯子啜了口茶水，因心神不宁，喝得太急，呛了一下，萧独紧张地伸出手。

"难为你这么用心。孤身子无碍，你回去吧。"我将茶杯还给他，再次躺了下来。

"那侄儿先行告退。"

他熄灭烛灯，闪身朝窗户走去，帘子"呼啦"一声，动静便远去了。

这后半夜，我却再也没睡着。

我反复回想这个梦，觉得是个不祥的预兆。萧独如今愈发聪明，愈发有城府，行事也愈发有主见，我这执子之人，倒是愈发倚仗和依赖他了，如此下去，说不定哪天倒反被他拿捏住了。他不是小狗，而是一匹雏狼。

我得想个法子，试试他。

"当——当——当——"

辰时的钟被敲响了，却不是平日的钟声，反而透着一股凄凉的意味。

这一日，皇后因小产而殁。

如我所料，早对大冕西部的夕洲虎视眈眈的钥国闻讯暴乱，与西疆之外的几个小国一起举兵入侵夕洲。此时，南部瀛洲洪灾海寇之危未除，于大冕而言，可谓祸不单行。

萧独与萧默竟相主动请缨，萧澜命他们前往瀛洲赈灾平寇，他则亲自带兵出征钥国，朝中之事命太尉代为监国。奈何路途遥远，萧澜抵达落日河时，钥人已将夕洲攻占，欲渡落日河南下，大举进攻大冕腹地。双方久持不下，沿河交战半月之久，萧澜渐现败势。

这是我能预见的，他并不是一个出色的用兵之人。

我本欲趁萧澜兵败之际与翡炎合谋，借神谕之名发动一场宫变，重夺帝位。却没料到，在关键时刻，多年与大冕互为宿敌的魍国竟举兵相援，为萧澜扳回了局势。而我，也由此窥见了更大的危机——魍国，这头饥肠辘辘的恶狼，比西边的小兽们要危险得多。

萧澜的凯旋使他的帝位更加稳固，连几个本来对我禅位于兄一事颇有微词的内阁老臣也变了风向，令我重夺帝位的计划不得不从长计议。

我很不甘心，却心知不能操之过急，否则将惹来杀身之祸。

听到萧澜凯旋之讯的那夜，我刚用过晚膳，不速之客便找上门来。

当时，听见那娇滴滴的女声在外头问顺德我的身子可好些了，我便知道是漱玉宫的宫女又来请我去孟贵妃那儿赴家宴，可我自然不会去赴这鸿门宴。

朝中有不少人将我这个废主视作隐患，欲除之而后快，尤以自萧澜即位后重掌兵权的孟氏家族为首，他们还没有忘记我那曾妄图称制却败在我手下、后又自杀的嫡母孟后。萧澜的这个贵妃乃是我嫡母的亲侄女，她怀的什么心思，我再清楚不过。

因萧澜走后增设了宫人将我严密看守，我又称病不出，孟贵妃也奈何不了我。

见明着不行，她便使暗招，竟遣了刺客前来刺杀我。

可她没想到的是，我早有防备，以白延之安插在宫人间的白衣卫抗之。

活捉了那刺客后，我命顺德对他施以酷刑，摧折其心智。第二日，便派白衣卫将负责监国的太尉越渊刺伤，将这疯癫不治的刺客扔在他府中。

越家与孟家，前者手握政权，后者手握兵权，素有不和。我正愁从何入手给萧澜的皇权制造一个巨大的裂痕。如此一来，可谓天降甘露，正中我下怀。

果不其然，越家怀疑到了孟家头上，萧澜还未回宫，两家便在暗中起了冲突。

这夜，我正听顺德向我汇报越、孟二家的动向，忽听窗外传来一声鸟叫。

这是白衣卫的信号。

我推开窗子，扮成宫人模样的白衣卫进来，只见这曾护卫我生母十年的白衣卫长官白厉一脸紧张，一手按着左臂，衣间隐隐透出血迹。

我本以为他是在越府时受了阻拦，一问之下，才知并非如此。

在那刺客前来刺杀我之时，他遇见了一个神秘的蒙面者，与他交手一番，却发现蒙面者也是为了阻拦这刺客而来，见白厉将刺客擒获，他便遁逃无踪。次日，白厉将刺客送入越府，险些无法脱身，也是这神秘来客突然现身，出手相助。

逃出越府后，白厉一路追踪他至皇宫外，却被他击伤，丢了这位神秘来客的下落。

莫非是萧独这个小狼崽子？听白厉细细道来，我心下生疑，又觉不大可能。

萧独远在瀛洲赈灾抗寇，分身乏术，也必不可能丢下国家大事不顾。

而白厉的描述也否定了我的猜测。

此人身高逾八尺，身手敏捷，苗条纤细，一把弯刀使得出神入化，显然不是萧独。听见白厉提起他右手缺了两指，双目湛蓝，我立时便想起了一个人来。

这人是个魑族人，名为乌沙，是魑国乌邪王身边一员猛将，也曾与我交过手。

他擅长暗杀潜行，凌厉狠绝，在大漠之上素有"鬼影"之称。

那日，乌顿带领一班使者入宫时，乌沙定是混在其中。

一想起此人，我不禁出了一身冷汗。

为何乌沙会隐身于大冕皇宫之内，他意欲何为？过了这么久都没人发现，他藏身于何处？是为了对付萧澜，还是为了向我这个曾重创魑族的废主复仇？若是后者，乌沙隐身于皇宫已逾数月，为何没惊动白衣卫，到刺客暗杀我时，他却突然出现，且竟出手助白厉行事？

难道他是友非敌？难道魑族想借我这个废主之手除掉大冕现任皇帝？

若是如此，魑族可真是打的一番好算盘。

他们是否想过我会为了夺回权位，愿意里通外敌？

其实，若萧澜逼我太甚，我的确是愿意的。攘外必先安内，便是此理。

"皇上，可需要我彻查此人，确认他是否为乌沙？"

见我半晌不语，面露冷笑，白厉主动请命。

我点了点头："若你找到此人，带他来见朕，朕亲自会一会他。"

白厉拜退："遵命。"

这夜之后，我的日子暂且恢复了平静。光阴似箭，没过多久，萧澜便已返回冕京，而萧独亦抢先三哥萧默一步从瀛洲归来，紧随父亲的脚步踏入冕京的城门。

我登高远望，在宫楼之上，看见他们的人马浩浩荡荡行进冕京的北曜门。

城道两旁人山人海，高耸入云的北曜门缓缓开启，门后透出万丈曙光之际，数万白鸽一齐飞上天穹，夏风吹得开遍满城的千日红漫天飞舞，绚烂宛如烟火。

萧澜身披金色铠甲，头戴旭日王盔，身骑白象，受万众瞩目，英武如神，在他的八名御卫之后，便是随后进城的萧独。他玄甲乌骓，一手拎着亲手斩下的海寇头子的头颅，虽跟在父亲之后，仍是霸气难掩，气宇轩昂。

父子二人风光无限，此情此景，比当年我凯旋时更声威浩大。

我不知冕京的百姓是否还记得我这个废帝，兴许在他们眼里，我在位时期只是昙花一现的盛景。对我寄予厚望的生母若见了我今日这副模样，不知该有多失望。

我未一飞冲天，反倒坠落至此，实在愧对她为我取的这个"翎"字。

如此孤身立于这城楼之上这般想着，我竟有种一跃而下的冲动。

我张开双臂，一任炎风撕扯着我的红袍黑发，宛如母亲赴死之时。

她是那般美丽而决烈的女子，父皇虽封她为妃，将她禁于这偌大的皇宫之中，却花了一生也未令她倾心于他。及至死时命她殉葬，父皇也未能如愿以偿。

"看！那是什么人？"

"是羲和，羲和现世了！"

"吉兆，吉兆啊！"

"快跪下祈福！"

底下有人此起彼伏地喧哗着，显然是注意到了我的存在。

我低头俯瞰，只见万千国民纷纷朝我下跪，头颅朝天，乌压压的一片，连城道中央正在行进的人马都停了下来。身为一国皇帝与太子的父子二人皆仰头望着我，只听他们二人同时下令，数百御林军便冲到了我的下方，扯起那巨大的冕旗，似乎怕我真往下跳。而萧独径直一马当先，越过御林军冲进了宫门。

我欣赏着底下这兵荒马乱的景象，笑得咳嗽起来，不得不以袖掩面。若是我这般跳下去，那倒真的遂了萧澜所愿了。

可我怎么可能在他们凯旋之时轻生呢？那岂非沦为了萧氏历史上最大的笑话？

我仰头大笑，身子向后倒去，撞在一副硬邦邦的铠甲上。我一愣，嗅到身后之人的身上有股杀伐的血腥味，混合着海水的咸涩，活像个海寇，精健结实的手臂将我架住，臂甲硌得我骨头生疼。

"皇叔，好久不见了。"

萧独的声音在我耳畔响起，褪了一分青涩，多了一丝野性，像个大男人了。

我站稳后，又听见他低声道："皇叔，您方才想干什么？"

我转过身，见面前高高大大的一个人，身躯挡住了日光，一片阴影笼罩着我。我心下一凛，有些不自在地笑道："自然是来观赏你们凯旋，怎么，你以为孤要跳楼不成？"

"侄儿担心皇叔安危，便着急来了。"

"你怎能先于你的父皇进宫？简直是胡闹。"我背身负手，敛去笑意，"众目睽睽之下，有失皇太子之仪，实为大错，还不快出去跪迎你的父皇？"

"是，皇叔教训得是，侄儿这便去。晚些，再来看皇叔。"

他有点痞气地挑着一边眉毛，朝我行了个礼，一双狭长碧眸自下而上地仰视我，直起身子时又变成了俯视。

我不由得稍稍退后了一步，以免有失长辈之威。

萧独则很给我面子地转身离去。他又长高了些，戴着玄铁兽角头盔，加上蛮人的宽肩长腿，这般身形，在战场上是极令人生畏的。

我听闻他在瀛洲骁勇善战，有勇有谋，不但将侵入瀛洲城中的海寇剿杀殆尽，还亲自带一支精锐部队假扮成俘虏混到海寇们的战船上，将他们诱入埋伏好的海湾，从上方倾倒火油，将海寇们数百只大大小小的战船尽数烧毁，更留下活口指路，一鼓作气杀进海寇们聚居的海岛之上，捣毁了他们的老巢。

大抵所有人都没有想到，萧独是天生的将才，天生的战神。

我亦没有料到，我那随口胡诌的“举世无双”的字解，竟是一语成谶。

他也许的确是举世无双。

我心中隐约生出一种不祥之感。

不仅是因萧独的崭露锋芒，还有他方才待我的态度，似乎变了不少，不似之前那般乖顺了。

怎么，跟海寇们混了几个月，养出了一身痞性吗？

我摇摇头，心中不悦，扶着顺德伸过来的手走下宫楼。

当夜，萧澜在九曜宫前举行阅兵仪式，犒赏三军。

论功行赏，自然不能没有萧独的份儿。

因他立了大功，萧澜自然无法食言，不得不当众宣布萧独的太子册封大典定于秋分之日举行，同日册封乌珠为太子妃，择期为二人举行成婚的典礼。

可喜可贺。

我隐匿于檐牙下的阴影里，望着萧独携乌珠跪于阶梯之下，如此心想。

此次战乱，魑国帮了大忙，而乌珠乃魑国尊贵的公主，这样一来，萧独这个太子就不是萧澜想废就废得了的。虽未举行太子册封典礼，皇储之位他倒是提前坐稳了。

萧澜本来想拿萧独当个挡箭牌，不承想却弄巧成拙了。不知身体里淌着一半魍族血液又娶了魍族公主的萧独，心里到底会不会向着他冕国的父皇。

如今，萧澜除了要解决内部争端外，还得提防外族的狼子野心，可有得忙了。

次日，萧澜下令彻查太尉遭袭的真相，顺着那疯癫刺客透露的口风查到了孟家。

孟家会派人刺杀负责监国的太尉，再合理不过。

我早就料到，萧澜对孟氏家族手握兵权之事心怀芥蒂，担心外戚专权，即使心下存疑，也会借此机会好好打压孟家一番。结果，他做得比我想得更干脆，将孟贵妃打入冷宫，把她哥哥——兵部尚书孟千等一众党羽全部革职，远遣关外。

而后，他选出了新的兵部尚书，便是去年刚为他诞下龙子的楼婕好之兄楼沧。朝中的新气象自此形成。

可新的，终究是新的，不如旗鼓相当的孟、越二家相互制约多年的状态那般平衡稳固，我想要打垮萧澜的统治，更容易了。

因受母亲连累，萧璟与萧默的好日子就此结束，地位一落千丈。

不过，萧澜大抵对这一子一女怀有希冀，虽将他们封为藩王和公主，却未将他们驱至自己的封地，仍许他们留在冕京皇宫，想来是还默许萧默将来竞逐皇储之位。

我心知萧澜的儿子都不可小觑，萧默日后定将成为我重夺帝位的阻碍。

便连与我亲近的萧独也一样。

正心事重重之时，我的身后响起了一阵木轮滚过地面的冷冽响声。

回头望去，只见已有数月不见的萧煜坐在轮椅上，被宦侍推到我的面前。

与之前那副骄横傲慢的样子截然不同，他好似完全变了一个人。脸颊瘦削，眉宇间像淤积着终年不化的积雪，一双漂亮的鸢目深沉而悒郁，皮肤比我还要苍白，整个人瘦得形销骨立，仿佛靠着单薄的肩骨撑起了一身宽大的银纹蟒袍。

他一手拿着一根竹箫，轻轻敲打另一手掌心，应和阅兵典礼上的阵阵鼓声。

他这副样子，令我想起了少时的萧澜，不禁心头一紧。

冰嬉大赛上那一摔，也许摔毁了他的身子，却激得他迅猛地成熟起来。

"好听，好听，真是振奋人心啊。皇叔听着觉得愉悦否？"

他将投在远处的目光聚到我脸上，微笑起来。

我懒懒倚在石柱上，漫不经心地答："普天同庆，孤岂有不悦之理？"

萧煜用拇指磨了磨箫管，手指骨节微微凸起，话中有话："普天同庆？好个普天同庆。"

我垂眸审视他藏在袍摆下的双腿，弯下腰去伸手一碰，故作关切之色："大皇子的双腿恢复得可好？如若还是不能行走，孤知晓一良方可以医治。"

这小子变了心性，不知会不会成为一个棘手的麻烦，还是要早做防备为好。

"砰"的一声，烟火当空炸开，照亮了萧煜沉如死水的双眸。

他定定地凝视我良久，才启唇一笑，轻声道："不必。拜皇叔所赐，侄儿以后一生都无须劳苦双腿，是注定要坐着的人。"

我听出他这话里透出的暗示，眯起双眼，冷冷一哂。

好大的野心，我就看你这个残疾到底怎么争夺皇位。

"皇侄所言差矣，孤是好心办坏事，可绝无害你之心啊。"我虚伪地拍了拍他的肩膀，却觉一只骨感颀长的手突然死死攥住了我的手腕。

"皇叔，您送我的这份大礼，我永生难忘……"

"大哥，皇叔，你们在做什么？"

在密密如织的烟花爆炸声中，一个低沉的声音穿透进来。

萧煜声音一提，昂起下巴："自然是在闲聊，你没长眼睛吗，五弟？"

我挣开萧煜的手，腰带被他轮椅扶手上的装饰物钩住，身子一倾，险些扑倒在地。

萧煜伸手抓住我的肩头，五指收紧，如铁钳般似要嵌入我的骨骼："皇叔，没事吧？"

肩头被捏得生疼，我心生恼意，正待发火，却被萧独伸出手臂扶稳。他丢给萧煜一句"告辞"后，顺势扶着我登上九曜殿侧面的阶梯。

我猜测他有事找我相商，于是示意他先走，他抬腿就上阶梯，我跟得有些吃力："独儿，你……你要去做什么？"

"看烟火。"

"啊？"我一愣，顿了顿。

他又挤出几字："皇亲国戚都在上面，不能缺了你。"

天枢

第九章

我随萧独一路到了九曜殿的穹顶之上，只见上方除了我与他之外空无一人，这才反应过来，方才萧澜还在宫门前阅兵，怎么会有皇亲国戚跑到这穹顶之上？

"来这儿做什么？胡闹……"

我本想训斥他，上方天穹中猝然绽放的绚烂烟火却一时令我忘了言语。

想想看，我已经有许多年没有这般观赏过烟火了，是无心，也是无暇。

我纯真的孩童岁月结束得很早，记忆中对烟火的印象还停留在八岁生辰那夜。

如此想来，我生命中大部分的美好似乎也停止于那时。

我回想着少时岁月，怔怔地仰头望了许久，待到烟火结束才收回神志。转过头，便见萧独眯着幽亮的双眸，似笑非笑地感叹一声："皇叔触景生情了？"

"哪儿的话，不过是给火光刺了眼，有点头晕罢了。"我信口胡侃。我不是个悲秋伤春的人，偶有的失态，竟给这不懂事的小子瞧见了，心里不免有些窘迫。

"哦？"萧独歪过肩膀，靠近了些，"喏，嚼点这个，能治头晕。我在瀛洲打仗时，常用这个提神。"

一片不知打哪摘来的草叶被递到鼻前，一股辛辣又清凉的气味传来。

我抬起眼皮，才注意到萧独自己也叼了一片，痞里痞气的，与他一身正经华贵的太子装束形成了扎眼的对比。

我有点好笑，看向身侧的他，竟觉此刻甚好，是从未有过的安心和怡然。兴许，这便是有家人陪同、有人可信赖的感受？我沉浸其中，打量着萧独的侧影，目光落在他太子袍上的四爪金龙上，却渐渐警惕起来。

万一这是小狼崽子的计策呢？万一他并非真心待我，而是也对我有所图谋呢？我如此放松大意，逐渐信赖他，岂非正中他的下怀？

如此琢磨着，我感到有些头疼。许是夜风有些大，吹得久了，叫我这病人禁受不住。我站起身来，便感到一阵晕眩，萧独忙将我扶住："皇叔？"

我揉着额头，道："孤有点头晕，回去吧……"

心里一个念头一闪而过——想要了解如今的萧独，不如深入虎穴，去他的寝宫看看。

想罢，我便闭上双眼，假装昏厥过去。

"皇叔？"

见我没回应，萧独一把将我背起，疾步走下阶梯，厉声命宦侍传太医过来。

不知我是被背到了哪座宫殿，太医即刻便赶了过来，为我号脉。

"怎么样，沈太医，太上皇的病情如何？"

萧独这一出声，我便微愕。

我不知这小狼崽子与宫臣说话时原来是这般慑人，太子之威十足。

"回太子殿下，不碍事，太上皇身子有些虚罢了，得开些补药好好调养。"

"要什么补药，只管去尚药局拿，便说是我要的。还有，太上皇在我这儿的事，你亦不必惊动我父皇，明白吗？"他尾音压得很重，任谁都听得出警告的意味。

沈太医是个循规蹈矩的老臣，吓得唯唯诺诺，应道："是……太子殿下，臣这就去。"

"嗯，退下吧。"

过了须臾，门外又传来脚步声："禀太子殿下，补药已经取来了。"

"拿来。"

开门关门声后，一串脚步声来到榻前。

我闭着眼睛，却能感到萧独站在榻边，衣袖发出窸窸窣窣的声响。

我心下好奇，又不便睁眼。罢了，且不动声色，看他要做什么。

如此打定主意，我闭着眼，一动不动。

过了一会儿，我竟感到嘴唇被木勺边沿微微抵开，温热的药液随之渗入齿缝。我顿感窘迫，加之本能生出戒备，不禁呛了一口，适时地"醒"了过来。一睁眼，便见萧独忍笑看着我："皇叔是何时醒的？"

"孤……孤刚醒！"我掩袖咳了几下。

萧独等我舒缓了些，将勺子往前递了一下，道："皇叔且先把药喝了。"

"不……不必。"我挡开勺子，"孤没事，歇息一下就好。"说罢，便又躺了下来。

他摇摇头，叹了口气。

何时轮到你取笑孤了？我有些懊恼，懒得跟他计较，索性闭目装睡。

身旁静了一会儿，脚步声移开了几步。很快，又传来翻书页的窸窸窣窣之响。我半抬眼皮，窥见这小子一本正经地坐在榻边椅上，一只手捧着一卷兵书，另一只手撑着额头，似认真阅读起来。

假装酣睡了片刻，我再次"适时"地醒来，问："独儿，什么时辰了？这是哪儿？"

萧独闻声未动，揉了揉眉心，半天才抬起眼皮："皇叔，您睡醒了？"

"刚醒。"我撑起身子，环顾四周，才发现这是他的寝宫，我竟没认出来，是因装潢桌具都换了，比原本要华丽许多，想来与他的地位变化不无关系。

再过不久，他就要搬到历来皇太子居住的冉阳宫去了。

我目光四处游离，不经意地落到他堆放书卷的桌案上，见卷轴之间有一块光润白亮的物什。只一眼，我便认出那是南海盛产的砗磲。那砗磲被雕刻得棱角分明，旁边放着一把小匕首，显然是还未竣工，还看不出要刻成个什么东西。

再过半月便是萧澜的寿辰，想来他是要刻来送给他父皇了。

"皇叔，您在看什么？"萧独发现我盯着什么东西看，便放下手中卷轴，问道。

我摇了摇头，站起身来，宽大的袖摆拂到那卷兵书上，卷轴骨碌碌地滚到地上，铺了开来，只见那书卷上竟密密麻麻写了很多小字，想来是他阅读时做的注解。

我心里不禁震惊。

萧独半跪下去，将那卷兵书卷起，他卷得很慢很慢，好像是刻意要让我看见似的，细细系好绸带，末了还拂了拂灰，整整齐齐地放回桌案上的一堆卷轴里。

"侄儿看的兵书十分浅显，让皇叔见笑了。"

我点了点头："孤听闻你在瀛洲作战骁勇，诱敌之术运用得极好。兵法掌握得如此纯熟，就莫要妄自菲薄。但你若想学得再深些，便可去看始祖皇帝亲自撰写的《天枢》残卷，必然受益匪浅。"

萧独点了点头，从卷堆里拾起一卷，一本正经地问："皇叔说的可是这卷？"

我刚刚起身，见他展开卷轴，呈到眼前，见那里面是密密麻麻的楔形小字，我蹙了蹙眉，只好又重新坐下，心不在焉地打量了一番。只见里面原本残缺的部分竟都用羊皮纸修补好，连缺损的字句也加了上去，且相当合理，当下暗暗震骇。

要知这楔形字乃是冕人建国前使用的古语，只有皇储有资格研习，但自古以来能融会贯通者寥寥无几，我算是天资聪颖的，却也只懂了六七分，这小狼崽子不但看懂了，竟然还能把这残缺百年的《天枢》残卷自行修复了？

难怪，难怪他初次打仗，便如有神助。

他当真是天赋异禀。

见我半晌不语，萧独便将卷轴收了起来，我忙按住卷轴，有点难以启齿，心中又奇痒难忍，只想仔细看看这修复好的《天枢》，终是开口问道："独儿，孤许久未看这《天枢》，忘得差不多了，想借来看看。"

萧独沉默一瞬，便将收起的《天枢》推到我面前，道："皇叔何必如此见外，跟侄儿怎么谈得上借？"

我将《天枢》收进袖子，已是迫不及待想回寝宫，萧独却"啊"了一声，似是想起什么。我疑惑地看向他，见他敲了敲脑门，欲言又止，便问："怎么回事？"

萧独沉吟片刻，道："皇叔有所不知，我会修补这残卷，是因几月前做了一个怪梦，梦里有人执笔书写这残卷上的内容。我记性时好时坏，残卷还没有修补完。若皇叔看完我修补好的内容，不觉荒谬可笑，派人传我过去，继续修补便是。"

我暗忖，莫非是始祖皇帝给他托梦了不成？

难道……他将来会是大冕的真命天子？那我该置于何地？

我本就担心他不是乖乖的犬，防着他将来反咬我一口，看来我的疑心并非空穴来风……

如此想着，我的心骤然一沉。

无心再说其他，我拿起《天枢》，不再看萧独一眼，拂袖而去。

萧独没有出来送我，只派了宫人送我上轿。

起轿之前，我远远望见萧独寝宫侧方通往其他皇子寝宫的长廊尽头，有一抹静坐于轮椅上的身影停驻在那儿，似乎已暗中窥望了许久。

那是萧煜。

我心知，他在蓄谋着一场报复，我需得先下手为强。

整整一夜，我都在研读萧独修补后的《天枢》，次日清晨才入睡，心绪仍是久久未能平静，愈发相信他是受始祖皇帝托梦才得知残缺部分。这般透彻精辟的见解，根本不是个十六七岁的毛头小子所能领悟出来的，实在不可思议。

从他身上，我隐隐窥见了比萧澜更大的威胁。

兴许，我不是该与他保持距离，而是该设法将他笼络得更牢些。

我抱着《天枢》，心事重重地闭上双眼，一觉睡到傍晚，才被白厉叫醒。

远处传来迎客的鼓声，我辨出那是有贵宾到来的欢迎仪式。

"什么人来了，这般声势浩大？"

"回皇上，是魖国的乌邪王，今夜平澜王要出动'天舟'去迎他，众皇子大臣都去了，可不能少了您。乌邪王素来狂傲，您若是缺席，怕是要长他威风了。"

白厉知晓当年我与乌邪王在狼牙谷那一场恶战。我那时年少气盛，天不怕地不怕，凭着一股劲头带着五百精锐轻骑大破两千魖军，狠狠挫了他们的锐气。

如今，这个曾被我打得落花流水的乌邪王竟堂而皇之进入冕国皇城，摇身一变成了贵客，也许有与我联手之意，我怎能不去会一会他？

"你这几日可又见到了乌沙？"我一边起身一边问，容顺德为我更衣。

"属下一直在追踪他，交手了几回，奈何他武功高强，实难擒下。"白厉面露惭色，语气里却隐含钦佩之意，"不过，此人倒没有敌意，上次误伤属下一回，这次交手，竟故意让属下几招，让属下伤了他，还赠予属下一丸良药。"

说着，他将一个黑漆漆的锦袋取出并打开，里面是一颗血色丹药。

"属下已经找郎中测试过了，确认这丸药为关外的狼血参所制，无毒，且是极好的疗伤补品，不但强身健体，还能解百毒。皇上，您身子弱，拿着以备不时之需。"

我接过锦袋，塞进衣间，眯起双眼："连你都觉得朕弱不禁风了？"

"属下不敢。只是……"

"好了，朕没有责怪你的意思。你如此忠心，朕感动都来不及。"

白厉点了点头，又嘱咐道："只是这丹药有点忌讳，不能与酒同服，否则会产生毒性。"

"嗯，朕知道了。"

我走到镜前，指了一件外袍，让顺德替我披上。我虽是废帝，却有太上皇之名，故而穿了一件月白绣金的蟒袍，雍容华贵，暗藏气魄，又不会盖过萧澜。临行前，更是挑了一把我当年在关外猎到的白孔雀的尾翎制成的扇子，用来搭配衣装。

自禅位之后，我极少打扮得如此隆重，以致下轿之时，引来宫人纷纷瞩目。

眼前泊于护城河岸的"天舟"流光溢彩，巨大的风帆宛若云翳，令我的神思一时有些飘忽不定，忆起少时与父皇、几个兄弟姐妹一起乘船南巡的情形。

那是我们这个庞大复杂的萧氏皇族少有的融洽之时。

正在我出神之际，忽而一个熟悉的身影出现在我视线中。

那人身材瘦长，面容清俊，一只眼用眼罩蒙着，活似个海寇。

我愣了一下，未曾料到会在这儿见到他，那人已先行走了过来。

不是别人，正是被贬到瀛洲做藩王的南尧王、我的七弟——萧瞬。

"六哥，许久不见，别来无恙。"

我笑了一下，心中暗流涌动："七弟……什么风把你从瀛洲吹来了？"

萧瞬独眼精光一闪："我在瀛洲助战有功，皇上将我召了回来，六哥不知道？"

"是孤消息太不灵通了。"

我话音未落，便被身后传来的礼乐声压了过去，有人高喊："皇上驾到——"

我与萧瞬走到一边，等萧澜的御轿被抬上"天舟"，随后登上船桥。

此次出航，注定要起风浪。

第十章 逃离

萧澜登上二层船舱后，皇亲贵族们也依身份尊卑陆续上船，一一落座。

这船极为宽敞，足可容纳数百人，原是始祖皇帝亲手设计的第一艘战船，风帆可横展于船身两侧，秋季刮大风时可离地飞行，故而被称作"天舟"。当年南巡之时，这"天舟"载着我们萧氏皇族一行人飞过平原，想想实在好不风光。

萧澜与皇亲贵族们聚坐于船头谈笑风生，我视若无睹，轻摇羽扇，独自倚栏而立，欣赏河道两岸的风光。和风徐徐拂面，也暂时驱散了我心中的烦忧。难得有了些闲情逸致，见船栏上停着一只羽毛雪白的鱼鹰，我便伸出手去逗弄它。

这鱼鹰并不怕人，我戴的银甲触到它的喙，它非但不躲，反而亲昵地啄了几下，像是遇见了同类。我生出玩心，缓缓伸手，容它飞到了胳膊上来。

"太上皇，皇上请你过去品尝点心。"

正在我玩得不亦乐乎时，身旁忽而响起一个轻柔且耳熟的声音。

是梁然。我回头瞧见他那张与梁笙相似的脸，心中那点郁闷也便散了，我一手托着鱼鹰，慢慢朝船头走去。简单地问候过萧澜，我便在他右侧为我特设的席位落了座。几个月不见，萧澜肤色晒深了不少，精神也好了许多，不知是否还会偶发癫狂。他神色如常，只是注视我时仍是不怀好意的眼神。

"太上皇今日心情似是很好？身子可好转了些？"萧澜端起一杯酒，啜饮一口。

他出征这几个月都没派人赐我药，我自然好了不少，但又能好到哪里去呢？

我扯了扯唇角，用银甲试过酒液，举杯敬他："听闻皇上大战告捷，孤是心情大悦，顽疾不治而愈，身子自然是好了许多，多谢皇上挂心。"

"那便好，朕还担心乌邪王到来，太上皇不能一显风采，与他赛上一场！"

"皇上说笑了。"

我脸色一沉，似是吃了颗烂酸莓，心情败了个透。我如今这副身子，哪里能骑马射箭，若是萧澜逼我与那狂傲自大的乌邪王比赛，岂不是存心令我出丑？

罢了，不如干脆装醉推辞。

我将酒仰脖饮下，实则倒了一半在扇上，顺手捡了一颗樱桃喂胳膊上讨食的鱼鹰，便在此时，一颗葡萄凌空飞来，被鱼鹰张嘴叼住。有人轻笑一声，鼓了鼓掌，我抬眼一瞧，便看见了一双妩媚的桃花眼满含笑意的萧璟。

她近日来身逢巨变，母族出了事，没了靠山，倒像没事人似的，依旧成天习琴练舞，涂脂抹粉，常常为了件首饰一掷千金。我却觉得，萧澜很重视这个女儿，否则又怎会容她留在冕京皇城？

"皇叔若是不介意，不如把这鹰借我养养？"萧璟又翘起兰花指，拈起一颗葡萄，问道。

"无事，拿去。"我收起扇子，一抬手臂，将鱼鹰赶去她那边，谁知那鱼鹰倒不听话，扑棱着翅膀往她头上蹿，旁边的北夜王萧默挥手为她挡了开来，顺带还细心地拈去了落在她发间的几根羽毛。

我瞧着心觉有趣，这对姐弟的关系，真是有意思。见我盯着他们看，萧默面露不悦，抓着鱼鹰翅膀，"咔嚓"一声拧折了，扬手扔到船外。

席间众人都不约而同露出讶色，我亦吃了一惊，没看出来萧澜这

088

三子性情竟如此暴戾，素来只见他寡言少语，没想到还有这样一面。

此人喜怒不形于色，做起事来却雷厉风行，兴许是个会成大事的人才。

"三弟，好好的鹰，我还想养着玩儿呢！"萧璟嗔怒地责怨。

萧默垂着眼，不冷不热地说："鱼鹰爪利，万一伤着皇姐的脸，有损仪容。"

"你就知道扫兴。"萧璟轻哼一声，不说话了。

这小小插曲本有些败兴，萧澜却夸了萧默两句，道他处事果决，分得清事情轻重，这话惹得萧璟不快，拎着一串葡萄跑去船栏边引鱼鹰去了。

"西璟公主倒是小女孩心性，难得，难得。"萧瞬出来打圆场，"想当年，我们这么大的时候，都已经满腹烦忧了，哪能似西璟公主这般无忧无虑。皇上，您说是不是？"

气氛缓和不少，几年不见，萧瞬已不再是那个尖锐执拗的少年，在条件恶劣的瀛洲做藩王的生活使他成熟不少，话也说得圆滑了。

"是啊，尤其是太上皇，在我们几个兄弟中最是早慧，若璟儿、默儿有他当年一半懂事便好了。"萧澜看了过来，目光隐含深意。我知他又在提我少时欺压他之事，展开羽扇，挡去他视线，低头啜了口酒。

"此次前来，臣带来一件宝贝，想要献给皇上。"

说罢，萧瞬笑着取出一个精致的木盒。

萧澜展颜："哦，是什么，给朕瞧瞧？"

一位宦侍接过盒子，将木盒打开，里面冒出一股奇异的腥味。萧瞬道这便是榅肭，乃是用南海鲸鱼的心炼制而成，以酒吞服，能强身健体，延年益寿。

萧澜大悦，当下重赏萧瞬，赐金币五箱，又以助战之功为名封他为和舜亲王，并赠冕京内的宅院一座，为舜亲王府。萧澜此举，令我着实忐忑。

我这个人生性凉薄，没对几个人真心过，七弟算是一个。

我与他年龄相仿，脾气投契，当年他与安宁郡主的恋情曝光，是我劝父皇保他皇族身份，登基后也对他手下留情。如今见他回京，我本将他视作盟友，可萧澜如此重赏，不知在瀛洲吃了几年苦的萧瞬会不会动摇。

就在我不安之时，萧澜从盒中取出一块榀朒，冲我笑了："太上皇体虚，比朕更需要这个，"说着，他便吩咐身旁的宦侍，"去，呈给太上皇一块。"

我摆摆手，想谢绝他的"好意"，但一块榀朒已递到面前，我只好收下，泡进酒里。以小指的银甲试了试毒，见没有变色，才小啜半口，却被刺鼻的腥味熏得险些呕吐。吞下不过眨眼的工夫，身子便隐约发起热来，好在没有别的不适。

萧澜却还不依不饶："太上皇容光焕发啊，看来这榀朒确实效力不错。"

我蹙了蹙眉，强压心中厌意，还没接话，便见萧独站起身来向萧澜敬酒，算是为我解了围。他今日穿得也极为华丽，一身绣星缀月的深蓝礼袍衬得他冷峻而肃然。萧独收敛了些身上那股天然的野性，显得极具皇太子的威仪，就连身披龙袍的萧澜也逊他几分。

金鳞岂是池中物，当初真是看走眼了。我心想。

似发觉我在打量他，萧独吞咽酒液的喉结凝停一瞬，坐下之后，斜眸瞥来。我回了一个欣慰的眼神，一转眸，却撞上萧煜窥探的目光，那眼神阴鸷至极，令人十分不悦。

酒过三巡，我以透气为由离了席位，去找一旁独自逗鸟的萧璟，与她闲聊起音律诗歌一类风雅之事来。

正聊在兴头上，一串号角忽而响彻云霄——

我朝前方横亘于河道上那缓缓升起的城门望去，见一艘小船徐徐驶来。船头上立着一须发金棕的高大男子，左肩饰一青铜狼头，右膀裸露在外，正是乌邪王。

他身后一左一右站着两个人，一个是乌顿，一个便是近日来在宫中出没的乌沙。

我眼皮不觉地跳了跳，预感有什么事要发生，注视着乌沙一行人被侍卫们迎上甲板，走了上来，我便回到座席上。

乌邪王大摇大摆地走上阶梯，他已年逾五十，却不显老态，仍旧威武非凡，显得我们一众身形瘦小。他的目光扫过我时微微一滞，眼中的惋惜之色一闪而逝，他便转身面向萧澜。他是盟国的王，地位与萧澜相当，自不必下跪，只以酒代礼，萧澜则也端起酒杯回敬。

我注意到萧独正盯着乌邪王看，眼神略有异样。他们都生有罕见的碧色眸子，如狼瞳一般锋利而深邃，我心念一闪，会不会，乌沙潜藏在皇宫里是因为……

因为萧独？他们之间是否有什么潜在的联系？

如此一想，我顿觉毛骨悚然，又见那随乌邪王来的魃人队伍中走出一女子，红衣蒙面，头发以骨簪盘起，盛装打扮，俨然是魃国待嫁的新娘装束，一看便不是等闲身份。果然，乌邪王朗声笑道："这是吾之亲妹，特来瞻仰冕国国君之威。"

——穿着嫁衣来，怕是不只想瞻仰国君之威，而是觊觎空悬的皇后之位吧。

如今，萧澜还能把这送上门来的女子赐给哪位皇子？推都推不掉。

萧澜眼神收紧，抬手赐座："想来，这位便是贵国天狼教圣女乌迦公主？"

"妾身正是。"乌迦说一口流利的冕语，显然在来之前做了不少准备。

天狼教乃魃国国教，圣女这样的身份，若萧澜将她赐嫁给皇子，只怕要惹恼乌邪王，引起一场战乱。若乌迦嫁过来，那萧澜恐怕要送个皇室女子出去联姻了，如此一来，冕国与魃国倒真的形成了密不可分的盟约。这实在不妙。我心不在焉地举起酒杯，没留神洒了些在身上，便命旁边站着的梁然扶我去更衣。

衣领才刚敞开，梁然便惊叫一声："皇上，您……怎么了？"

我对镜一瞧，这才发现露出的皮肤泛着异样的潮红，胸腹处更有血点渗出，心中一惊，想起那块榅桲。榅桲本无毒性，许是其他东西有问题。七弟是想对萧澜下毒。

这毒发作得慢，若不仔细查看，一时半会察觉不出。

他见我误服，竟也不动声色。

萧瞬，怕是也恨着我的。

我的七弟啊……我如此待你，你竟对我见死不救。

我心下寒意森森，取出白厉曾给我的丹药吞下，命梁然取杯水来。他见我神色紧张，慌里慌张地呈了杯水来，我只顾盯着镜子，咽下半口，才察觉是酒。

"孤叫你拿水，你拿什么酒！"梁然见犯了错，又慌又急，扑通一下跪下，见我脸色越发不对，忙四处找水，谁知此处竟没有茶盏，他也不敢声张，丢下一句"奴去取水"，便匆匆跑了出去。

我想要叫住他，一股热流涌至喉腔，似有团火烧，我鼻子里猝然流出一缕血来，滴淌到我月白的华袍上，红得扎眼。

"来……来人！"我扯着嗓子喊，却因声音太微弱，竟无人回应。

我扶着墙，东倒西歪地走出去，几个宦侍喊着"太上皇"迎上来将我扶住，此时船航行到了护城河下游的开阔流域，起了风浪，船摇摇晃晃的。宦侍们扶我经过船栏时，不知是哪个将我猛地撞了一下，撞得我一个踉跄——

我身子一轻，竟跌下船去，转瞬冰冷的水浸没头顶。我奋力挣破水面，整个人却被激浪撕来扯去，眨眼工夫，已被一道大浪推离天舟数十丈远。我本就没什么气力，水性又不好，更别提此时是夜里。我当下呛了好几口水，晕头转向，远远听见有人喊着"快救人"，我却辨不清方向，想起这水里有食人大鱼，不禁仓皇失措。

便在此时，我感觉腿肚似被一条鱼尾擦过，我浑身僵住，几欲溺水失去神志之际，一只有力的手猛然拉住我的胳膊，将我一下托出了水面。

"皇叔，拉紧我。"萧独厉喝。

我精神一振，像抓着救命稻草般紧紧拉住他。他动作矫健，游速极快，几个猛子扎下去，带着我游到了一处河湾的浅滩上。

我被他放在一块平滑的礁石上，似条搁浅的鱼，张着嘴却喘不上气。

萧独按了几下我胸口，空气一灌入口里，我便猛咳了几下，萧独避之不及，被我喷了满脸血。他倒眉头也不皱一下，将我扶起身，用衣袖为我擦拭嘴边血污。我虽浑浑噩噩，却也算还有神志，心知我咳出来的血水有毒，想提醒他快去洗脸，却半点声音也发不出来。

我像是失声了。

我咳嗽着，撑起身子，冲他比画着。萧独似乎也感觉到什么异样，蹲下掬了河水洗了几把脸，喘了几口气。

"皇叔，您方才喝了什么东西？"萧独声音嘶哑，已然有些不对劲了。

我心下焦灼，怕他染毒，便比画着让他多洗几次脸。我方才呛了许多水，吐出来后，身子好受了许多，虽还隐约有些内燥，但似乎已无大碍。

萧独又往脸上掬了几捧河水，就在此时，忽听"倏"的一声，一道寒光擦着我耳畔掠过，萧独立时带着我几个翻滚，滚入河畔的灌木林中。

我屏住呼吸，眯起眼睛，瞥见数抹黑影从水里上岸来，俱拿着弓箭，竟清一色身着青衣红襟高靴，是随船的宫廷御卫。他们不是来救我，而是来杀我的。

也不知他们是受谁的指使。不会是萧澜。他若想杀我，早就动了手，用不着等到今日。

难道是七弟的人？本想杀萧澜，见我落水，就顺手要我的命？还是……另有他人？

窸窸窣窣的脚步声愈来愈近，我不敢乱动，萧独等那人只离一步之遥时，才悄然起身，精准地扼住那人脖颈压倒在地，胳膊一紧，便掰断了他颈骨，一连串动作又快又狠，活似野狼突袭猎物。

我暗暗吃惊，小狼崽子的这身手段，纵是我当年身子骨好时与他单打独斗，也未必能打得过。从刺客背后摸出弓，萧独伏身潜行，上弦拉弓，一箭一个，例无虚发。

转瞬之间，周遭便已没了动静。

我正想提醒他留个活口，只见他已折了回来。萧独将我一把拉起，纵身藏入密林深处，远离了河岸才堪堪停下。

他低声道："皇叔，可知晓那些混在宫廷御卫里的是哪路人马？"

我摇了摇头，没有回他，对这个问题却已有一番猜测。能将自己人安插在随船的宫廷御卫里，必是有资格上船的皇亲国戚，应该便是我那七弟萧瞬。

他还不知我的身子弱成了什么样，才会派这么多好手来追杀我。

正这般想着，却听萧独道："那些人，是冲我来的。"

我微愕抬眼，见萧独指间一闪，竟夹着一颗锋利的铜钉："这是我从方才那人颅上拔出来的。这种头颅上钉有铜钉的人，我在瀛洲也遇见过，险些被伤。"

我接过那枚铜钉一看，便知晓他们究竟是何人了。这些人不是七弟有机会笼络到的人，俱是我父皇在登基前养的一批死士。原本皆是些死囚，因身手颇好，故被选中，父皇驾崩后，他们都被我嫡母孟后收入麾下。孟后妄图称制被我识破不得不自杀后，这些死士也不知所终，如今竟然……

还一直为孟家所用？

瀛洲……与萧独同去了瀛洲，不正是身为孟后族嗣的萧默？

的确，他太有动机杀萧独了。

我摇了摇头，感叹道："会咬人的狗不叫，倒真如此。看来你日后需得小心些。"

"皇叔放心，这些手段，我早有领教。"萧独说着，语气一凛，抬手一指，"他们不会善罢甘休，皇叔看那边。此地不宜久留，我们该往城中避避。"

我顺着他所指的方向遥望河岸，果然见浅滩附近火光闪烁，临时起意——萧澜在打了胜仗后坐稳了皇位，魑国又虎视眈眈，我留在皇宫中布局总归束手束脚，不如干脆趁这个机会逃走，投奔我的舅舅西北侯，日后起兵杀回来。

思毕，我道："我们去花街。"

萧独将我扶起，闻言脚步一滞，疑道："花街？"

白延之留在冕京的白衣卫大部分隐藏在花街柳巷之中，为防萧独坏我的事，我自然不能告知他我有何打算，晒道："怎么，没去过？孤带你去开开眼。"

萧独却没多问，背过身蹲下去："皇叔，我背你。"顿了一顿，"这样快些。"

萧独将我背起，站起身来时，我一瞬只觉好似骑上了梦中那只雪狼的背，心猛地一紧。我蹙了蹙眉，倒也未多想，低声催促他快走。

往密林深处走了半柱香工夫，我们便抵达了冕京的城墙外。

我四年未出过皇宫，竟觉城墙都变得如此之高，像是座不可逾越的高山。想来是我曾站在高处看惯了足下之城，一览众山小，后来从高处坠落深渊，心境已不同。

萧独背着我一个成年男子，身手却仍极为矫健，双手上缠了些布料便徒手攀着城墙外的凸起处，直如飞檐走壁般迅猛，几下便翻过了城墙，进入了冕京城内。

此时正值夏祭，城中举行一年一度"驱旱魃"的夏祭盛会，人们戴着各式各样的面具，手捧水罐，扮演神魔鬼怪，在大街小巷载歌载舞，好不热闹。

此时城道上已被挤得水泄不通，人们或三五成群，或成双结对。主道上尚且寸步难行，别提窄一点的街巷是什么盛况，我和萧独简直如在洪流中跋涉。

穿过了人山人海的主道，萧独将我放下地，我们刚刚走进一道窄巷之中，便听到一串急促的马蹄声由远及近。我扭头一看，是一队青衣红襟的宫廷御卫纵马而来。他们冲开城道上的人群，左右四顾，搜寻着什么。

这么光明正大，那不应是萧默派来暗杀萧独的人，应该是真正的宫廷御卫。

估计是奉萧澜之命来找萧独还有我的。不能让他们找到。

听见身后的动静，萧独加快步伐，背着我左穿右拐，很快就远离了城道。我心知，宫廷御卫若搜不到人，城中的御林军就会有所行动，到时候便不好走了。

正当我思索着逃生路线时，萧独忽然停下了脚步。

"皇叔，前面好像就是花街。"

我抬眼望去，只见对面的街巷上方花灯满天，两侧酒楼林立，窗栏内倩影绰约，婀娜多姿，各色花瓣纷纷扬扬地洒下来，落在潮湿泛亮的青砖石街道上。一位盛装打扮的花魁正坐在鲜花点缀的人拉木辇上，徐徐前行，拨弹箜篌轻吟浅唱。

萧独站在原地，面朝着那花魁，仿佛是看得呆了，一动不动。

我心里暗喜，正想找机会将他支开，此乃天赐良机，便怂恿道："独儿，你若是喜欢，便去吧。"

萧独这才醒过神来，他没回答我，正好旁边路过一驾花车，他便走上前去。花车内的两名女子搔首弄姿地伸出手来揽客，萧独跳上车去，随手赏给她们一颗衣服上的玛瑙纽扣，便将二人赶了下去，招呼我也上车后，便放下帘子。

我正要发问，忽听有马蹄声逼近，心下一惊，将帘子撩起一角，窥见一队衣着华丽的公子哥儿纵马而来。他们中有几个戴着面具的，为首的那人却没戴，正是萧澜的内侄，太尉越渊的长子越旒。他见过我和萧独的，怕被认出，我赶紧放下帘子。

这一伙人是出名的纨绔子弟，沿路纵马，撞翻路边摊贩无数。越旒亦不偏不倚地朝我们而来，正巧撞上了我们的马。越旒的马惊得尥蹄，将他甩了下去。

他摔在地上，当场大怒不已，抓起马鞭便冲过来。萧独忙扯过一旁艺伎们落下的纱衣，盖在我的脸上。我掩面侧过身，听得外面那越旒破口大骂，骂了半天不觉出气，竟一手掀起帘子，便要挥鞭而来，萧独出手如电，一把扣住他的手腕，侧过脸去，碧眸寒光凛凛。

越旒当即吓得面如土色，险先摔下马去，颤声道："太……太子殿下。"

萧独大拇指上戴着的乌金镶绿猫眼石扳指压着他腕骨，手指稍稍收紧，越旒的脸就扭曲起来。我轻轻拍了一下萧独，提醒他适可而止，他这才收回了手，对越旒冷冷掷出一字："滚。"

越旒连忙躬身退马，萧独又将他马鞭一抓："若你敢说本宫在此，后果自负。"

"不敢，不敢，小人绝不敢说，小人得罪了太子，还请太子爷切勿怪罪。"

说罢，他便忙不迭地择路而逃。

从帘缝内窥见越旒一行人走远，我才松了口气，所幸越旒并未参加船上的宴会，也没有看见我的脸，否则不知会闹出什么乱子来。

萧独拾起越旒落下的面具，一掰两半，一半自己戴上，一半递到我手里。

我掩上另一半面具，指了指前方灯火辉煌的荻花楼："你载我去那儿。不过，我们先去换身衣服。"

从成衣馆里出来，马车在荻花楼前停下，我前脚刚下车，御卫后脚便进了花街。

一见我与萧独二人进门，鸨母便殷勤地迎上前来，将我们上下打量了一番。我们进来前已去附近的成衣馆换过一身衣服，质地皆为上乘。她自然堆上一脸笑容，将我们迎上二楼的雅间。待我们坐下，鸨母便双手呈上花名册来，问道："二位客官，今夜想要哪位姑娘作陪？"

我自小到大，什么美人没见过，当皇帝时牌子都翻腻了，自然懒得看上一眼，啜了口酒，指名道姓地点了白家安插在这儿的白氏女子，也就是白厉之妹白姬。

见我点了她，鸨母面露难色，说她卖艺不卖身，只弹曲子不陪酒。我一听便笑了，瞥见萧独这小子心不在焉地瞧着窗外，我急着将他支开，好与白姬商量如何逃走，便指了指窗外那花魁。

"那再加上她。"我放下杯子，伸手搭上萧独的肩，压低声音，"让那位姑娘好好陪我这位侄子喝几杯。"

不料萧独脸色一变，还未等鸨母答话，便道："皇……叔父，我不要。"

鸨母盯着他大拇指上的猫眼石扳指，眼睛都直了，忙不迭地劝："哎呀，都来了这儿了，客官就别害臊了，我这就去请姑娘们过来……"

"我说了，不要。"萧独扬高声音，眼神锐利似箭，吓得那鸨母一个哆嗦，不知所措地看向了我。我不便说些什么，只道让她带白姬来，挥挥手让她下去了。

待鸨母走后，我才问他："方才你在街上，不是看了那花魁半天吗？"

萧独仍然沉着脸，别开头看着窗外，放在桌上的手指也蜷成拳头，下颌发紧。片刻之后，他才解释道："我瞧那女子，是因为想到了母亲。听说，她以前也在这儿当过花魁。"

我不禁微怔，这才想起他生母乃是个舞姬，我这是刺到他痛处了。

我从不擅安慰人，只好避其锋芒："罢了，那就听听小曲吧。"

萧独点了点头，斟上一杯酒，喝了一口，脸色稍霁。

"奴家白姬，向二位贵客请安。"

正在此时，一串木屐蹚过地板的声响接近了门口，接着，珠花帘被掀了起来。走进来的女子一身白衣胜雪，素面朝天，眉淡如远山，头上只戴着一支紫荆花发簪，怀里抱着一张凤尾琵琶，鞠了一躬，便在我们面前的椅子上坐下。

她目光落到我身上，眼睛一亮，稍纵即逝，问道："客官想听什么曲儿？"

我道："《锦衣夜行》。"

白姬自然一下明了我的意思，心领神会地一笑，站起身来："这曲儿不一般，得请人来与奴家一起弹奏，还请客官多等一等，待奴家去安排。"

我扬了扬手："你且去安排，不过别太慢，时间不多。"

白姬点了点头，起身便出去了。我心知她已去安排带我出城，而在此之前，我需得想法子摆脱这个小狼崽子才行。他与我关系再好，也难说会不会助我离开。

不如，将他灌醉。

打定了主意，我便朝对面坐着的萧独笑了一下，举起酒杯与他碰了碰杯："趁白姬还没来，我们叔侄二人先找点乐子如何？"

萧独挑起眉毛："什么乐子？皇叔请说。"

我敲了敲桌面，命人送来一盘罯棋。这棋盘呈方形，棋面有阳刻浮雕，棋子为日月星辰，共二十八枚，红黑各十四枚，含一枚骰子。此棋玩法多变，除了对棋艺有要求外，还得看运气，十分刺激。我自小便喜欢与几个异母兄弟下罯棋玩，把把都赢，做了皇帝以后，却再没有人可以与我对弈了。

我拾起一粒红色棋子，率先放在棋盘："玩过这种棋吗？"

萧独跟着拿起一粒黑棋放下："自然玩过。"

我悬空挡住他的棋子："先别急着下，输了的人，可是有惩罚的。"

萧独显得饶有兴味："罚什么？"

"酒。"我为自己斟满酒，饮了一口，"谁的棋子被挤掉一粒，谁就连喝三杯。"

萧独未有犹豫之色，似是信心满满，手起棋落："好，就按皇叔的意思来。"

我暗暗一哂，这小子虽然天资聪颖，但想要与我下棋，还嫩了些。

我料他年轻气盛，会咄咄逼人，便以守为攻，假作不敌，连输三回，将他诱入陷阱。待我面露醉态，而他自以为胜券在握之时，才反守为攻，劈关斩将，一次吃掉他十二颗棋子，令他毫无还手之力，连饮三十六杯，足喝空了三壶酒。

我见他面色微醺，故意笑着激他，道："看来，独儿棋艺欠佳，还需多练练啊。"

萧独自不肯服输，正襟危坐："再来。"

生怕令我看了笑话，第二局时，他更是下得认真，险中求稳，可这罯棋不比其他，越是想赢，越是容易输，需得如个赌徒，敢孤注一掷才行。于是，这一局下来，他又是节节败退，满盘皆输，喝得是醉眼迷离，面红耳赤，话都说不清了，却还求着我教他这棋的下法。

眼见火候差不多，我便明目张胆地劝起酒来，讲完一种棋法，就劝萧独喝下一壶，直到他趴在桌上，人事不省，醉得一塌糊涂。

我叫了他两声，看他毫无反应，又等了一会儿，才传了丫鬟进来，将他扶去榻上。

我刚迈出雅间的门，才想起得从萧独身上取一样东西。萧独是皇太子，身上应有可供自由出城的玉牌。万一之后全城戒严了，需要凭据才能顺利出城，这玉牌便能解我燃眉之急。

我连忙折了回去，见萧独仰躺在榻上，似乎已然睡着了，便放下心来，小心翼翼地拉开他衣衽，不由得一惊。只见他结实的胸膛汗液涔涔，那狼形胎纹竟如火焰般散发出隐约的红光，似将皮肤都烧得龟裂开来，从他体内要钻出什么可怖的魔物。

我摸索他衣衽内侧的暗兜，果然摸到了一个扁平的硬物，两指伸进去一探，的确是他的玉牌。我将它塞进腰带间，转身就要走。谁知袖摆一紧，我心下一惊，只见这小子醉醺醺地翻过身，抓着我的袖摆，活似头狼犬咬住了肉就不肯松口。

他剑眉紧蹙，浓密的睫羽颤抖着，双眼却没有睁开，想是未醒。我松了口气，拽了两下袖摆，却纹丝不动。

"皇，皇叔……我……想帮您。"

我闻言一愣，站起身来，怎料他却将我的袖摆越抓越紧："世上除了皇叔，无人真的关心我。您曾说我举世无双……我便想做到举世无双，不负你所望。"

我听了一怔，没想到当年我哄他的信口胡诌竟被他记挂至此，当成了金玉良言，甚至奉为信念。他以为我是世上唯一关心他的人，却不知我待他从来只有利用，只有算计。我救他、教他、关心他，无非只是为了我自己罢了。

没想到，他这小子……

我这么一想，胸腔里那颗冷血的物什竟似裂开了一丝缝隙，生出了一点歉疚。只是这点歉疚，相比我所求的万里江山，实在太微不足道了。

我看着他这般模样，不像只狼，倒似只被抛弃的流浪犬，不禁笑了一下，伸手取出他腰间匕首，扬起胳膊，朝着袖摆，一刀划下。

裂帛声止，烛火甫灭，屋内陷入一片漆黑，恰似美梦乍破。

"罢了，是孤负了你。我们叔侄缘分到此为止，以后切勿惦念。"

掷下这一句，我便头也不回地拂袖而去。

当夜子时。

我与白姬一行人趁夜潜出荻花楼，假扮成一支异域戏团，打算从冕京北门而出，连夜直奔落日河，乘船渡河，而后往山上走，以便甩掉追兵。

因我们有萧独的玉牌在手，守门卫相信了我们是刚从宫里出来，便径直放行。

我猜得不错，我们刚出北门没多远，城墙上的烽火便都点燃了。戒严开始了，不久御林军就会出城来搜查我的下落。我这样一个废帝，若是下落不明，对现任皇帝而言是个极大的隐患，萧澜自然掘地三尺也要把我挖出来。

望见城区火光灼灼，我心下愈发不安，吩咐刚刚赶来的白厉道："我们分头行动，你率一部分人，往冕山南麓走，把追兵引开，在落日河与朕会合。"

"哥哥，你护送皇上，我带另一部分人走！"白姬说罢，一扬马鞭，带着一队人马往南边而去。白厉则驾着马车带我与另一部分精锐的白衣卫朝西面蔓延千里的森林行进。

就在我们分成两队后不久，从后方冕城的方向就遥遥传来了追击声，望见他们随着举了火把的白姬一行人而去，我们趁此机会进了森林之中。许是老天助我，居然天降暴雨，追兵要想进森林来追捕我们，更是难上加难。

只是雨势越来越大，我们亦跋涉艰难，不得不暂时扎营，停下休整一番。

我睡在马车上，听着雨声，正昏昏欲睡，忽听一阵马鸣之声，立时惊醒过来，掀开帘子，只见不远处的林间有火光闪闪烁烁，御林军竟然追了过来！

这是罕有的机会，一旦被抓回去，我以后再难有机会逃出来。

我喝道："白厉！"

"你们去拦着，我先带皇上走！"白厉跃上马背，抓紧缰绳，拖得马车摇摇晃晃地行进起来。

我急忙扶住车榻，掀开车帘，跳上马背，从他腰侧拔出佩剑，两三下砍断了拖着马车的绳索，又朝马臀狠力扎下一剑："快走！"

烈马一声嘶鸣，猛冲起来。就在此时，数十人马从两侧包抄逼近而来，清一色蓝衣红襟，果然是守卫冕京的御林军。

我双腿夹紧马腹，一手从白厉背上取下弓箭，咬紧牙关，竭尽全力地搭箭上弦，颤抖着瞄准了冲在最前一人的脑袋，手指一松，一箭射去，却只射中那人肩头。只见那人身子一晃，却未摔下马去，反倒俯身直冲而来。

我心中一凛，便想放第二箭。那人却冲到近处，一身深蓝蟒袍从火光中闪出。我惊愕之下，迟疑了一瞬，便容他冲到前方，当下被截住了去路。

霎时，前后左右已俱被御林军重重包围。

白厉勒马急停，从我手上拿过佩剑，似欲与他们死战一番。我盯着前方宛若一尊浴血修罗的萧独，反倒冷静下来，按住白厉的手。

萧独这小子矫健地跳下马来，将肩头上的箭一把拔下，连眼睛也未眨，一掀前摆，单膝在我马前跪下。

"请太上皇随我回宫。"

这句话说得斩钉截铁，铿锵有力，哪里还有方才酩酊大醉的模样？

我牙关一紧，这小子酒醒得倒是很快！

但来的是他，总比其他人来要有转圜的余地。

今日不走，我也要竭力保下这班白衣卫，绝不能容他们被捉回去审讯。

否则，我舅舅白延之就不保了。

我拍了拍白厉，容他扶我下马，而后缓缓走向萧独。

待萧独抬眼看来之时，我便顺势往前一栽，被他伸手扶住。他呼

102

吸间酒气极重，眼底还泛着血丝，似是醉着，又似是很清醒。我轻声道："孤跟你回去。这些人，你将他们放了，你想要什么，孤都答应你。"

萧独到底还是年轻，听我如此一哄，便不再进一步动作。我悄悄摸到他腰间匕首，一把抽出，抵在他咽喉处，厉喝一声："突围！"

御林军见皇太子被我胁迫，一时都不敢出手。白厉立即上马，风驰电掣地冲出包围圈，数十名白衣卫紧随其后，左劈右砍，与御林军杀成一片。白厉回头见状，便折回来想要救我，却见一个侍卫打扮的健硕男子半路杀出，与他缠斗起来。

白厉向来难逢敌手，不想却与这男子打得不分上下，竟是难以脱身来救我，而萧独却也不顾脖子上架着匕首，将我一把制住，一跃上马，没管御林军与白衣卫如何，径直朝城门冲去。

我不知他是不是听进了我方才那句话，有意放白衣卫一马，心里是喜忧参半。

到了城门之前，萧独才勒紧缰绳，缓步行进。

"今夜之事，我不会告诉父皇。"他低着头，"皇叔，落日河畔有重兵驻守，于公……于私，我都不能放您走。皇叔，莫要怪我。"

我一惊，复而叹了口气："孤如何怪你？"

难道不该怪自己养狼为患吗？

萧独默然不答，朝城门喝了一声："开门！"

守门卫士打开大门，见是萧独，纷纷下跪："太子殿下！"

"关闭城门，今夜不要放任何人进出。还有，有前来刺杀皇上的刺客混在御林军里，若见到御林军回来，一律放箭杀之。"

守门卫士齐声答："是。"

我心下猛地一跳，这是在为我杀人灭口、封锁消息吗？这小狼崽子……

萧独纵马带我进城，行至城道边一片树影下，唤了一声"皇叔"，却欲言又止。

我猜测，他是不是想向我提什么条件，毕竟我深信天下没有白得的好处，一切都有代价，便主动开口："说吧，你如此帮孤，孤能为你做什么？"

月色下萧独的神情晦暗难辨："我想要皇叔答应，全心信我。"

我有些错愕，未料到他会如此说，会提这样的要求。

我有些疑惑，却听他压低声音道："信我，能助皇叔，重临帝位。"

被他一语道中心思，我瞳孔一缩，呼吸凝滞，却自然不信他是真心诚意——

哪有当了皇储，还不想争皇位的？况且这小子野心大得很。可这句话太过诱人，我难免心悦，不禁拍了拍他的肩："好，孤就信你这一句。"

只要这小子不触我底线，我且信他一信，也无妨。

远远地看见我与萧独归来，码头周围的宫廷御卫都迎了上来，将我们二人迎上天舟。

回到船上，我便借口身体不适在船舱休息，却是辗转反侧，放心不下白衣卫。

我出逃不成，惊动了御林军，白厉与其他白衣卫短时间内是回不了冕京了，如果真如萧独所言，落日河畔有重兵把守，白延之也远水解不了近渴。我在冕京可以依傍之人，除了翡炎那一脉效忠于我的几个老臣，就只剩下皇太子萧独了。

这是我自退位以来，第一次如此清晰地感觉到自己的势力在分崩离析。

还是睡不着，我索性披了衣服，出去观赏日出。

此时，船已沿护城河顺流而下，驶至下游的夕隐江中，两岸山脉绵延，是历来皇家狩猎之地。见天舟徐徐泊于江岸边，我不由得想起萧澜的话，正想回舱房借病不去参加围猎，迎面便撞见萧澜一行人。真是狭路相逢，躲都没地方躲。

恰在此时，船晃荡起来，我踉跄一下，被萧澜上前一步堪堪搀住："太上皇小心些，别又落了水。虽是夏夜，也容易着凉啊。"说着，没容我找理由推托，他便笑着吩咐左右两个宦侍将我扶住，"太上皇怕是晕船了，快将太上皇扶下去吧。"

众人下了船后，侍卫们便牵了数匹骏马来供我们上山。我体力有限，不便骑马疾行，碍于面子，仍是挑了一匹脾性温顺的良驹。

我踩着侍卫的背，被人扶着爬上马背之时，萧澜已轻盈地一跃上马，冲我微微一笑。乌邪王则露出了疑惑的神色，显然正在疑惑，我为何动作如此迟缓。他若是知道当年打败他的少年天子，如今已变成了一个骑马都会喘气的病秧子，想必会大失所望。

萧澜叫我前来，不就是想看我的笑话吗？

我咬了咬牙，抓紧缰绳，一夹马腹，不甘落后。身后一串清脆的笑声响起，只见平日以娇弱多病形象示人的萧璟竟难得地扬手一鞭，一阵风似的率先冲了出去，萧默紧随其后，二人你追我赶，鲜衣怒马，引得侍女们发出阵阵赞叹。相比之下，我真像是步入垂暮之年，心中生出一阵难以言喻的滋味。萧瞬却在这时缓缓接近了我身侧。

"六哥，看着这些侄儿侄女，我都觉得自己已经老了。"

"七弟说笑了，你刚及弱冠，若是老了，那孤算什么？"我勒了勒缰绳，与他并肩而行，榀肭的事，我虽耿耿于怀，却不愿与七弟翻脸。他既然想毒死萧澜，我就有可能将他拉拢为盟友，"你在瀛洲这几年，可还与安宁有来往？"

我那温柔的干妹妹安宁郡主是萧瞬永远的软肋，他脸色稍变："寥寥书信几封罢了。你怎么突然关心起我与安宁来了？"

我摇了摇头，感慨道："当年未来得及拦住萧澜，孤一直心中有憾，只是未与你提及。"

萧瞬笑了一下，冷声道："难道当年不是六哥你透露给他的吗？"

我发出一声轻轻的喟叹："七弟，你当真如此想我？"

"六哥，这句话我早想问你。还有什么是你做不出来的？"

我讥诮地一哂。

原来，萧瞬心里料定我为了皇位会针对他，便将当年告发他与已经指婚他人的安宁郡主有私情、导致二人被远逐两地的罪名算到了我头上。且我登基之后，只想肃清威胁，也未将他们二人召回冕京，他对我难免心怀怨意。怨到愿看我去死。

"你与安宁之事，孤未曾泄露过一丝口风，且还为你二人求过情，你可相信？"

萧瞬似是不敢相信，道："六哥如此心冷之人，竟会为我与安宁求情？"

"若非如此，安宁定会被送去霖国和亲。你难道不记得，当年被送去霖国的女子，是原本将成为太子妃的孟氏小姐吗？她会成为和亲人选，是孤私下举荐。"

萧瞬蹙了蹙眉，将信将疑地紧盯着我，却未开口。

我知他心性固执，一时半会儿怕是难以接受，便将话锋一转："不过，安宁避得了上次，这次却怎么也逃不掉了。"

萧瞬呼吸一紧，忙问："此话怎讲？"

我不急不缓，徐徐道来："安宁是先后母族的子嗣族人，虽与你我并无血缘关系，但她自小被先后养在宫中，又是先皇亲自册封的公主，算得上是皇室宗族血脉。她早到了适婚之龄却尚未出阁，又身份尊贵。如今，乌邪王将圣女嫁过来，冕国难道不应回以同礼？这普天之下，还有谁是比安宁更适合嫁给乌邪王的人选？七弟，我们来赌一赌，你说，萧澜会不会命安宁远嫁？"

我此番言论，可谓刀刀见血，分析得有理有据。

沉默良久，萧瞬才道："我不与你赌。六哥，你说得的确有理。"他顿了一顿，笑了，"再说，自小到大，我与你打赌就没赢过。"

我的眼前匆匆掠过少时岁月，那时安宁与我们常在御花园舞风弄月，吟诗作画，好不快活……那些日子已经一去不复返，成为一场虚幻的美梦。我无声笑笑，点到为止，今日只要令萧瞬先分清敌友，以后再进一步拉拢也不迟。

攻心，不可操之过急。

我一扯缰绳，有意加快速度，渐渐与萧瞬拉开一段距离。

忽然，前方爆发出一阵喧哗，有人此起彼伏地大喊："皇上，是麒麟鹿！吉兆！吉兆啊！"

我抬眼一望，只见一道金红色的影子飞快地窜进林间，引得前头的人马纷纷追赶。萧独自然也在其中，且还是冲得最快的那一个，只眨眼的工夫就甩掉了本来冲在前面的萧璟与萧默——到底是争强好胜的少年心性，也不知让让他人。

再看萧澜在后面不急不慢，乌邪王倒被激起了兴致，大吼一声，纵马直追，谁料他声如洪钟，响彻山野，惊飞一片山雀。马队骚动起来，连我身下这匹温和的母马也受惊尥蹄，险些将我从马背上掀下。我连忙勒紧它缰绳，欲伸手捂住它双眼，却已来不及，被它带着朝半山腰的林间狂奔而去。

我俯身贴紧马背，树叶如刀片般刮过我皮肤，寸剐一般。

马跑得极快，将皇家狩猎的马队甩得不见踪影，我好容易才将缰绳勒住，已是累得头晕眼花。左右张望一番，不知跑了多远，竟辨不着路。听见有人远远在唤，我跳下马，俯下身子朝与声源相反的方向行进——这是个逃走的好机会。

机会是好机会，可我体力不支，行了没多远便已走不动，扶着一棵树气喘吁吁。我这才真切地意识到，若无人相助，我这副身子根本走不出冕京。我不是吃不得苦，当年率兵亲征时也曾与士兵们出生入死，可如今却弱不禁风得很。

耳闻马蹄声自四面而来，我不敢动弹，可犬吠之声却越逼越近。

自知躲不过猎犬的鼻子，躲躲藏藏未免太过狼狈，我索性从林间走了出来。几个侍卫连忙上前将我扶住，我见萧澜也在，站起身子，道："孤并无大碍。"

"太上皇受惊了。"萧澜骑马来到近前，猝不及防地弯腰，一把将我拽到他的马前，"此处路不好走，太上皇身子不好，一定要小心些。"

我站立不稳摔倒在地，却心下顿生屈辱之意，强行站直腰身。

萧澜睨我一眼，故意拉弓放出一箭，将一只飞鸟倏然射落，命侍卫捡来给我瞧。

那是一只红羽白喙的朱鹭，漂亮至极。

他捏住它的尾翎，将它拎到我眼皮底下。

朱鹭还活着，不住扑腾着翅膀，漆黑的眼眸透出凄怆的光芒。

"六弟，看，像不像你？"

我垂眸不答，听他轻笑一声，将朱鹭扔给侍卫："莫让它死了，朕要养着。再高傲的天上之物，关在笼子里养上几年，也该变成乖巧可人的宠物了。"

字字刺耳。

"宠物就该有个宠物的样子，莫要以为被供在高阁，眼里就没有自己的主人。若是得意忘形，沦为阶下囚，也只是一夕之间的事。"

这样的暗示与威胁，我怎会不懂？

他立了军功，有了声望，想将我这废主从太上皇的位子上拉下来，轻而易举。

"若宠物知道讨宠，自然能保有现在表面的尊严，否则……"他冷笑着审视我，突然拽起缰绳，马扬起前蹄，我惊得慌忙躲避，猝不及防跌坐在地，狼狈不堪。

此时，一串马蹄声由远及近，我侧过头，瞥见一人纵马从林间行来，斑驳日光照得他骑装上点缀的蛇鳞冷光凛凛，是萧独。

不是这小子阻拦，我怕是早在白衣卫护送下过了落日河。

即便有重兵驻守，冒险了些，也比留在宫里强。

我心生一念，干脆坐在地上不起，还捂住胸口咳嗽了几下，假作受伤，一边朝萧独投去隐忍痛苦的眼神。

萧独当场滞住。他怎么忍见我这从小护他的叔叔被他父皇如此折辱？

我要离间这父子二人本就不甚亲密的关系，让萧独这把火烧得更旺些，令萧澜早日被他烧毁。

"六弟，朕今晚想与你骑马夜游，叙叙旧，如何？"他语气十分温和，仿佛是要与我重温兄弟情谊。我一阵恶寒，正想推拒，只听一阵响动，萧独已然下马，走了过来。

"儿臣拜见父皇。"他单膝跪下，斑驳树影中，那俊美年少的脸阴雨密布，抬眼看了我一瞬，就垂下了眼皮，敛去眼底的刀光剑影，"……拜见皇叔。"

萧澜道："平身。"顿了一顿，笑道，"独儿猎到了那麒麟鹿？"

"不错，儿臣正想来献给父皇。"萧独立即站起身来，从身后高大的夜骓背上割下那通体金红的雄鹿鹿角，呈到萧澜面前。浓烈的血腥味扑面而来，激得我一阵咳嗽，禁不住头晕反胃。

"甚好，今夜便可用这对麒麟鹿角占卜，看看有何吉兆。"

萧独面无表情地将鹿角交给侍卫，翻身上马，抬眼看来："父皇，乌邪王方才对众人说，想与父皇赛上一场，他正在后山那边，等候父皇许久了。皇叔似乎身子不适，父皇既要与乌邪王赛马，不如让儿臣护送皇叔先行回去，父皇以为如何？"

萧澜敛了笑容，不置可否，却未像上次那样不顾萧独劝阻将我强行带走，而是凝目看着这个儿子。我想他比任何人都清楚萧独如今举足轻重，即便他有心废掉太子，也不是件易事。

萧独直视着自己的父皇，眼里毫无惧意，甚至暗藏着咄咄逼人的意味。

此时，一个侍卫牵着一匹银驹走来，我惊呼："呀，那可不是孤的马吗？"

说罢，我趁机走到那银驹旁，抚摸了一番它的鬃毛："方才在林间与它走散，孤还以为见不到它了。皇上将这马赐给孤如何？"

萧澜半晌才开口："咱们是一家人，六弟何必如此客气？"他松松缰绳，往山下走去，吩咐左右侍卫护送我去猎场。他虽没应允萧独的请求，却明显不如之前那般强势了。

这是个好兆头。

翻过一个山头，后山被群山环绕的盆地便是皇家赛马场。在乌邪王到来前，萧澜已做了一番安排，排场之隆重，比一年一度的骑射大典还要更胜一筹。

御林军身着轻甲，整齐列阵地步入赛马场，吼声震天动地，不似要参加比赛，倒像准备迎战杀敌——这是意味明显的示威，为了震慑虎视眈眈的乌邪王。

身为大冕曾经的君主，我的心情复杂而矛盾，既希望乌邪王能迎难而上，与我合作除掉萧澜，又期望他会慑于冕国军威，日后不要太过贪心。可鱼与熊掌不可兼得，这道理我再清楚不过。我若要登上魃国这座桥，便须知该如何拆桥。

如此想着，萧澜侧过脸来，我不及收回聚于乌邪王身上的目光，被他正巧捉住。他笑了一下，浓黑的眼里泛出些许戏谑之意："乌邪王对朕说，太上皇当年与他交战于狼牙关，以少胜多，骁勇非常，令他们的勇士十分震骇，今日想再睹太上皇的风采，邀太上皇赛上一场。不知太上皇可否赏朕与乌邪王一个薄面？"

我扯了扯唇角，这点薄面，如今却令我不堪重负。

不待我拒绝，一位侍卫已将弓箭与骑装呈上前来。

我环顾四周，众将校齐齐望着我，当中还有我熟悉的面孔，是随我亲征的老兵。

众目睽睽之下，我自不能再推拒，回身走入营帐更衣。

换上一身轻巧的皮甲骑装，我却觉似作茧自缚，被勒得喘不上气来。

命侍卫们退下，我独自凝立于镜鉴前，闭着双眼，泫然欲泣。

我自小就是天之骄子，受众人仰视拥戴，自懂事以来，极少将情绪曝于人前，成为帝王之后，更是鲜有真情流露的机会。众人道我冷血而决断，却不知喜怒哀怨皆藏于我高贵而威严的面具之后，繁冗而厚重的龙袍之下，为的是无懈可击。

我无懈可击，我的朝堂才能无懈可击。君主背负多少，寻常百姓自不能窥见。

当我走下神坛，将这副病体呈现在军士之前，我精心维持的一切也就从此销毁。

从此，我不再是他们曾经仰慕的天子，而彻底成了一个令人惋惜的病秧子废主。

失去了军士们的尊重，我若要重临帝位，更是难上加难。

我握着弓弦，双手发抖，昨夜在困境中激发出的气力已荡然无存，竟无法将弦拉开半分。就在此时，背后传来两下靴子踱着地面的声响。我睁开眼，便从铜镜中看见一对锐利而深邃的碧色眸子。

他拿过我手中的铁质弓弦，力拔千钧，一下便将弓弦拉得浑圆，明明无箭在弦上，却令我听见铮铮鸣镝，破风而去。

"皇叔，您拉得开这弓的。我的伤口，今日还在流血，这一箭，扎得很深。要是你在赛场上也这般凶狠，定当大慑众人。"

这话似一股激流注入血管，令我精神一振，我的双手竟然奇迹般地停止了颤抖。我接过弓弦，一点一点凝聚着手劲握紧，似个初学射箭之人。

终于，我勉强撑住了弓弦，深吸一口气，抬起胳膊。

萧独将一根箭矢置于我的弦上。

"皇叔。"他轻声道，"信我。"

"铮"的一声，箭矢破空而过，镜中那脆弱无助的我，猝然溃散。

第三卷
狼子野心

萧独离去后，我心神竟为之大振。

许是小狼崽子身上具有某种魅人的神力，又许是他的言语真的激励到我，我在挥起马鞭的一刻好像回到了当年。我一马当先冲在最前，高高跃起，拉弓上箭，虽只昙花一现便倾尽全力，却已震慑了在场众人，引来满场喝彩。

遥远天穹之中，似有一个声音大呼——吾皇万岁，万万岁。

一如当年。

鲜衣怒马，踏雪凯旋。

时间似在这刻变得缓慢，炽烈的太阳在上方化作燃烧的金乌，朝我直坠而下。

我手一松，一箭放出，正中上方展翅高飞的纸鸢，身子被反弹得向后跌去。

我不能倒，我不能倒。我萧翎，是天穹上的帝王。

我伸出双手，猛地攥紧缰绳，令自己俯身贴在马背上，才咳出一口淤血。

"六弟，朕倒真没想到……你这看似刚极易折的性子，有如此韧性。"

失去意识前，我听见萧澜轻笑着道。

再醒来时，已然天黑。

隔着帐子，亦可看见外头火光灼灼，人影憧憧。我恍然想起宫变那一夜令我失去一切的大火，浑身冒出冷汗。伸手一掀帘子，瞧见外头景象才清醒过来。

不远处生了篝火，众人按次序落座于篝火周围的席位上，晚宴正要开始。

很快，便有侍从前来请我。

晚膳的主菜便是萧独猎来的鹿肉，佐以乌邪王从魑国带来的香料，鲜美香嫩。可我昨日才服过榅肭，自然不敢再碰鹿肉这种性燥助火之物，便只食佐餐的水果。

“太上皇在赛马场上英勇非凡，食量却不大，不知酒量如何？”

我闻言抬起眼皮，见乌邪王敬过萧澜，转过来，朝我举杯而笑。

这酒亦是鹿血酒，我哪敢沾杯，正欲开口解释，萧独开口道：“太上皇近日来大病初愈，身子不适，不宜沾酒，乌邪王莫怪。小王代太上皇饮十杯。”

“五弟好生豪爽。听说，这麒麟鹿血是大补之物，酒劲也烈，有醉生梦死之效。”萧默笑叹一声，也拿起一杯，一饮而尽。

乌邪王大笑：“这酒醉生梦死，冕国的美人也令吾醉生梦死！”说着，这魑人的王毫不避讳地盯着四公主萧媛，“不知，吾有没有运气娶到冕国的公主？”

乌邪王主动开口求亲，而非萧澜先提出联姻之事，我倒没有料到。但萧媛已与霖国皇子订了婚约，萧澜绝不可能将她另嫁给乌邪王。至于萧璟，她身上被下了蛊以自己骨血滋养萧默的秘事，萧澜自然知晓。她若走了，萧默怕是也活不了，因此不可能将她外嫁。而且，她在外人眼中常年身体孱弱，久病不愈，也给了萧澜不让她远嫁的理由。

我斜目看向萧澜，等待着他的回答，良久，才听他笑了起来：“小女已有婚约，不过，我萧氏还有一位身份尊贵的公主，能配得起乌邪王如此勇武之人，不过她年纪稍长……”

我偷眼看向七弟，他低头喝酒，一语不发，手背青筋凸起，骨节泛白。

我皇家之人，从来命不由己。

倾城倾国的安宁郡主，不能与爱人相守便也罢了，连自愿独守青灯也无法做到。

我心里涌起一股悲哀，既是为了七弟与安宁，也是为了如今的自己。

我拍了拍七弟冰冷的手，他手指稍稍收紧，颤颤地放下酒杯。

一滴血红的酒液落在我的手背上，宛如他那只泣出血泪的盲眼。

悲哀过后，我又感到喜悦，因为七弟如今比我更想杀了萧澜。

宴毕，便是每次狩猎之后按例举行的祭祀。

披着斗篷徐徐走到篝火前的却不是翡炎，而是个我未曾见过的年轻神官。这意味着萧澜将他的亲信安插进了我最牢固的壁垒，要将它连根撬起。

我盯着篝火中被灼烤的鹿角，心中的不祥之感一如那些血色裂痕蔓延开来。神官将鹿角浸入水中，望着倏然腾起的青烟看了好一会儿，忽道："皇上……大凶之兆。"

周围俱是一静。萧澜走近了些，不知是从那雾气中看见了什么，似是情绪大变，再无兴致与乌邪王饮酒闲聊，遣了几名美人伺候他，自己则进了营帐。

我白日睡过，夜里自是难以入眠，便出去散步。

刚走进林间，我就瞥见一个人也从帐中出来，衣服在月光下闪着粼粼的光，心不禁一跳。

萧独？这小狼崽子这么晚出来做什么？

我俯下身子，见萧独身影一闪，纵身跃进林间，便悄悄跟了过去。远远又见一人从树上跳下，在他面前匍匐跪下。借着月光，我瞧见那人发色浅金，背上缚着一把弯刀，顿时意识到这人不是别人，正是乌邪王身边那员猛将——乌沙。

我屏息凝神，只听乌沙发出极低的声音，说的是魑语。我不大通晓魑人古老而晦涩的字音，只能从他的语气中判断，他对萧独的态度很是恭敬。

要知道，魃人的礼仪不似我们这般繁冗严谨，只有对地位极高之人，才会匍匐下跪。

乌沙有必要向别国的皇太子行如此重礼吗？

乌沙，乌邪王……与萧独之间难道有什么特殊的联系？

我心中疑云重重，只见乌沙站起身来，放眼四望，似乎察觉了有人在窥视，忙将身子伏得更低。一串窸窸窣窣的动静迅速逼近，突然，手腕袭来一阵针扎似的刺痛。我立时举起手臂，只见草丛间一只蝎子闪过，当下心觉不妙。

转瞬之间，我的身子已经麻了，动弹不得。

"呼"的一声，乌沙捉刀飞来，落在我面前，正要动手来抓我，一抹白影从天而降，与乌沙缠斗起来。我这才看清那人正是白厉，二人接连过了几招，白厉一不留神，被扯去面罩，乌沙惊道："白厉，居然是你？"

"是又如何？"

"你可是与你主人在一起？"

萧独在后边低声喝道："快停手！"

说罢，脚步声已朝我的方向而来。我倒在地上，咳嗽了几下，蝎子毒性发作起来，使我呼吸困难。

萧独疾步走上前来，将我扶起。白厉见状，便要过来护我，却被乌沙一把抓住了手臂："你放心，他不会伤你主人，你我也不必为敌。"

我朝白厉使了个眼色，示意他不必紧张，他这才放下指着乌沙的剑。萧独一眼发现我臂上渗血的伤口，正要低头去吮，乌沙却急忙抓住他肩膀，说了一句什么。萧独呼吸一滞，将他一把推了开来。乌沙还想阻止，却听萧独一声低喝，他便伏跪在地，不敢再轻举妄动。

"孤……孤怎么了？"我颤声问道，胸口愈发滞闷。

"皇叔，您忍忍。"萧独将衣襟扯开来，露出肩头上被我一箭射伤的伤处，虽已包扎好，但一股血腥味仍是扑面而来，不知为何，我竟感到一阵焦渴，情不自禁地咽了口唾沫。不待他撕开绷带，我就迫不及待地凑近他伤处，立刻被自己吓了一跳。

116

怎么回事？我竟想喝这小子的血？

我忍了又忍，咬住牙关，见萧独伸指在伤处一按，将指尖探到我唇畔。

"皇叔，这是蛮疆毒虫，需得用童男之血来压制。"

我蹙了蹙眉，疑道："竟有此等之事？你如何知晓……"

萧独垂眸："我……在瀛洲见过。"

我忍无可忍，一口咬上他的伤口，吮进些许鲜血，却觉得不够解渴。

萧独抽刀划破手臂，喂到我唇边，我就着他胳膊狼吞虎咽了一阵，才觉呼吸顺畅了许多，小臂上的伤口也渐渐愈合，却留下了一个朱砂痣般的小点。

"这是什么毒？怎么如此邪门？"

"是魖族的巫蛊之术，皇叔莫要惊慌，此蛊对身体并无大碍。只是……"

"如何？"

"以后需定期饮我的血，待蛊虫衰亡之后便可停止。"

这小子怎么竟玩起巫蛊之术来了？

我蹙了蹙眉，见他一挥手，乌沙便听命退下，瞬间便隐匿在黑暗之中。

"你与乌沙，还有乌邪王有什么关系？你何时与他们有了交集？是上次魖国遣来使之时……还是在那之前你就……"我低声逼问，急于知晓答案。萧独将来恐怕会是冤国的一大威胁，我应及早做好将他除去的万全之策。

"皇叔，父皇立我为太子，却迟迟不为我举行册封仪式，你再清楚缘由不过。"顿了顿，他又道，"他既只将我做挡箭牌，我背后又无家族支撑，自当另寻靠山。皇叔猜得不错，便是上次魖国使者前来时，我托人传信给了乌邪王。"

我细思之下，暗暗心惊。若不是白厉察觉了乌沙的存在，我今日又恰巧撞上他二人，又怎么能知晓萧独与魖族暗中有来往？我表面仍作淡然，幽幽一哂："你可知这是通敌叛国之罪？身为皇子，更是罪加一等。孤倒真没有想到你会如此。"

"皇叔，我本来就是个杂种，求胜心切罢了。"

黑暗中，我看不清他的神色，却听得出他笑音里透着一股嗜血的戾气，心下一寒。

与这小子关系越密切，越能发现他不简单。

既已与魅族勾结，他必是谋划着什么，并且不是一时半会的事了。

"那你……有何计划？"

我话音未落，萧独却忽然示意我噤声："皇叔，有人来了。"

几串脚步声自营帐处走近，是听见动静过来查看的侍卫，萧独挽着我纵身一跃，跳到树上。在高处，我瞧见乌邪王的帐篷猛烈晃动着，人影交织，像是有人在里面厮打。随后乌邪王跌跌撞撞地闯了出来，敞开的衣袍内，可见他胸腹上俱是红色小点，已然渗出血来，骇人至极。

我心中一惊，想到七弟那盒榅朒，莫非他因安宁之事对乌邪王下了毒？

太冲动了，太冲动了！

惊叫此起彼伏，守在营帐附近的侍卫扶起倒在地上的乌邪王，将他托回营帐，随乌邪王而来的魅族武士们见状扑了上来，不让侍从们触碰他们的王。

混乱之中，不知是谁先动的手，两方人竟动起武来，眼看就要演变成一场厮杀。

萧澜亦被惊动，从帐中疾步而出，见此景象，恐危及自身，命左右御卫护好自己，出言制止扭打作一团的两国侍卫。可魅人素来性情野蛮，见乌邪王倒地不起，哪里肯听别国皇帝的口令，纷纷拔出刀来，虎视眈眈地朝萧澜逼来。

其中尤以乌顿为首。只见他气势汹汹，身形如电，冲到萧澜的面前，一节长鞭甩得如龙似蟒，两三下就将萧澜身前两名身手佼佼的宫廷御卫打得节节败退。萧澜根本没有与魅人勇将对峙过，当下大惊失色，连退几步，避进帐中。

"皇叔，您别出来。"萧独将我带下树去，一个苍鹰展翅，落在乌顿身前。

他出手凌厉精准，一把抓住乌顿的长鞭，往回一扯，一脚横扫千军将他绊倒在地，屈膝压住他胸膛，怒目圆睁道："谁敢在我冕国皇城里轻举妄动，本宫便杀了他！"

我眯起眼皮，不知这小子玩的是哪一出。

"乌顿，你们在做什么？快些退下！"千钧一发之际，一个女音穿透进来。

魖族武士动作俱是一凝。

一抹倩影从帐中掀帘而出，正是乌迦公主。只见她疾步走向乌邪王，魖族武士才纷纷退开。萧澜急令御医察看乌邪王如何，乌迦却摇了摇头，朝已一动不动的乌邪王跪了下来，从怀中取出一粒血色丹药，以手碾碎，喂进他的口中。

半晌，乌邪王才呕出一口黑血，缓缓醒转，嘴唇翕动，似有话想说。

乌迦低头俯耳，听罢，她抬起头来，望着萧澜，吐出一句话来。

她一开口，便语惊四座。

——晚宴上的酒食有毒。

当夜，猎场上所有在场的宫人俱被投入刑司严审，至晨，未果。

乌邪王已不愿久留，次日便启程返回魖国，萧澜则因受惊过度，旧病复发。

三日之后，乌邪王毙于途中，随行的魖族军队即刻哗变，在冀州作乱。

白延之举兵抗之，惊动魖国边疆守军，与其僵持不下。

据白延之的探子来报，魖国正为选立新王及是否开战争执不下，朝中一分两派，占大多数的重臣贵族一派听命于魖国王后，愿与冕国继续维和；另一派则以身份卑微的武士为主，欲拥立将帅乌顿为王，有意进攻冕国。王后虽手握大权，但乌顿野心勃勃，听他号令的魖族武士有逾两万之多，势力不可小觑。

西境之乱才平，北境便已燃起硝烟，如若二境同起战乱，冕国整个西北便岌岌可危。

为了稳住魃国王庭之心，萧澜大病初愈，便宣布将乌迦公主册封为后。

典礼在秋分之日举行。同日，萧独将被正式册封为太子，并与定为太子妃的乌珠公主成婚。普天同庆之事，仪式异常隆重，排场亦是前所未有地盛大。

听见声声礼炮，我才将七弟予我的密信收起，置于烛火之上烧尽。

一只飞蛾忽地撞进腾起的火焰里，与纸同化灰烬。

刑部对乌邪王中毒的审讯有了结果，虽没有牵扯到七弟，但萧澜必会借此发难。

"太上皇，该动身了。"

听到顺德轻唤，我慵懒地起身，披上一件保暖的貂裘，出门上轿。

秋风萧瑟，有些肃杀的味道，可皇宫的高墙挡住了寒意。

不多时，便到了举行典礼的九曜殿。离得近了，礼炮震耳欲聋，叫人心慌。

我从貂裘上扯下些许貂毛，揉成一团塞进耳里，才掀开轿帘。

九曜殿前，甚为壮观。

一条红毡自广场铺至玉阶，宫廷御卫红衣金甲，齐立两侧。文武百官仪容整肃，跪候于玉阶之下。王公贵族姿态恭敬，立于丹墀之上。由下至上，阶级分明。

我遥看了一眼皇座，步至丹墀，立于王公贵族中。

钟鼓齐鸣，在华盖宝幡的围绕下，萧澜携乌迦公主缓缓走上玉阶，他脸上丝毫不见大婚的喜气，冰冷而阴沉，似是在步入陵墓。

这样委曲求全的联姻，任何一个帝王都不会感到愉悦。如果换作是我，断不会让冕国陷入如今的困境。

我正出神，忽然，一支冰凉的笛子轻敲了一下我的手腕。

我侧头看去，竟见萧煜正在身边，昂头微笑，嘴唇微微翕动。

我听不见他的声音，才想起方才塞了耳朵。我将貂毛从耳中取下，他才松开手，笑道："我叫了皇叔，皇叔迟迟不应，我只好如此，没吓着皇叔吧？"

我哂道："孤还没这么容易受惊。"

话音刚落，一声礼炮当空响起，震得我浑身一颤，头晕目眩，险些跌下阶梯，被萧煜眼疾手快地抓住袖摆，才稳住身子。礼炮声间，萧煜发出一阵坏笑，道："原来皇叔怕听礼炮啊，我还以为当过皇帝的人，应该早就习惯了这种阵仗。"

我居高临下地俯视着他："孤素来喜静罢了。"

"哦？既然皇叔喜静，侄儿知晓有一处幽静风雅之地，就在御花园后山。对了，舜亲王也很喜欢那儿，不知皇叔能不能赏几分薄面，来与我二人饮酒赏月？"

我眼皮一跳，七弟与萧煜何时有了私交？

随即我便想到，七弟的侧妃不就是萧煜的母家越氏的一位小姐吗？

萧煜与七弟联手，我岂不是不便继续对付他，还得与他化敌为友才行？

萧煜恨我入骨，我不可信他，但我不能放弃七弟，得设法离间他二人。如今，萧独越来越不好掌控，我需另寻出路，多留一手。

思罢，我不多犹豫，收了手中孔雀羽扇，问："何时？"

"若皇叔身子方便，可否今夜子时前来？"

我微微颔首。料想他在御花园之内，也要不了什么阴招。

礼炮声止。萧澜携乌迦公主分别落座。

皇座上方的华盖倏然撑开，伸展出巨大的金翅，光芒万丈，宛如旭日东升。

而我刚一抬眼，便望见一个挺拔的身影踏着红毡款款走来，他身着象征皇太子身份的红底绣金朝服，英武如神，锋锐难挡。

乌珠跟在他的身后，这魅人公主此时作冕人打扮，云鬟高挽，凤饰霞帔，面覆红纱，长裙曳地，亦看起来十分端庄。

好一对璧人啊。

我微微颔首，朝他二人一笑。

萧独与我对视一眼，一切俱在不言中，而后他望向前方，步步登上玉阶。

萧澜身边的礼仪官打开诏书，高声宣诏。

萧独缓缓跪下，行过三跪九叩之礼之后，由礼仪官为其加冠授玺。

我看着那华贵沉重的通天冠落至萧独头顶，不禁想起初次见他时，这小狼崽子一头卷发由木簪束着的可怜模样，一时有些恍然。转眼之间，竟已经过去五年了。

当晚，夜宴的规模自也无与伦比。

近乎所有的王公贵族都前来赴宴。九曜殿中，男子锦衣华服，峨冠博带，女子绮罗珠履，衣香鬓影，人与人相映生辉。

席间，觥筹交错，言笑晏晏，好不热闹。

一派太平盛世之景。

只可惜，太平盛世早已是昔日幻景。

我坐于席中，却仿佛一个旁观者，观看眼前这幕虚假而华美的戏，等它落幕。

萧澜亲自下座来行祝酒令时，我起身敬酒，恭贺他大婚，并祝他早得龙子。我自意不在言，而是想警告他与我保持距离，谨慎对待皇后，莫像上次那样酿成大错。

萧澜何尝不知我想说什么，可与我对视时，他笑得不以为意，只命宦侍为我斟满了酒，执意与我对饮一杯。

我厌恶地蹙眉，与他虚情假意地演了一出兄弟情深，饮尽了杯中酒，心中恶心难抑。

宴酒俱是皇家库藏的陈年佳酿，后劲十足。才一杯下肚，我便已微醺，有些飘飘然了，愉悦非常，竟想吟诗作赋。

我环顾四周，见人人皆面露笑容，兴致勃勃，就连俪妃亦是春风满面。按理说，萧澜立后，最笑不出来的便应是她。只有端坐于皇后位置上的乌迦蒙着面，看不出何表情。那一双浓丽的眼眸，冷漠而倨傲，似高高翱翔于天际的鹰鸶。

我看向萧独，他正背对着我，携乌珠一并向萧澜行礼。因我名义上是太上皇，他们拜过萧澜，便来拜我。

我坐在席上，看着二人在我面前跪下。我坐姿不正，腿有些麻。

我赐了酒与萧独，待他起身时，才将发麻的脚收回来，并祝他与乌珠公主百年好合，又将一早备好的罗敷果赠予二人。

"谢皇叔。皇叔如此有心，侄儿深受感动。"萧独面无表情，谢得郑重，将酒一饮而尽，又深深俯下去，竟要给我磕头。

我给他这阵仗弄得意外，我毕竟不是皇帝，受不起皇太子这三跪九叩的重礼，忙双手托住他肩头，将他扶起。

一抬眼，我便撞上他的目光，心头一悸。

他似笑非笑地牵着一边唇角，似是在嘲弄。

我却只能隐约感到，萧独虽然接受了这桩联姻，心头仍有不甘。乌珠毕竟不是他自己挑选的妻子，只是联姻的工具，他年轻气盛，性子又桀骜倔强，多少是有些憋屈的。

我拍了拍他肩膀，算作安慰。娶乌珠，必然不是他心中所愿，这桩联姻，也不过是一场国与国之间的交易。

感情这种东西，于皇家而言，何其脆弱，何其无用，唯有握在手里的权，才是最有意义的。

"太上皇，舜亲王差我给您传个口信。"旁边一个宫人轻唤，指了指通往御花园的侧门，"他说他先行一步，静候您来。"

我转头瞧了一眼萧煜，见他正由宫人推向侧门，便小啜了几口酒，待他出了门才去向萧澜请辞。我借口不胜酒力，从正门上轿，到了半途，命宫人们将我抬进了御花园，在轿上，与一个宫人换了衣服，扮成一名宦侍来到后山。

下了轿，果然望见后山小亭内，轻纱拂动，烟雾寥寥，一张棋盘置于桌案，二人相对而坐，极是风雅。

命宫人们退远候着，我款步走近。

萧煜正捻着一枚棋子苦思冥想，见我前来，笑着抬头："呀，皇叔，您快来瞧一瞧，我与舜亲王谁会赢？"

我掀起衣摆，跪坐席毡上，总览全局，二人胜负难分，想是僵持了许久。略一思忖，我拾起萧煜这厢一枚棋子，置于萧瞬那厢，将他的主星杀去。棋局一下便重逢生机，柳暗花明。萧瞬盯着棋盘，朗声大笑："好，六哥果真高明！"

"置之死地而后生……皇叔这招用得妙极。"萧煜到底年轻气盛，不悦之意毫不遮掩。

我耐着性子，忍着恶意："你若想学，孤教你便是。"

萧煜敛了笑容，目光森然："皇叔的好意，我怕是受之不起。"

突然，气氛冷却下来。

萧瞬笑了一下，命侍立一旁的宫女斟上三杯酒。

"六哥，皇侄，请。"

我举起酒杯，却不饮，拾起那枚主星棋，置于案上。

"不知七弟对这棋局，有何见解？"

萧瞬抓起一把棋子，道："六哥是否有心听我解说？"

"愿闻其详。"

"乌顿的三万魋族叛军蠢蠢欲动，随时可能入侵冀州一带，届时钥国残军若卷土重来，纵有白延之坐镇西北也凶吉难测。我的人打探到消息，萧澜有意北巡，以震士气，打算让太子监国，只要他离开冕京，我们便可乘虚而入。"

萧澜会允许萧独监国？

我先是一愣，随即又意识到，当然会。

他既拿萧独当挡箭牌，这个时候怎可不用？

萧澜一旦离宫，朝中那些将萧独视作眼中钉的势力必定会对他下手。

比如，萧煜母族这一派以太尉越渊为首的势力。

我豁然明白过来，七弟和萧煜是想拉拢我一起对付萧独。除掉他之后，再谋夺朝中大权，待萧澜回京后逼他退位。

但萧独如今哪里还是原来那个不受待见的小杂种？

自瀛洲一役后，朝中支持他的大臣不在少数，而他在民间声望也极高，如今又有魁族一后一妃相助……

七弟与萧煜，当然不知晓萧独与魁国之间的关系。

我不能说。

若是说了，会害死萧独。

鹬蚌争不起来，我这渔翁也无法得利。

"皇叔若将宝押在五弟身上，怕是押错了。"萧煜见我不语，还以为我在犹豫，叹了口气，"魁国各部时分时合，魁国王庭亦是极不稳定，迟早会与冕国燃起战火。到那时，我这有一半魁人血统又娶了蛮族公主的五弟，还想保住太子之位，可就……"

我垂眸一笑："孤心中自有权衡，用不着你这个后辈来教。"

说罢，我放杯起身，走出亭子。

"时候不早了，七弟，我们改日再约。"

上了轿子，我便命宫人送我回九曜殿，有意找我的小舅舅白辰与翡炎商量一番，他们是我更为信赖的亲信。

从御花园到九曜宫，说近不近，说远不远。

时近三更，晃晃悠悠间，我已有些犯困了。

正闭目养神，轿子忽然猛地一颠，落了下来。我掀起轿帘，只见四周树影斑驳，林墙层层，分明还在御花园里，不禁奇怪。刚要下轿，却听耳后风声乍起，我还未回头，便觉一股奇香扑面而来，当下便动弹不得，亦发不出一丝呼救之声。

我大吃一惊。此人是谁？这是想做什么？没来得及细想，随即，我的身子被扛抱起来，这人健步如飞，左转右弯带我出了御花园。

在他越墙而过的一刹那，一道银光射来，他痛呼了一声，整个人滚落在地，我也被摔到一旁。我还未爬起，便见另一个蒙面人落下墙头，手起刀落间，便结果了方才那劫我之人，而后便来到我身前。我瘫软无力，根本无法逃走，只得眼睁睁任由他将一块布蒙到了我的脸上，将我背到了背上。

我什么也看不见，只听前方传来热闹的人声，转瞬就被塞进一个不算狭窄的空间内。

木门"嘎吱"一声合上，所有声音戛然而止。

周围一片寂静，唯余我自己的呼吸声。

我头覆黑布，眼前一片昏暗，倦意如潮水层层漫上，将我渐渐淹没。昏昏欲睡之际，木门又"嘎吱"一声。但这一声似乎不在我身边，仿佛在稍远的地方。

我到底在哪里？

我蓦然惊醒，隐约听见靴子踱过地面、衣料窸窸窣窣的摩擦声。

我睁大双眼，不知来人是谁，我心中矛盾，既担心被人发现，又希望有人发现并解救我。

怎料来人并未前来，我心一横，到底还是在皇宫，我还是太上皇，与其在这里死生难料，不如化被动为主动，我难道还能被当成刺客不成？

我张了张嘴，极力憋出一声几不可闻的闷哼。

"嘎吱"一声，我身旁的门被用力地拉开。

我头上黑布被猛地揭开，撞入眼中的是萧独的碧眸："皇叔。"

我环顾四周，发现自己正置身于一个宽敞的衣柜中，而这个衣柜，正置于萧独的婚房内。我随之露出比萧独更不可置信的表情。

"皇叔，冒犯了。"

我口不能言，身不能动，头发披散，仪容不整，只能蹙眉表达不快。

萧独反应过来后，将我扶出衣柜，在桌边坐下。他伸手为我把了把脉，脸色稍缓："皇叔脉相正常，只是中了迷药，应该没有大碍。"

他从怀里掏出一个小瓶子，取出一粒药丸喂到我口中，又为我倒了一杯水，让我将药丸咽下："这是我在瀛洲平寇时的宝贝，一般迷药、蛇毒之类都能解。"

果然，不过须臾，我就恢复了些力气，也能说话了，便问道："是你差人劫我过来？"

想想又觉不对，之前那人显然不是萧独的人。

萧独道："皇叔误会了。我一直命人暗中保护皇叔，昨夜发现有人对皇叔下手，便将皇叔救下。唯恐皇叔再遭遇不测，便只好将皇叔藏在婚房之中。只是不知，昨夜对皇叔下手的到底是哪一方。"他略一沉吟，"莫非是父皇？"

忽然，外面响起宦侍的声音。

"太子妃娘娘……您，您到哪儿去了？"

"宴上不好玩，我就自己骑马去玩了！太子哥哥呢？"一个清亮的女声说道，随之脚步声由远及近。

我大惊，只见萧独反应奇快，伸手将我拽起，推进刚才的衣柜里，掩上柜门。

紧接着，"哐"的一声，房间的门就被推了开来。

"太子哥哥，你怎么不去找我，一个人先回来了？"

萧独一笑："本宫喝多了，正要沐浴，爱妃先去睡吧。"

我坐在柜中，听见乌珠语气娇嗔，而萧独唤她"爱妃"，想来二人的相处确实融洽。这便好了。

待乌珠离去，衣柜的门又被打开，我不禁笑了。

萧独扶我出来，忽然想起什么似的，动作一停："父皇既想让皇叔成为刺客，今夜必不会善罢甘休，我会安排其他'刺客'出现。皇叔，不如今夜就留在我这儿，躲上一躲？"

我一听，觉得在理，便点了点头。正想让他为我单独备个房，萧独已然前往隔壁耳房，在屏风外的近侍床榻上躺了下来。

我也不客气，吹灭烛火，在萧独的榻上睡下。却睡不安稳，半梦半醒间，总觉有一只狼蛰伏在侧。

我心生不祥，忽觉让萧独监国可能不太妙。

但若不是他监国，换了太尉或是其他人，情况会更加棘手。

比起对我怀恨在心的萧煜，我自然觉得萧独的情绪更好掌控些。

罢了，该行缓兵之计才是。

这一夜有惊无险地过去，次日清晨，为了不被旁人发现我留宿在此，萧独差人送进来一套宦侍的衣裳。

我自觉得如此有损尊严，不愿看镜子。穿戴完毕，他道："我需得先去父皇那儿请安，皇叔留在这儿，等我回来。"

我心中一动，生出一念："孤与你同行。"

萧独面色犹疑，并未答允，手上动作未停，取了镜台上搁的太子冠冕端正地戴上。我不禁有些急了，正色道："独儿，孤自有计较。"

他垂眸不言，狭眸半敛，瞳仁灼灼，似渴血的野狼在观察猎物的一举一动，却并未多言，转身出去了。我亦步亦趋地低头跟在他身后，顺利混在宦侍宫女之中，随萧独与乌珠的车辇前往萧澜的寝宫。

"皇上，太子携太子妃前来问安。"

"进来。"

门重重开启，我随萧独进去，见几个人影已经跪在阶梯之下，身着赭色官服。我暗忖，怎么这么早，萧澜便已召了大臣前来议事？

我一眼扫去，才发现有一人竟是我的小舅舅白辰，见他嘴唇紧抿，脸色很是不好，不禁心下一紧。他倒没注意到我，起身拜过萧独，便退开到一边。

萧独携乌珠跪下问安，我则悄然退到门外，混在负责打扫的宦侍之中，熟门熟路地摸到了御书房。我已许久未来此地，却没觉这里有多大变化，我喜欢的多宝阁中众多的藏书与文玩古物犹在，那架我生母留给我的古琴也未扔，还有墙上的挂画，以及那一卷我年少耍冰嬉时留下的画像，上面还有一行我的御笔题字。

唯一不顺眼的，只有书桌边关着鹦鹉的鸟笼。这只鹦鹉是萧澜幼时就养着的，十分通人性，很讨萧澜喜欢，除了精心照料它的宫人，萧澜不许旁人接近它。

我无心看鸟，终于在书桌上寻到了玉玺，将它揣进怀里，正要偷偷离开，却听一串脚步声由远及近，抬眼便见萧澜与一行人正从长廊过来。

我忙在墙上摸索一番，按动机关，钻进多宝阁后的暗门之中。

从孔洞中窥去，只见几人进了御书房，是萧澜、萧独及几位近臣。随后片刻，萧煜与萧默两位皇子也先后到来。

我一见这阵仗，便知多半是商讨监国之事，一听之下，果然如此。

不出七弟所言，萧澜果然命太子萧独监国。萧煜则获封亲王，兼司徒，与萧独分掌御林军，与太尉一起共同辅佐萧独监国。而身为三

129

皇子的萧默则被任命为京畿大将，在萧澜北巡期间驻守京畿，以防皇都附近有人作乱。

如此一来，几人互相牵制之势便已形成，我不得不承认，萧澜的安排非常不错。

至午时，众人退下，萧澜却留下批阅奏疏。我恐他发现玉玺不见开始搜查，便想顺着暗格中的密道速速离开，却在此时见刑部尚书于肖走了进来。萧澜遣退所有宫人，命人关上房门。

于肖跪拜在地，行礼道："参见皇上。"

"爱卿平身，"萧澜合上奏疏，"爱卿在密奏中所言，可有证据？"

"回皇上，乌邪王中毒当晚，来过他营帐的，只有太上皇一人。"

我心下大惊，凝神静听，于肖又道："臣以为，废主终究是隐患，不宜留在皇宫之内，更不宜留在皇上身边。"

萧澜一时未语，我知他是在考虑此事。先前因我是禅位给他，在位时又算有功勋的明君，他不便如何处置我，可如今他的统治已相对稳固，给我安个罪名，从太上皇的位子上拉下去，也并非难事。我顿时明白，昨晚一定是他对我下的手，也一定是出自这个目的。

于肖他良久未语，又道："或者，干脆……"

萧澜喝道："大胆。"顿了顿又道，"你先退下，此事容后再议。"

若是远逐倒好，若萧澜真的对我起了杀心，那才糟糕。

得先发制人才行。

我摸了摸怀中玉玺，忐忑不安，见萧澜起身，缓缓拂过桌边那金丝鸟笼，不禁如芒在背。

暗格中的密道径直通往御花园的假山之中。我幼时贪玩，才在多宝阁后设了这个密道，没料到今日会派上用场，想来也是命中注定。

我怀揣沉甸甸的玉玺，心中狂跳，从假山洞中探出头去，四下张望一番，正想出去，只见一队人马自林荫小径行来。

"如今你既封了亲王，便不用离开冕京，本宫甚是欣慰。"

这女子的声音极为耳熟，我朝林间望去，只见果然是俪妃与乘着轮椅的萧煜。

"劳母妃操心了。五弟今日可有来拜见母妃？"

俪妃叹了口气，道："自然有的。态度不甚恭敬罢了。唉，毕竟是太子，今时不同往日，煜儿你也要谨言慎行些，莫让他抓到什么把柄。"

"母妃不必忧心。"萧煜轻笑一声，"儿臣心中有数，毋需怕他。母妃先在此处散散心，儿臣还有要事在身，先行一步，晚些再来陪您。"

心中有数？莫非他拿住了萧独的把柄？

见萧煜被推往御花园外，我忙走了几步，跟上他身后随行的宫人。走了一阵，就听御花园外脚步凌乱，喊声阵阵，一听便是在追查玉玺的下落。

我眼疾手快，见左右无人注意，便将玉玺迅速扔进旁边一口井中，待日后来取。

见侧方有队宫人过来，我便低着头，步履不急不缓地走去。忽听后方一声吆喝："你这东宫宦侍要上哪去？"

听这语气，我便知道是萧澜任命的那位内宫总管杨坚。

我点头哈腰，拧着嗓子道："回公公，奴受太子之命，正要去尚药局取点药材，给太子妃补补身子。"

"那你为何跟没头苍蝇似的转来转去？"说着，杨坚手一扬，一鞭子便猛抽在我背上，疼得我几乎当场晕厥，他继续喝道，"还不快去！"

我哪曾受过这种屈辱，咬了咬牙，等他离开，便踉跄着走。

"慢着。"

萧煜一声轻喝，我不得不停下。

车轮轧轧声接近身侧，他的声音轻而缓慢："转过脸来。"

"是，煜亲王。"我撑着身子，低着头，侧过脸，斜目看他。

萧煜脸色微变，却不动声色，只命我跟上，便掉头朝御花园另一门行去。待走到一条枝繁叶茂的小道中，才将宫人遣退。

背上鞭伤刺痛难忍，想是皮开肉绽，我扶住一棵树，咳嗽一阵，几欲倒下。萧煜却伸手拉住我的衣袖猛地一搜，使我一下子跌坐在他轮椅旁。

我被摔得半天起不来，加之背上疼痛难忍，便索性坐在地上歇息片刻。

萧煜眼神阴森，笑意古怪："皇叔，您看我这双腿，已经毫无知觉了，就像两块石头。"

我蹙了蹙眉，压低了声音："萧煜，你若想孤为你出谋划策，就莫要为难孤。"

萧煜亦凑近了些："方才，我听那边有宫人在议论玉玺失窃之事，而皇叔却扮成这副模样出现，是不是太巧了一点？"

"你想说什么？"我眯眼盯着他，嘲弄地笑了，"煜亲王，孤此刻与你在一处，扮成这样，也是为与你商讨秘事，何来之巧？"

他的目光在我身上逡巡一遍："玉玺在哪儿？"

见我闭口不答，他威胁道："皇叔若不说，我就只好喊人来了。"

我一哂，反唇相讥："嘖，煜亲王若想喊人，方才不就喊了？"

他手指收紧，弯目闪烁："皇叔，我知您手段了得，不如我们各退一步。玉玺之事，我绝不外泄，不过，皇叔也需帮我一个忙。"

"但说无妨。"

"我想请皇叔，赠些药给太子。您的心意，他不会不收。"

说着，我手心被塞进一物，一小包黑漆漆的药粉。

我捻了捻手中药包："你想要让孤对萧独下毒？"

"拴狼的绳子若是断了，可就难以收拾了。我知道，他从少时就仰赖你……"他语速极慢，"皇叔善于谋算，这其中利害，想必用不着我这个小辈多说吧？"

"住口。"

我脸色一沉，便要起身。奈何一动，背上便袭来撕裂的疼痛，又失了血，竟无力动弹。

"煜亲王，好巧，你也来御花园散步？"

忽然，身后传来一个声音，我脑子一嗡，顿觉不妙。

我抬眼从发丝中望去，只见萧独就站在面前，正午烈日之下，一身玄黑朝服掩盖不住他周身浓烈的戾气。

他哪里会认不出我，却半晌未语，一时间空气凝固，万籁俱寂，气氛肃杀犹如两军对峙。

倒是萧煜先打破僵局："太子刚下早朝，就来御花园散步？"

"煜亲王不也是……"萧独顿了顿，冷笑一声，"好兴致？"

"让太子看笑话了。这小宦官冒犯了本王，我教训教训他……"

话音未落，我胳膊便是一紧，被萧独从地上扯了起来。

一股浓郁雄浑的麝香瞬时扑面而来，我竟突然感到焦渴。我想喝他的血。

后背的疼痛让我几乎站不稳，萧独架着我，上了轿子，厉喝："起轿。"

我盯着他颈侧暴起的青筋，咽了口津液："独儿……"

萧独眼神凛冽："方才皇叔不见了，原来，是找煜亲王散心来了？"

我背上疼痛，又口干舌燥，哪里听得进他说什么，鬼使神差便照着他脖子咬了上去。

待渐渐回神，只见他颈间鲜血淋漓，脸色微白。这模样，着实有些凄惨。

惊骇之下，我竟有些恍惚，差点跌下车榻，却被萧独一把拉住。牵扯到背上伤处，我倒吸了一口凉气。见我脸色扭曲，萧独才察觉不对，注意到我背上的伤，吸了一口凉气。

萧独沉默一瞬，从齿缝里挤出几字："是杨坚？"

我点了点头："这狗奴……"

"我知道了。"

说罢，萧独扯下轿帘，将我掩住，扶着我疾步进入他寝宫之中。

"太子哥哥！"一个柔媚女声响起，是太子妃乌珠。我担忧她会发难，萧独却没容她走近，便已进了一间房内，将房门合上。

把我扶上榻，萧独才道："传太医！"

"不妥。"我阻止道，"不能让人知道孤在此处。"

他道："无妨，我不过是传太医送药。"

不一会儿，药便已送到萧独的手上，他掀开帘子，坐到榻上，要亲自为我上药："皇叔，您背过身去。"

我挺直腰背。药膏抹上来，有些刺痛，但我到底是打过仗的，还能忍受。

萧独上药上得极慢，不等他上完药，我就已忍无可忍，坐起身："好了。送孤回去。"

他笑了一下，道："哦？皇叔这么急？是去赶着取什么？"

我听他话里有话，侧头一瞧，只见他从怀中取出一物，竟是玉玺，不禁一怔。

来不及敛起惊色，萧独了然地勾勾唇角，把玩似的将手中玉玺掂了一掂："不会，恰巧是为了这个吧？"

我伸手去夺，萧独却将它藏到身后，歪头含笑瞧着我。

"皇叔，您要玉玺做什么？又为何会跟煜亲王聊那么久？"

我捻了捻藏在袖缝里的药粉，心下闪过一丝杀心，想起他三番两次地救我，又收敛下去："孤要玉玺做什么，你不是很清楚？至于煜亲王，我不过是恰巧遇到他，被他纠缠住罢了。他虽无证据肯定是孤拿了玉玺，却想借此要挟孤为他做点什么。你最好速速派乌沙将玉玺还回去，以免惹祸上身。"

萧独盯着我，微微启唇："做什么？"

我默然一瞬："他未直言，孤也不晓得。"

萧独垂下眼皮，并未追问，我也未多言。

言多必失。即使现在我不会下手害他，以后也必有一天，我会将他视作心腹大患。到时，恐怕便不是下毒这么简单的事，而也许是要兵戎相见的。

"皇叔，您担心我惹祸上身，我心里感激。"

思绪被萧独忽然打断，我见他似笑非笑的，眼神却有些阴鸷。

我的心微妙地一跳。

"您对我坦诚相告，我更是感动。"他俊美锋锐的嘴唇微微弯起，像一把出鞘的刀要剖开我虚伪的面具。

我一瞬竟觉心惊肉跳，想起那个混乱的梦，我身着龙袍坐在皇位之上，咽喉却受制于狼口。

那梦里的感觉，与此时竟是如此相似。

"我既即将监国，皇叔若想借玉玺一用，也并非难事。"

我一惊，不可置信地看着他。定了定神，我半开玩笑地问："此话当真？"

"当真。"

回到寝宫之时，我已是疲惫不堪，一躺下便沉沉睡去。

醒来之时，天色昏暗。

窗外刚下过雨，一场秋雨一场寒，气温陡降了不少。

想是夜间受了凉，我因萧澜赐药落下的顽疾又发作起来，咳嗽不止，胸闷气短。顺德闻声进来，点了脚炉，使室内暖和许多。

"太上皇，喝茶。"

我接过顺德递过来的杯子，喝了口热茶："现在什么时辰了？"

"回太上皇，已经酉时了，可要传晚膳？"

我竟然睡了一天一夜。

我点了点头，起身之时，却在枕边发现一只羽翎，心下又惊又喜。白厉回来了。我朝外看了一眼，心知他定是藏在附近某处。

顺德一边伺候我更衣洗漱，一边道："太上皇可知昨日玉玺失窃一事？宫中风声很紧，太上皇最好还是小心些。今早我听说……"

我心中一紧："听说什么？"

"听说，玉玺失窃一事竟牵扯到内侍总管杨监，早朝时，好几个宫人指证昨日杨坚私自进了御书房。谁知皇上还未询问杨坚，杨坚就发起失心疯来企图袭击皇上，被侍卫砍去一臂，拖到天牢里去了。皇上震怒，命刑部侍郎协助太子彻查杨坚受谁指使。"

我一听，心里便明白了这是怎么回事，仍是颇感意外。

我只让萧独设法将玉玺还回去，没想他转头顺手就嫁祸给了杨坚，不止一箭双雕，恐怕还要借此铲除朝中某些对他不利之人。

这个小狼崽子，比我现在了解到的更有城府。

我问："查出什么端倪没有？"

顺德摇了摇头："奴对详情不甚了解，得托人再去打听打听。"

"为何皇上要命刑部侍郎协助太子彻查此事？"

"回太上皇，奴听说，是因魑国叛将乌顿自立为王，昨日已举兵进犯北疆，皇上三日之后便要启程北巡以震士气。而杨坚昏死不醒，只能从杨坚府宅中查起，皇上等不了那么久。不过，皇上说了，此事要等他回来再行裁决，太子只能查，不可自作主张。"

我暗忖，萧澜定是不想在外乱关头惹得朝中人心不稳，发生内斗。

可惜，事情绝不会如他所愿。

"我看，皇上并非十分放心太子，否则，就不会允许虞太姬在他北巡期间垂帘听政了。"

顺德如今已是我的心腹，打听消息和做事都越来越成熟，为我省了不少心。

听他所言，我心里咯噔一下，这位虞太姬不是别人，正是萧澜的养母，我父皇的一位昭仪，父皇驾崩后，她便削发为尼。萧澜登基后，她也一直住在冕京最大的神庙之中，并未进宫。不料，如今竟被请来垂帘听政。我听说此女有些手段，若不是当年入宫太晚，获封昭仪时我父皇已大限将至，她恐怕能爬到贵妃的位置，并不好对付。

"太上皇，皇上有旨到。"

外头有人细声细气地唤，顺德打开门，一个宦官拿着敕旨正要宣诏。我自不用跪迎，但仍有些不安，听他一字一句地念。

萧澜竟要命我随军同行——他要带我一起去北巡。

第十三章

替身

我以为萧澜在北巡期间会将我禁足，或调离冕京皇城，没想到他竟会做出如此荒唐的决定。

宣旨的宦官走后，我心神难安，将窗子打开，将那白羽扔出，等白厉出现。

不一会儿，风声乍起，一个人自檐上落在我窗前，悄无声息。

我举了举手中酒杯，点头允他进来。白厉轻盈跃入，将窗关上，在我案前单膝跪下："参见皇上，臣这几月失职，罪该万死。"

"快起身。你冒险回来，何罪之有？"我扬手示意他坐，"来，难得有人陪朕用晚膳。你坐，朕有要事与你商讨。"

白厉点了点头，盘腿坐下："皇上要说的，可是随军北巡之事？皇上放心，半路上臣定会派白衣卫将皇上劫走。"

我摆了摆手，道："如此不妥，变数太大。"

"那皇上的意思？"

"你能否带白辰速速来见朕一面？"

白厉目光一凝，旋即明白了我的意思，答了声"遵命"，便转身退下。我刚用完晚膳，他就将乔装打扮成宦侍的白辰带了进来。

"皇上深夜急召臣前来，是为何事？"

见白辰毕恭毕敬地在我面前跪下，我弯腰将他扶起。他抬起头来，烛火勾画出他与我极为相似的面容，四目相对，我一时恍然，只觉在揽镜自照，更透过他看见了我已故的生母羽夫人的影子。

只不过，他眼神通透温润，如玉石，不像我，目若寒星。

我却从他身上分明感到了血缘的联系，自母亲亡故后，我已经许久没有这样的感受了。这许是因为我曾听母亲提起过，她自小便与我的小舅舅亲近，姐弟二人分别的那一夜，还曾相拥而泣。

我接下来要做的事，他虽将我视作君主，心里也必不甘愿。我需动之以情，晓之以理。听闻他为人忠诚坚韧，我若如此请求他，他定不会拒绝。

思定，我叹口气："舅舅，实不相瞒，朕有一难事相求。"

听我如此唤他，白辰一怔，他凝视着我，满目关切。

"皇上请说，如臣力所能及，必当全力以赴。"

我点了点头，在他面前盘腿坐下，问道："若此事会将你置于险境，你可愿意？"

白辰没曾犹豫："皇上不妨直言。姐姐临终前曾嘱托我，要上京辅佐皇上，臣因那时在关外求学，分身乏术，至今仍觉心中有愧。"

我为他亲自斟酒一杯，便直言不讳道："朕想，与你互换身份。"

白辰一愕，不明所以。

我盯着他，继续说："萧澜命朕随他北巡。朕若随他离开，将错失良机。你只需瞒到萧澜远离冕京，白厉自会带白衣卫将你劫救。朕重临帝位那一日，就是你成为尚书令、居百官之首时。"

白辰闭了闭眼，眉头紧蹙，良久，才接过酒，仰脖一口饮下。

"该来的终归要来……"他呓语般道。

我虽紧张地关注他的反应，但仍未听清："什么？"

"君臣之礼，救命之恩，不敢不从。"

我更疑惑了："救命之恩？朕何日救过……"

"臣，遵命。"他施了个大礼，打断了我。见他答应，我也不再追究其他，不由得心头一松，与他对饮一杯。

"朕如今体弱，你……"

"臣知晓该如何做，皇上不必忧心。只是，臣前日被皇上任命为太

138

子太傅……"

我心中一惊："太子太傅？"

他点头道："太子监国，臣需尽监督辅佐之责，常伴他左右。臣知晓太子聪慧过人，脾气却不好，臣是担心，他那边不好应付。"

我心情复杂，却知此时没有其他选择。这步棋，只能这么走。

当夜，子时。我收拾好重要之物，换好宦官衣袍，回首看了一眼卧在榻上的白辰，随伪装成侍卫的白厉走出寝宫，前往士大夫舍苑。

士大夫身居高位，舍苑便位于皇宫禁城内，在主殿北面，离夏曜殿并不算远。可未乘车辇，我才觉得这不及主殿三分之一大的夏曜殿竟是如此之大。不知走了多久，我才来到通往其他宫殿的宫道上。

行至春旭宫附近，前方有车马之声迎面而来，萧澜与乌伽乘坐的御辇缓缓行近，宫人们纷纷跪迎，我恐他发现我的存在，亦只好屈尊行礼，将头压得极低，齐声向他问安。好在天色昏暗，萧澜也自不会留意路上的宫人，车辇行经我身边时，一刻也未停。

待他走远，我才松了口气，匆匆行至白辰的舍苑。

他所居之地清幽僻静，周围种有十几株桂树，与他本人气质相契。现在已近深秋，桂花已凋谢得差不多，地上似覆了一层薄雪。

我走进林间，将宦官衣袍褪去，仅穿着内衫走进前苑的拱门。

见我进来，一位老宦提灯迎上前来。

"哎呀，公子的外袍上哪儿去了？穿得这么少，当心着凉。"

我与白辰声音有别，便未应声，掩嘴咳嗽了几声。但他既然如此称呼白辰，定是白辰带来的家奴，而不是宫里的人，如此便好。

"公子快些进去，奴给您点了炉子，暖和得很。"

我点了点头，回头看了一眼，见白厉果然已经跟来，心下稍安。

推开门，一股沁人心脾的桂香扑面而来，令我心旷神怡。四下打量，屋内摆设虽远不及皇族寝宫华贵典雅，却也整洁朴素，井然有序，一派文人隐士之风，一看便是清官的住所。

我走进白辰的书房，在书格上寻了个隐蔽的位置，将《天枢》搁了进去。这段时日风波不断，我都无暇仔细审阅被萧独修补好的部分。如今，以白辰的身份待在宫里，想来麻烦事会少很多。

只要白辰能瞒天过海，演好我的角色。

想着，我在书案前坐下，翻看起白辰平日写的东西。拾起一本打开的奏疏，上面墨迹还未全干，写的是冕、魕二国互通商市的利弊，分析得一针见血，极有见地。

我愈发欣赏这个小舅舅了，也不禁开始担心起他的安危来。如此良臣，若是死在萧澜的手里，实在可惜。

得想个妥善的法子保全他的性命才是。

光是白衣卫还不保险，不如，请求萧独那小子派乌沙去帮忙……

此时，那老宦端着烛台跟进来，照亮了幽暗的书房："公子……"

我抬起头去，他瞧了我片刻，一双浑浊的眼睛微微眯起："公子，好像看起来与平日不大相同……脸色怎么如此苍白？"

我摇头未答，挥手遣他出去，那老宦却定定站在那里。

"你……你不是公子，您是……"他"扑通"一声跪了下来，颤颤磕头，"您是羽贵妃的儿子，您是皇上！皇上，您不认得老奴了？"

我微愕蹙眉，仔细端详了他片刻，才觉得他的确眼熟。这老宦，是当年随我母妃进宫的，曾任内侍总管。母妃死后，他也不见了，原来是离开了皇宫。我应对他印象深刻，可宦官衰老得实在太厉害。

我一时记不起他的名字，便问："你是……"

"老奴白昇。"

我点了点头："你此番进宫，所求为何？"

"为偿皇上所愿……羽贵妃所愿。"

我笑道："难为你如此忠心，朕日后不会亏待了你。如今内侍总管位置悬空，朕自会想法子推你一把，你自己也留神些。平身。"

白昇有些激动，颤颤巍巍地起身："谢主隆恩。"

我攥紧手里的奏疏，仿若又坐到了龙椅上。这几年是一个漫长的噩梦，而梦就快要醒了。这种预感如此强烈，令我心潮澎湃。

"大人，大人——"

书房的门被"笃笃"地敲响，有人在外轻唤。

"何事？"白异问。

"皇上传大人赴宴。"

我朝白异摆摆手，用力咳了几声。

"白大人卧病在床，实在不便赴宴，烦请皇上谅解。"

外面那人却不走，继续道："皇上临去北巡前宴请近臣，白大人身为太子太傅，岂能不去？莫非白大人身子金贵，不怕触怒了皇上？"

我听他语气不善，若是不去，恐怕反而会引起萧澜的猜忌。

除了萧澜，几位皇嗣也一定在场，这种情况下，实在容易露馅。

事不宜迟，我命白异为我好生乔装打扮起来。

白辰比我肤色稍深，较我挺拔些，我便让他取了赭色画料调在蜜蜡里，抹在会裸露出来的皮肤上，又穿上厚些的秋袍掩饰体型的差距，最后将眉眼描得年长了些，更为嘴唇添了点康健的血色。我再朝镜中看去时，眼前赫然已是一位峨冠博带的儒雅文臣。

但愿，白辰与我都不会露出什么破绽。

拿起白辰随身携带的绢扇，我便随白异走了出来。

那接引的宦官笑嘻嘻道："白大人身子没事吧？"

说罢，便伸手邀我上前来接引的轿子。

那宦官凑上来，将一个金丝楠木锦盒递了过来："这是皇上赐给您的药，请好生收着。"

听这言语古怪，我心中一动，纡尊降贵地朝他点了点头，压着嗓子道过谢，就坐上了轿子。这轿子比我寻常坐的轿子要狭小，车榻上没有软毡，迫得人不得不正襟危坐，想是为了防止官员们在朝为官衣冠不整。

我背上鞭伤未愈，调了几个姿势，仍觉得十分不适。

轿子颠簸间，不由得想到我那小舅舅，他运道不好，本只想入朝帮我，却因为一张和我相似的脸，就要踏上一条前途凶险的路。

正在独自出神，忽听前方热闹起来，轿子晃晃悠悠地停下。

"参见太姬娘娘——"

我撩开车帘，便见十来个宫人抬着一架辇子过来，那辇上坐着一个雍容华贵的女子，手里捧着一只狸猫，正是萧澜的养母虞太姬。

太后之下，便是太姬，我不得已下了轿，跪下朝她行礼。

"下官白辰，拜见太姬娘娘。"

她道："平身。"

我站起身来，低着头，她的轿子正被抬起，目光在我脸上掠过，忽地凝住。

"你的面相，好生眼熟……你是羽贵妃的什么人？"

我心知她心思不善，仍硬着头皮答道："回娘娘，下官乃羽贵妃胞弟。"

"呵，"她嘲弄地一莞尔，"与那个狐媚子确有几分相似。"

我心中一凛，怒意横生。这狂妄的女人竟敢辱我已故的母亲，他日必要你后悔。我低眉敛目，不言不语，任她冷嘲热讽。

"太姬娘娘莫要为难下官了，下官还要赶去赴宴。"待她说够，我压住心中火气低顺地答。

"行了，去吧。"虞太姬阴阳怪气地笑笑，"起辇。"

目送她行远，我松开手中快被攥折的绢扇。正要上轿，见前方宫道拐角走出三三两两的贵族子弟来，才想起前方便是寒渊庭。

寒渊庭乃是皇室贵族子嗣们修习之所，太子与诸位皇子也会在此听内阁的大学士们传道授业，学习天文地理，经纶礼法。

不知现在他们在不在。我该去寒渊庭转转，熟悉熟悉白辰平日待的环境，待会儿在宴会上，也好扮演他的角色。

这般想着，我借口取白日落下的东西，来到寒渊庭的大门前。我已数年没有来过这里了，寒渊庭竟是一点未变，大门一尘不染，洁净如斯。

几个贵族子弟有说有笑地从门内出来，犹若当年我与诸位兄弟。

青葱岁月已逝，物犹在，人却非。

我竟有些怀念我的兄弟们。

我展开绢扇，低头走进大门。

"欸，那不是白太傅？今日不是不归他授课吗？"

"嘿，可不是因为太子还在里面吗？"

我脚步一顿，暗忖，萧独这小狼崽子在，我是进去还是不进去？

要不要现在就告诉他我的身份？

犹豫之间，我就瞥见一个人坐着轮椅被推出来，他刚巧放下手里的卷帛，抬起头来。来不及避开萧煜，我只好朝他行了个礼。

"参见煜亲王。"

我声音压得极低，语调也是从未有过的谦卑。

"嗯。"他瞧我一眼，漫不经心地与我擦肩而过，"太傅是来找太子的吧。太子就在里边，还在温习白日功课呢。"

这小狼崽子竟如此用功？

我跨过门槛，绕过隔开贵族与皇嗣座位的屏风，朝里走去。见萧独果然还坐在那里，正捧着一卷帛书细看。

忽而一声轻笑，令我不由得一惊。

"太子殿下如此用功，叫我们这些当师傅的好生欣慰。"

隔着屏风，只见一个纤长身影走到案前，是个年轻女官。

萧独合上卷帛，冲她微微颔首，笑了："楼太傅。"

我细细一想，才想起这女官是谁。

能入主内阁的女官极少，多是家世显赫者，这楼姓女官正是兵部尚书楼沧二女儿，萧澜的新宠楼贵人的亲妹妹，是个有能耐的女子，任吏部舍人，管财政。

"殿下喊我楼舍人便可，太傅这称谓，臣实在受之不起。"

楼舍人款步走至萧独面前，行了一礼。她姿态柔婉，瞳若秋水，不知是否因烛光幽暗，她眼神似含情脉脉，很是仰慕萧独一般。

我心中一跳，难免多想了些。

萧独饶有兴味地瞧着她："太傅没走正好，本宫有一问题求解。"

楼舍人扯起裙摆，跪坐于萧独面前："殿下请问。"

萧独一手支着头，斜倚在躺椅上，一动未动，懒洋洋地道："你对冕、魑二国互通商市怎么看？"

我眼皮一跳，猛地意识到了什么。

"臣之想法，与太子在课间所言一致。二国通商，利大于弊。"

萧独是想借楼舍人之口，将他之所愿上奏给萧澜，令冕、魑二国结合得更加紧密。若楼舍人对萧独有意，而萧独愿意纳她为侧妃，岂不是会因此与兵部尚书楼沧走近？

小狼崽子，好精的算盘。

我眯起眼，见萧独眉梢微挑，面露悦色。

"没想到楼舍人与本宫所想如此相投，倒与其他内阁学士不同。"

楼舍人掩唇而笑："恕臣直言，那一帮老朽，怎能与太子相比？"

我听她语气轻蔑，像刻意讨萧独欢心，心头升起一股怒意。

胡说八道！冕、魑二国互通商市，利大于弊？那只是对魑国而言。

我虽想借萧独之力重登皇位，却绝不容冕国净土被魑国染指。

他如此向着魑国，倒真当自己不姓萧了不成？

抬眼窥见楼舍人已坐到萧独身边，执笔要给他写什么，我更为不快，转身想走，不留神撞到屏风，书匣里的物什散了一地。

"何人在那？"

听萧独一声轻喝，我僵住，只想找个地方藏身，奈何无处可逃，只好转身，从屏风后低头走出来，压着嗓音："是……臣。"

"原来是白太傅，本宫当是谁在这儿偷听。"

我着实有点气结，不欲理他："打扰了太子，臣先退下。"

"慢着。本宫有问题请教太傅，楼舍人先退下吧。"

"是。"楼舍人行了礼，退了出去。

顾及周围还有侍童在，我得扮好白辰，只好硬着头皮走上前去。

待我走近，萧独才舍得把腿从桌案放下，挪出一个位置来。

"太傅请坐。"

我深吸口气，强压心头怒火，在他身侧跪坐下来。

"昨日，本宫作画一幅，还未画完，想请太傅指点一二。"萧独从重重帛堆里抽出一卷来，在我面前展开。映入我眼帘的竟是一片气势恢宏的城池，是俯瞰的角度，前景竟画的是九曜殿顶。

而那殿顶之巅，竟绘有一抹红衣背影，似脚蹬旭日，君临天下。

在他头顶天穹之上，一只苍鹰展翅高飞。

如此盛景，让我心神俱颤，火气顿消。

耳边萧独的声音响起："太傅以为如何？"

我蓦然醒过神来："……意境高远，可谓佳作。"

忘了压低嗓子，我立时噤声，打了个喷嚏。虽然萧独早晚都会发现我与白辰互换身份之事，我却实在不想在此时被他认出来。

萧独无声地一笑，道："得太傅称赞，本宫就放心了。"

我捏了捏喉口："太子……是想送给皇上？今晚岂不正好？"

萧独不置可否，执起搁在砚台上的笔，捋起袖摆，蘸了一笔朱砂。

"还差最后几笔，本宫总是画不好。"

说着，他执笔，笔尖朝那红衣人影落下，竟是在勾画衣摆上的龙纹。

我屏息凝神，见他笔尖轻颤，眼看就要画歪，忙伸出手指轻点，让他将那龙纹行云流水的一笔勾完，掌心都沁出汗来。

"太傅的手……常带扳指吗？"

胳膊一麻，被他用笔敲了一下。我手一麻，欲缩回手，才感觉从手指麻到身躯，似乎被他击到了什么穴位，一时竟难以动弹，听见屏风后响起其他学子和侍童的声音，我又不敢发作。

"臣……先退下了，太子也快些得好，免得皇上久等。"

说罢，我弯腰欲走，没留神，一脚踩上一卷帛书，一个趔趄间，抬眼便见他正紧紧地盯着我。

我呼吸一紧，心道不妙，这狼崽子多半是认出来了。

"皇叔。"他轻声道，"为何做如此打扮？"

听周围人声，我不敢自暴身份，只得问道："你方才怎么认出孤的？就因为手？"

萧独摇摇头，沉默一瞬，道："其实皇叔装得极像，只是我……我天生嗅觉灵敏，老远就闻到了皇叔的味道。手，不过是令我确认了皇叔的身份。"

我蹙蹙眉，觉得甚是荒唐，这萧独，长着狼犬的鼻子不成？

"皇叔是因北巡之事，才与太傅互换身份吧？"

我点了点头，承认道："嗯。"

萧独也点了点头，一本正经地说："皇叔与我所想不谋而合。昨日得知此事，我正想和太傅商量此策，没想到皇叔自己先行一步。以后父皇不在，倒好说，今晚之后，皇叔最好移居东宫，方便以太傅身份随侍左右，我也好替您隐瞒身份。"

宿在东宫？那如何方便我做谋划？

难道我傻了不成？我冷声道："此事容孤考虑考虑。"

我一拂袖，走了出去。只见一个身形高挑的侍童站在屏风后。

我不免多瞧了他一眼，才看清他面容清秀，衣着考究，已经束冠，不是侍童，是个贵族子弟，不知是哪家的公子。

他神色有些局促，欲言又止，我径直越过他，却被他伸手拦住了去路。

"白太傅……昨日，您出的那道无解题，我解出来了。"

说着，那人将一个纸卷塞到我书匣中，转头便走。

我坐上轿子，好奇地将那纸卷打开，只见里头密密麻麻写了一整面，解的竟是极难的《穹庐算经》中的天元术题，解法极是精妙。

倒是个人才。我的目光落到纸卷上的落款：越夜。

我恍然大悟，原来是越太尉那个以聪慧闻名的二公子，我听闻过他的名声，比那个成日只知道寻花问柳的越大公子越旒不知要强了多少。若他能入朝为官，可堪大用。

正想着，轿子已落了地。侍从道："白大人，到了。"

我下了轿子，萧独的车舆紧随其后，碍于身份，我只好躬身等他，亦步亦趋地跟在他身后进了馥华庭，只觉自己好似成了这小狼崽子的一条尾巴，他走到哪儿我就得跟到哪儿，坐也得坐在他身后。

我不知白辰说的"随侍左右"竟有这么烦人。

想想之后要以这身份与萧独拴在一块，我更是头疼不已。

端起一杯酒，试过毒，正要啜饮，便被萧独顺手夺了过去，自自然然地一口饮尽，像是根本没有觉得有什么不对。

还讲不讲一点礼数了？他是真想当蛮人不成？

"皇上驾到——"

待群臣起立后，萧澜才携乌珠步入宴厅，跟在后面几步开外的便是白辰，他面上似敷了白粉，一袭暗红锦袍外搭狐毛大氅，一副病恹恹的样子，走路的姿态却很是倨傲。

我自然没亲眼观察过自己，不知白辰模仿得如何，便碰了碰萧独的酒杯："怎样？"

"八九分。放心，除了我，其他人辨不出来。"

得到他的肯定，我心里稍安。

待萧澜与白辰等人落座，钟鼓之声便响了起来，后羿与羲和的金像被抬进宴庭，翡炎与诸位神官鱼贯而入，皆身着象征着日冕的红衣。翡炎手执利刃，赤脚踏上铺在地上的火炭，在破阵乐中缓缓起舞。

这是皇帝出征前的祭礼。

我的目光穿过翡炎飞扬的袖摆，落到对面如我镜像般的白辰身上，想起当年自己一身戎装，走下台阶跪到翡炎面前，等他降下神旨。翡炎一曲舞毕，我亦从回忆中醒来，看见了身着戎装的萧澜。

他抬起头，接受翡炎将金粉制成的"日辉"抹在额上。

这是神圣的仪式，有着无上的荣耀。

我旁观着这一切，血液便已沸热起来，如若可能，我多想再纵横沙场，光宗耀祖，洗雪耻辱。

见萧澜侧头望向白辰，脸上带着胜者的笑容，我心情复杂地端起酒杯，却依稀听见利剑出鞘之声，下一刻，便看见几位神官朝萧澜扑去，手中寒光闪闪，其中一个已逼至他身前，剑尖直朝他胸口刺去。萧澜侧身一躲，险险被刺中肩头的盔甲。

宫廷御卫们一拥而上，只见皇帝受制于剑下，围成一圈，不敢轻举妄动。

见此变故，我亦是大吃一惊。

我与七弟商定在萧澜北巡期间将他刺杀，绝不急于此时。

瞧见翡炎面露惊愕之色，我亦知此事断不是他的主意。

我握紧酒杯，见一位神官将萧澜拽起来，剑架住他脖子，一手指着皇后乌伽："昏君，立刻下令将这魅人巫女杀了！魑国狼子野心，你竟心存侥幸，想委曲求全与魑国维续和平！你——"

"嗖"的一声，一支利箭穿过了那位神官的头颅，血溅三尺。

未待其他神官反应过来，侍卫们一拥而上，将神官们纷纷制住，翡炎亦不例外，他虽神色肃然，临危不变，仍被强按在地上。

如此螳臂当车的袭击，无异于自杀，翡炎不会如此行事。显然，是有人想栽赃于他。恐怕，更是萧澜自导自演的一出戏。翡炎在朝中德高望重，但刺杀皇帝的罪名，足以要他的性命。

而我如今不是太上皇，我是白辰，不能为翡炎说话。

"皇上明察，此事，臣并不知情。"翡炎语气尚算冷静。

萧澜被侍卫扶着坐下："除于肖外，在座的诸位都退下，朕要亲自审问。"

眼见众人纷纷起身退下，我心知若萧澜执意要翡炎的性命，他恐怕在劫难逃。我思考着对策，见萧独起身，一把攥住他的袖摆，投去恳切的目光。

杨坚，杨坚！萧独将偷玉玺之事嫁祸给了内宫总管杨坚，只要杨坚肯现在在众臣面前开口，萧澜就不好动德高望重的翡炎。

我以口型无声相告，萧独却视若无睹，扣住我肩膀，将我扶着走出门口，交给宦侍："太傅喝多了，你们小心些送他回去。"

这狼崽子心思机敏，如何不知我心中所想？

我急道："殿下白日未习完功课，臣要去东宫督促殿下。"

萧独脚步一滞，我紧紧地盯着他，手指在袖间收紧，心中蓦地涌起一股难言的滋味。我如此放低了姿态，近乎是在求他。

我萧翎，何时求过谁？

他回过头，一对碧眸在夜色间斑驳幽晦，脸隐在暗处，神色不明。

殿内骤然响起施刑的惨叫声，于肖是我亲自选出来的酷吏，行起刑来毫不手软，哪里是翡炎能扛住的？

我挣开侍卫的手，走到萧独车辇前，提起衣摆，坐了上去。

见他动也不动，我气极：这野狼崽子说让我信他，临危之际一点用都没有。

急火攻心之下，我将适才紧握手中忘记放下的酒杯一把扔到他身上，萧独没躲，被我一下子砸到身上，样子十分狼狈。

"白大人，你，你……"

见旁边宦侍瞠目结舌，我才想起自己不能这样撒火。

"你什么也没看见，退下。"萧独低声呵斥他，转身折回馥华庭中。片刻后，他才出来。

我心下忐忑，待他上了车舆便迫不及待地问："怎么样？"

"父皇想要翡炎的命，我只能尽力。"

"杨坚尚在天牢，调查他之事由你负责。"

我话未说满，但足以令他明白。

"只要翡炎能撑过今夜，我便有办法保他，皇叔毋需担心。翡炎偏心于您，父皇想除掉他也不是一天两天了，挑在此时动手，必是筹谋已久。如此一来，翡炎自身难保，自然无法阻拦父皇带您离开皇宫，若我此时出头，岂非将皇叔和太傅都置于险境？"

其中利害，我怎会不清楚？但翡炎命在旦夕，我不能坐视不理。

翡炎是我的一只手臂，这手臂断了，许多事就办不成了。

"你说得有理，方才是孤过怒了。"我放缓了口气，将帘子掀开一条缝散热，凉风习习，吹得我稍微冷静下来。

"皇叔，您若信我，我可以帮您把翡炎救出来。"

我心里一动，觉他话里有话，凑近了些："若你能将翡炎保出来，我便信你。若你想要什么，只要孤能办到的，你尽管开口便是。"

萧独盯着我，目光微闪："皇叔说话可要算话。"

"那是自然。"我缓兵之计使得顺溜。

我如今算是明白了，驯狼，得投个饵，有个饵让他咬着才听话。

野心

太子家令将我引到我暂居的住所，就在萧独的寝宫内，虽与他的卧房隔着一条走廊，但也就是几步之遥，连太子妃乌珠都没这个"殊荣"。想到以后要与萧独抬头不见低头见，我就感到头疼。

"太子新婚燕尔，臣住在此处，恐怕……不太合适吧？"趁着太子家令在，我委婉地提出了我的意见，却被萧独以即将监国必须勤于向太傅请教为由驳回了。

当然，这是他的地盘，他说了算。我没辙，只能是既来之则安之。

"行了。你们退下吧，我要与太傅议事，任何人不许来扰。"

待我走到门前时，听见萧独向其他人这般下令。

萧独走近我身后，道："皇叔，我备了份礼物给您。"

说罢，门"嘎吱"一声被推开来。我走进去，当即吃了一惊，只见眼前这房内布置竟与御书房一模一样，从大物件到小玩意，种种陈设文玩样样不缺，就连那多宝阁也复制得毫无二致。若不是墙上没挂我的字画，我会怀疑自己走错了地方。

我自惊喜难抑，恍惚往里走了几步。

"怎么样，皇叔？"

"你怎么如此大胆，敢将书房布置成这样？也不怕你父皇看见了，疑心你急于篡位？"

"这间房，原本是空的，无人会来。"

我一怔，莫非他是特地为讨我欢心而准备？他竟这般有心？

定了定神，我转过身去，笑道，"难为你有心了。"

萧独凝视着我，目光灼灼，一片赤诚："孝敬皇叔，应该的。"

我走到案几前盘腿坐下，将《天枢》从书匣里取出来，在灯下铺开，指了指我上次做了标记的一处："独儿，上次孤看到此处有些疑问，想与你研讨一番。你瞧瞧残缺的这句，可是意指，可凭星象云纹，确定所在方位？"

萧独在我身边坐下，端起烛灯，照亮那串模糊不清的蝇头小字，才看了一眼，他便道："我以为，皇叔说得不太准确。"他指了一指，"这个字符，是指气象。"

我对照了一下上文，豁然开朗，也顺畅起来，不由得又惊又喜，赞道："如此，能掌握气象变化，行军打仗时倒真如虎添翼。"

萧独点了点头："我在瀛洲时，便试过此法，的确有用。"

我感叹道："难怪你能设下那等厉害的埋伏，将海寇们一网打尽，原来竟是将《天枢》中的兵法融会贯通了。"我扶起袖摆，从笔架上取下一支狼毫，蘸了蘸墨，落在纸上一处，"那这句，你又有何见解？"

萧独一笔一画地写了起来。

"此句之意，乃是，日月盈亏，俱与潮汐风向有关。"

我心念一动，觉他话里有话："跟孤说说，你在馥华庭里说了什么，打算如何保翡炎？"

"天牢传来消息，杨坚自杀，而古书有典，若神职者不忠，将受天火而死，翡炎赤脚踩火不焚，是忠臣。"

"聪明。孤以前让你看的书，你真是没白看啊。"我点了点头，"你父皇如何反应？"

"父皇下令将翡炎收监，择日公开审判，以火验身。我可以将此事拖到父皇离开后，审判翡炎之事，便只能由我主持。"

我松了口气，一颗心落回胸膛，站起身来。大抵是坐久了，眼前却一阵发黑，身子歪了歪，撞得旁边一个花瓶砸落在地，发出一阵碎裂的响声。

窗外立即传来一串声响，紧接着传来一阵厮打的动静，下一刻，窗户"哐啷"一下，被撞了开来，两个人一起滚到房内。

只见白厉骑在乌沙身上，匕首抵着乌沙咽喉，而乌沙的弯刀亦卡在白厉颈间。

看见我与萧独安然无事，二人齐齐愣住。

我和萧独也将目光投向二人。

乌沙将弯刀挪开一寸，白厉匕首却分毫不让，反倒抵紧了几分，乌沙却摊开双手，不怒反笑，将脖颈仰送给对方。

"皇……主子召唤属下前来，可是有什么要事？"白厉向我问道。

我摇了摇头："无碍，方才不小心打碎了一个花瓶。"

"看吧，我不是说了，我的主子不会害你的主子吗？"乌沙操着一口生涩的冕语，一字一句道。

白厉冷哼一声，将匕首收入袖中，这才起身，踹了乌沙一脚，迅速走到我身旁。

"主子，属下有话想与你私下说。"

我看了一眼萧独，转身推门而出，将白厉引到走廊。

见乌沙与萧独并未跟来，白厉凑到我耳边，压低声音："皇上勿信太子，更勿依靠太子。太子在那暗室之内，还私藏了龙袍，怕是野心难抑，欲借这次监国之机，谋夺皇位。属下怀疑，乌邪王之死、杨坚下狱、翡炎出事，都与太子萧独脱不了干系。属下以为，太子其人极有城府，远不像表面看上去那样。"

我心下一凛："何以见得，那些事都与太子有关？你有何证据？"

"属下这段时日暗中观察，发现这三桩事，都有乌沙从中作梗。尤其是乌邪王毒发当晚，我亲眼窥见乌沙朝乌邪王的营帐中发射暗器。次日乌邪王离开后，乌沙也不见了踪影，再过几日，就传来了乌邪王的死讯，随后乌顿自立为王，侵犯北境，太子得以监国。"

我心中骇然，背后升起一层寒意。

"皇上觉得，这一切都是巧合吗？皇上可知道，乌沙称太子作什么？属下有一次亲耳听见，是'绝主'，意为身份尊贵的主人。属下常居北境，知晓这个词只能用在魑族的贵族及王室成员的身上。"

"属下怀疑，太子为魑族混血……且有魑族王室血统。"

我摇摇头，可萧独生母，分明是个低贱的蛮妓，怎么可能……

莫非那个魑人女子，与魑族王室有什么关系？

如若萧独体内淌着魑族王族的血，岂会愿意助我重临帝位？

"白厉，你去调查清楚太子的身世。"

回到房中时，萧独已经不在，却多了两个侍女，说是来伺候我就寝的。这两个侍女又丑又老，不相伯仲，我不禁怀疑是萧独存心使坏。

不过，待我走进书房后的卧房，因侍女产生的不快便立刻烟消云散。

这卧房华贵而雅致，地上铺了麂皮地毯，宽敞的床榻上悬有顶帏，玄底绣有日月的帷幔自上方垂下，掩住了床榻，一派帝王之气。

是龙榻的模样。

我心下大悦，遣散侍女，走到榻前，拉开帷幔，正要卧下，一眼便看见榻上铺着之物，当即僵住——竟是一件龙袍。

十二金龙、九曜、七星、半月，在我掌心一一掠过。

这是我当年命三千绣匠精工三月制成的祭天礼服，我穿着它登基，也穿着它退位……

我攥住一只袖子，按到心口，深嗅了一下龙袍的味道。

几年未穿，久违了。

萧独怎么弄来这件龙袍的？我有些疑惑，但也顾不得其他，迫不及待地解开腰带，手指都激动得有些发颤。

我褪下寝衣，走到镜前，深吸一口气，小心翼翼地穿上龙袍。

我消瘦了许多，腰身都宽大了，但龙袍加身，还是帝王的模样。我昂首，左右转了一圈，只觉头上空空如也，还是少些气势。

"皇叔，是在找这个吗？"

我一惊，回身便见萧独站在门前，不知何时进来的，手里捧着一个金盘，上置明晃晃的一物，竟是那十二金旒冕冠。

我被那灿灿金光迷了眼，一时说不出话。看着萧独走到我面前，将金盘放在镜台上，双手端起冕冠，呈于我面前。我戴上冠冕，凝视着镜子，见那十二串金玉珠旒自额前垂落下来，令我的双瞳熠熠生辉。

"皇叔真是帝王风范。我愿有一日，得见皇叔君临天下。"

我胸口一缩，不禁觉得心悸，克制着心中不安，我扶着额头，懒懒道："时候不早了，孤乏了，你也早些回去睡吧。"

萧独似乎颇为愉悦："皇叔，夜安。"

待听见萧独脚步远去，我才松口气，有些不舍地将龙袍褪去，置于身下，一夜也不曾合眼，及至天亮才入睡。没多久，又从一个荒诞的噩梦中惊醒。

我睁开眼，依稀记得梦中模糊的情形，是我身着龙袍，脖子却被锁链拴在萧独手里，文武百官皆在殿上看着我们叔侄俩，而殿外魑国大军压境。

我冷汗涔涔、惶惶不安——这个梦充满了象征意味的预示。

听见外面辰时的更钟，我将龙袍藏进榻下，唤来侍女洗漱更衣。

我如今是白辰，自然要上朝，要授课，不似做太上皇那样清闲。

待我整装完毕，用过早膳出去，便见太子家令已等在寝宫门口，领我上了萧独的车舆，随他一道上朝。

萧独精神奕奕的样子，相较之下，我却无精打采，倚在榻上直打瞌睡。

"皇叔昨夜没睡好？"

我气若游丝地"嗯"了一声，果然不该宿在东宫。

"再坚持两日，待父皇离开，皇叔便可不用早起了。"

萧独笑了一下。舆内空间不大，我嗅到一股清凉的气味，精神一振，瞧见他手里拿着一枚绿色的草药香丸。同时，我注意到他的拇指上戴着一枚猫眼石扳指，想起他之前曾送过我一枚类似的，因他手指比我粗，扳指也大些，我便没戴过。

见我盯着他的扳指看，萧独问："之前送皇叔的扳指，皇叔可是不喜欢，所以不戴？"

我摇摇头，不以为然地说："尺寸不合罢了。"

"那我差人去改。"萧独垂眸道。

我懒懒地举起手中折扇，敲了手心一下，好奇道："你这般有孝心，不枉孤待你好。"

萧独睫羽轻颤，低声说："皇叔待我好，我自当知恩图报。"

我笑了笑，温言道："若是待会上朝，你保住了孤的股肱之臣，孤会更感激你。"

我虽如此说着，心中却在揣测，若如白厉所言，此事有乌沙从中作梗，萧独是真正的幕后主使，是借刀杀人，翡炎的处境就非常危险了。我只能行缓兵之计，先保住翡炎的命，再另寻他人相助。

"若是保住了翡炎，皇叔赏我什么？"

既然骑狼难下，我自然得继续骑着。我笑道："说说，你想要什么？"

萧独却敛了笑："并无其他，唯皇叔的信赖而已。"

我呼吸一滞。昨夜梦中模糊的情形却清晰起来，我心不在焉地道："孤自然信你。"

匆匆下了车，我步行前往九曜殿，官道上人流颇多，远远望去，已然排成了长龙。上至一品，下至九品，各色官袍，车水马龙，群臣云集。

我是头一次走官道，阶梯蜿蜒而上，每阶狭密窄小，踩上去不过半个脚掌大，是为提醒在朝为官者要谨小慎微。

我走得汗流浃背，体力不支，几次险些摔倒，从这儿仰望九曜殿，我方才觉得这被我进出数次的殿堂是那样巍峨宏伟，与皇权一样，令人望而生畏。

艳阳高照，我不禁有些眩晕。

"难得举行大朝会，不知这回有没有机会得见皇上……"

我循声看去，是个绿衣五品，满头是汗，似在自言自语。见我在打量他，便朝我拱手行礼，却不主动攀谈，一副心事重重的样子。

我终于体会到了身为臣子的心情。天子高高在上，是遥不可及的，若想听见下方的声音，需得走下帝台才行。

我在位的几年，着重建功立业，摒除政敌，却忽视了不少应重视的问题，如今回想，实为我过于自负，未听取忠臣之言，才给了萧澜可乘之机。

不过此时，并不是倾听下方声音的时候，得解决当务之急。

我看了看四周，瞧见前方一身着一品紫色官袍的熟悉身影，是任大司宪与太子太师的李修，他与翡炎乃是多年至交，同忠于我。当年我还是太子时，曾为我的少傅。

他处事稳当，进退得当，这是萧澜上位后并未将他除去的原因。如今翡炎有难，他定不会坐视不理，但局势凶险难测，我需得与他商讨商讨才是。

借着白辰的身份，我顺利地与李修说上了话，约定大朝会后见面。

大朝会上，萧澜宣布将监国重任交予萧独，并同时宣布了他对其他人的安排，与那日我在御书房听见的无异，不过更加详尽些罢了。

借北巡之机，萧澜升了一批官员，亦贬了一批官员，将他不甚信任之人在诸臣的名单中尽数剔除，才开始挑选随驾的将臣与女眷。

随驾的有萧澜的几位心腹之臣与骁骑将军，有皇后乌迦，兵部尚书之女楼贵人，以及我那苦命的干妹妹安宁郡主——乌邪王死了，魅族王庭中还有其他王嗣可以娶她，我对此并不感到意外。

在新内侍总管的宣诏声中，安宁缓缓地走进殿中。她穿着红纱长裙，绯色罗衫，披着一件雪狐大氅，露出雪白的鹅颈，梳着云鬟，看上去仍是那样高贵绝美，只是眉眼间添了几分忧郁。她怀抱着七弟取发为她做弦的箜篌，令我忆起了一去不返的少时岁月。

对比我们三人现如今的处境，那时是多么无忧无虑啊！

我一面感慨着，一面却在盘算如何将安宁攥在手里。

如此，七弟就会更听我的话。

不如，让白衣卫半路将安宁劫走，寻个地方藏起来……

朝会散后，我迅速离开了大殿，前往宫中的司乐坊，与李修相会。

我被软禁近六年，虽有通过翡炎与他获悉彼此情况，但自退位后与他见面还是第一次。久别重逢，他仍像以前那样风姿卓绝，如世外高人，待我却十分恭敬，像是三言两语之中便已认出我是谁。

他曾身为我的太傅与辅臣，对我甚为了解，我自然瞒不过他，也无意隐瞒，直接挑明了来意，要他竭尽全力保住翡炎的性命。

"皇上毋需忧虑，此事皇上不说，臣亦当全力以赴。翡大人在朝中德高望重，且神官生死，关乎国运。若要审神官，必先举行告天之礼，定能拖到平澜王北巡离宫，到时翡大人便可借神谕说出冤屈，而臣与其他几位内阁学士联合进谏，逼太子彻查幕后之人。"

琴声潺潺，李修清冽的声音不急不缓，使我心绪平缓下来。

我道："朕怀疑此事是太子一手操纵，李卿需谨慎行事。"

李修长眉微蹙，抚琴的指法稍稍加快："可翡大人曾力捧太子，太子尚未即位，只是监国，为何就要急着恩将仇报？"

我叹了口气，面对李修，总算能将心中所想和盘托出："现在朕也不太确定，只是怀疑。翡炎是朝廷中流砥柱，牵一发而动全身。若真是太子所为，他对翡炎下手的因由，应跟魖国有关……"

"魖国？"

"太子私下与魖族刺客来往甚密，又是魖人混血，朕怀疑……"

李修弹琴的手一凝，琴声戛然而止。

"皇上怀疑太子心向魖国，想借监国之机，动摇冕国根基？"

我伸手按住颤动的弦，点了点头。

"如若真是太子，皇上想怎么做？"

"萧澜即位后，你大司宪之位虽形同虚设，但明面上，仍有权执行监察之责，是不是？先皇赐你的尚方宝剑，可是钝了？"

李修心领神会，一双细长眼眸中隐现光亮："尚还锋利。先皇托臣护皇上周全，上可斩逆臣，下可斩叛将。当年平澜王进宫之时，臣这尚方宝剑本该出鞘，只是他登基得太快，臣失去良机……"

"太傅教训得是，是朕错了。"我攥住他手腕，"当年情景，历历在目。忠言逆耳，是朕自负轻敌，以为平澜王不过是个窝囊废，谁知狼子野心……追悔莫及，这次，朕断不会重蹈覆辙。"

李修颔首："臣不日就去东宫，自荐为太子宾客。"

我眯眼一笑："好，有李卿在，朕便安心许多。"

从乐坊出来，我心神稍定。抱着李修赠予我的琴，行至宫道，往寒渊庭的方向走，打算去那儿见萧煜，以托他约见七弟一面。

不想走了一会儿，便迎面遇见一队人马过来。

可谓冤家路窄，狭路相逢。谁能想到会在乐坊撞到萧澜？

他没事来这儿做什么？

我摸了摸脸上的蜜蜡，只怕出了汗，掉了些许。

未等萧澜接近跟前，我就行了礼，压着嗓子："参见皇上。"

御辇在我身边缓缓停下，华盖的阴影笼罩下来："平身。"

我哪敢起来，躬身低头，怕被他看出身形的差距。

如若被萧澜看破，可就前功尽弃。

"原来是白爱卿。你来乐坊做什么？"

"回皇上，修琴。"

他问："嗓子怎么哑了？"

"昨夜，受了些风寒。"

"你不是已迁进了东宫？怎么，太子怠慢你了？"

"自然没有，太子待臣恭敬客气。"

萧澜笑了一笑："上来，朕带你去太医馆瞧瞧。"

我汗毛直竖，强作镇定："如此于理不合，皇上不必如此费心，臣无碍，且还要去寒渊庭授课，再晚些去，恐怕就要迟到了。"

萧澜一时不语，我没抬头看，却觉他在盯着我瞧。

"皇上，臣要迟到了。"

"是不是因为朕那夜醉得太狠，没认清人，错伤了你？"

听这话，我反倒松了口气，他没认出来，将我当作了白辰。我摇了摇头："臣，并无大碍，先行退下了。"

说罢，我便躬身行礼，向后退去。

"站住。"萧澜吐出二字，将我定在原地，"为人师表，这样去寒渊庭，岂非有损仪态？上来，朕送你去太医馆。"

我额上冒汗，但君王之命不可违，我只得硬着头皮上了御辇。与萧澜咫尺相对，实在令我颇感不安，但表面仍不动声色。

"这几日，朕心中一直徘徊着一个疑问。"萧澜摩挲着手里的权杖，"白卿……那夜为何要问朕喜不喜欢养鸟？"

我心中一紧，哪知怎么回答，只得拧着喉咙，信口胡说："因为……臣有一只奇鸟，想献予皇上。"

"哦？怎样的奇鸟？"

"可……报时，臣想，皇上北巡途中，也许用得上。"

萧澜笑了一下："确是稀奇，何时献来让朕瞧瞧？"

"臣明日上朝时便送来。"

"甚好。有这会报时的鸟儿，连更钟也省了。"萧澜赞叹，"这几日，你初任太子太傅，可有什么困难？太子可勤奋好学？"

"太子聪慧过人，教起来，令臣甚是省心。"

我惴惴不安，生怕哪句露了破绽。忽听前方传来车马之声，我忙抬眼望去，只见是四匹高头骏马拉的车舆，华盖羽幡一应俱全，与御辇相像，只是没有那么宽敞，是太子的座驾。

萧独来了，他总像我的救星，来得格外及时。行至御辇跟前，萧独下了车舆，走到侧方，正要行礼，见我在辇上，目光一凝。

"参见父皇。"

萧澜"嗯"了一声："可是要去寒渊庭上课？"

"回父皇，正是。儿臣正想找太傅，没想到太傅在此。"萧独从袖中取出一卷帛书，正是《天枢》，"昨夜经太傅指点一二，儿臣茅塞顿开，将《天枢》修补大半，只剩一两处还有疑问。"

"我儿竟有如此悟性？"萧澜大悦，将《天枢》接过，翻看起来。

"《天枢》乃精妙兵法，儿臣是想，在父皇北巡之前，将《天枢》献给父皇，所以着急找太傅讨论，相信明早便能有成果。"

我一听，心中是百般不愿，怎能让萧澜带走《天枢》？岂非令他的兵马如虎添翼？我已计划好命白延之与七弟集结军力联手对付他，他若运用《天枢》中的兵法，该当如何？

萧澜合上《天枢》，递回给他。

"难为独儿如此有心。那，太傅就随太子去吧，朕拭目以待。不过，太傅身子不适，独儿就先送太傅去一趟太医馆吧。"

得此一句，我如获大赦，下了御辇。

脚沾到地，竟双腿发软，眼前发黑，顺势跪将下来。目送御辇远去，我正要起身，忽觉被一道目光钉住。

萧独垂眸俯视着我，眸光锐利似剑，将我蓦然穿透。

我像做了什么亏心事——

诚然，我才与李修商议过将来如何除掉他，我二人交谈隐秘小心，他虽不会知晓，我却难免心虚。我直起身子，却不由得一阵胸闷气窒。

他一掀轿帘，坐上车舆，双手放于膝上，审讯也似。

"我还想皇叔去了哪里，原来是去乐坊了，为取这琴？"

我故作轻松地一哂："不错。孤久被软禁，好不容易才脱身，便想四处逛逛。转到乐坊这儿，看见这琴，甚是喜欢，就抱来了。"

"什么样的琴我那儿没有？皇叔开个口，不就得了。"

萧独似笑非笑，伸手抚上怀里的琴，顾长手指一拨弦。

"铮"的一声，我心弦随之一颤，七上八下。我心知这小子大抵是遍寻我不着，担心我被别人识破，心里着急，萧独这性子，是吃软不吃硬的，得顺毛摸。

我扯起唇角："想拿来送你的东西，怎能找你索要？这弦，孤还想用金蚕丝换上，试弹一番，用得顺手了再赠予你。"

我放下身段，萧独却沉默不语，眼底暗流汹涌，像酝酿着一场风暴。

他这样子，看得我越发心虚，不禁猜想，是不是密会李修的事被他知晓了。想问《天枢》的事，也咽了下去，一路上都忐忑。

他自然没送我去太医馆，只在那儿停了一会儿便走了，也没与我同去寒渊庭，绕了一大圈，将我送回了东宫。

之后，萧独又自行离开了。

我还想私自出去，找萧煜传讯给七弟，但到了门口，便被侍卫拦了回去。饶是我好说歹说，也不给放行。说是因我身子不适，太子吩咐下来，让太傅不必去上课，在东宫好好休养。

发话的太子司卫长还是我当年亲自拔擢的御卫长，如今却替这小狼崽子看大门，可把我气得够呛。

我不知萧独是何意，坐立不安，熬到晚上。与同居东宫的几位太子宾客用过晚膳，刚回房中，太子家令便来传我去见萧独。

我被领进他寝宫，他人却不在。

四面烛火幽幽，陈设布置仍是独居的样子，根本不似新婚，房内弥漫着一股浓郁而雅致的香气，正是我最喜爱的乌沉香。桌上还有一壶酒，散发着浓郁清香，十分诱人。

我坐下来，正要独酌一番，门外似乎响起一串脚步声。一人开门进来，正是萧独。他穿着宽松寝衣，十分随意。

"皇叔打算独自饮酒？何不叫上独儿与你对酌？"他提起木盘上放的酒壶，倒了两杯，递了一杯予我："皇叔，还记不记得当初对我说的话？"

我接过那杯酒，懒懒道："自然记得。"

"皇叔说我举世无双，独一无二。"萧独道，"皇叔，您说的都是真话，没有骗我吧？"

"句句为真。"我啜了口酒，笑了，"你为何突然这么问孤？"

"触景生情罢了。若不是皇叔当初一言将我点醒，我也许还是个不受待见的杂种。"萧独一字一句道，"皇叔说的话，我字字都……铭记于心。"

我被他这"铭记于心"四字震得一愣，又听他幽幽道："我待皇叔是一片赤子之心，可不知皇叔到底待我如何。皇叔，今日去乐坊，不是去取琴，而是见故人吧？"

我大惊，被他发现了？他不会听见我与李修说什么吧？

不对，我与李修交谈那般私密，且还有琴声掩饰，怎么可能被人偷听了去？应该只是乌沙跟踪了我，发现我与李修先后进了乐坊……

思毕，我定了定神，冷笑："独儿，你这是在质问孤吗？翡炎遇劫，孤自然不能坐视不理，去寻自己的亲信帮忙，有何不妥？"

"哦？这么说，皇叔到底还是不信我？"

他语气一沉，令我心中一凛。

"怎会不信？不过担心你万一不成，给翡炎留条后路罢了。"我装作平静，压着语速，不紧不慢地道。

"如此，皇叔何需大费周章，托我将他传至东宫不就行了？"萧独压低声音，似乎笑了，又透着一股子戾气，"皇叔，我是太子。父皇一走，大权就由我执掌，东宫便是朝堂。我想要谁的命，就要谁的命，我想饶了谁，就饶了谁，皇叔，还不明白吗？"

心猛地一紧，如大军压境，他这分明就是在威慑我！

好个狼崽子……真是磨利了爪牙！

"孤怎么行事，还要经过你允许？你真以为自己成了太子，就可以

162

威胁孤了？"

"我哪敢？皇叔对我有知遇之恩，我感激皇叔还来不及。"萧独语气倒是诚恳，"感激"二字，扣得尤重。

我愈发觉得不对，萧独莫不是知晓了？

如若如此，那可便糟糕透顶。

正如此想着，忽听他哼笑一声，我抬起眼看他，眼前却是有些模糊起来，头颅也沉重不已。

我蓦然意识到什么，眼前忽然一黑，整个人便失去了意识。

待再次睁开眼，眼前已是一片昏暗，似被铺天盖地的帷幔笼罩，一线缝隙前，立着个高大人影，不是别人，正是萧独。

我皱起眉，眯眼朝他看去："独儿，你做什么？"

"我方才仔细考虑了一番。"他一字一句，声音低沉，"父皇还未离宫，变数太多，为保皇叔安全，暂且请皇叔留在这儿。"

我愣了一愣，旋即回过味来："你……你这混账敢软禁孤？"

他又笑了一声，端起一盏烛灯点燃。

"若不如此，皇叔，您说等我监国后，我这项上人头能留几天？"

我的心猛地一坠——他竟……竟知晓了。

"放心，我不会关皇叔一辈子，顶多关一段时日。"萧独起身，将帷帐缓缓拉上，只余一缝，"皇叔，您听清楚。江山为礼，我报您知遇之恩，将双手奉上。待大局定下，我就会将皇叔放出来，退居幕后。"

我恍然大悟，不免震惊——

萧独是想，让我做个傀儡皇帝，受他掌控，他想成为……权臣。

的确，他若成为皇帝，我必然与他反目，白氏暗部只会效忠于我，如此一来，他便会失去我手中的势力。但若让我成为傀儡皇帝，那我握有的，他亦可全部得到了。

第四卷
重临帝位

我思索之时，便见萧独打开机关，沿阶梯走了上去。

我挣扎起身，才感觉到手脚皆被缚着，不由得怒而喝道："萧独，你不能如此把孤关在这里！"

话音未落，暗门便轰然落下，四周一暗，只余一盏如豆灯火。

他竟将我缚在这儿。

我试图挣开手上束缚，奈何缎带系得十分牢固，任我如何挣扎也纹丝不动。

我不知白厉有没有发现我被萧独所困，又是否能来救我。

我能做的，暂时只有等。

时间一点一滴过去，困意渐渐袭来，未过多久，我就睡了过去。

浑浑噩噩间，我看见了母妃。她坐在我身边，泫然泪下，怒我不争，从堂堂天子沦落成囚徒，竟还被缚在自己侄子的地盘上。她在九泉之下亦不心安，情愿看我战死疆场，也不愿看我沦落至此。

如此说着，她便化作坠楼死时筋骨寸断的样子，来掐我脖颈。

我惊醒过来，冷汗涔涔，睁开眼却看见了萧独。

"皇叔，做噩梦了？"

我冷冷道："把孤放开。"

他俯下身子，烛火忽明忽暗，照亮了他的脸。

我在这刹那发现这个曾经与我亲近的侄儿的面容无比陌生。

他神态中属于少年的稚气破碎了，透出尖锐的棱角来。从昨日到此刻，在这一夕之间，他彻底蜕变成了一个成熟而决断的男人。

"皇叔。你可知道，你是我在这吃人的皇宫里生存下去的动力，因你给过我的信心，我才拼命想往上爬，变成了如今的萧独。"

"皇叔，我知道，您并不信我。可哪怕是谎言，我也乐意听。可是……只怕皇叔再演下去，我渐渐就信了。指不定哪天一个大意，就被过河拆桥了吧？"

萧独语速很慢，声音嘶哑而暗沉。

"皇叔，那尚方宝剑，我不会容它出鞘。"

我如坠冰窖："你想要做什么？你……不可动李修！"

萧独又笑："我动不了他，但皇叔可以。尚方宝剑乃是太祖皇帝赐给李修护皇叔周全的，只有皇叔有资格要求李修动用吧？皇叔若想重临帝台，就让李修将尚方宝剑交出来给我封存。我必信守诺言助皇叔一臂之力……"他一字一句道，"皇叔，您以为如何？"

我眯起双眼，凝视着他，仿佛今天才认识他。

我落入他编织的罗网里，远早于我有所察觉之前。

"别用这种眼神看我，皇叔。"萧独敛了笑，"我不是眼巴巴等你喂的小犬，是狼。养狼，就会有被狼咬的一天。"

"白眼狼！"我咬牙痛斥，"若不是孤托翡炎帮你，你哪有今日！"

"是。"萧独拱手行礼，"多谢皇叔，如今是我报恩的时候了。"

我强作镇定："独儿，你到底想要如何？"

萧独挑眉："我自然想要助皇叔重临帝位。我刚才所言，皇叔以为如何？"

我闭了闭眼，知晓再说什么他都不会信我，只得先行缓兵之计。

"好，孤答应你，交出尚方宝剑。你去传李修过来。"

"不必。他自己上门来了。"萧独转身取来纸笔，"我想请皇叔留一密信，让李修去取尚方宝剑，不知可否？"

我握住笔杆，写下一首藏头诗。

萧独仔细查过，收进袖中，又将我双手缚牢，替我盖上薄毯。

我背过身去，将脸埋进黑暗之中："你说你与你父皇不同，不同在何处？孤倒觉得，像子承父业。"

萧独呼吸骤然加重，什么也没说，拂袖走了。

我再次沉沉睡去。陷入梦魇之际，一丝动静将我惊醒。

我侧头看去，便见一个人影轻盈地跃上床塌，竟是白厉。

"皇上，你……"见我如此模样，白厉愕然，立时取出袖刃割断我腕上缎带，又褪下外袍将我裹住。

他正要扶我起身，便见一人一跃而下，手中弯刀明晃晃的，朝我们逼来，分明便是乌沙。

白厉将我护在身后："滚开！好狗别挡道！"

乌沙不动，笑了："白兄，昨夜我们才把酒言欢，别这么快翻脸啊。"

"若不是你将我引开……"白厉咬牙切齿，袖子一甩，一道寒光飞去，乌沙就地一滚，堪堪避开。

我抬头看见那暗门下方的木梯，趁他们二人打作一团，疾步冲了上去。在萧独房内寻了身便服，我从一扇窗翻出去，凭着少时对地形的记忆，辗转离开了东宫。

行至一条隐蔽的窄巷，我倚墙坐下，终于松了一口气。

如今，萧独是再不信我了，而我自然也信不得他。

才出虎穴，便入狼巢，我一时竟不知何去何从。

思虑一番，我顺着宫中密道，兜兜转转走到了北门。北门是运输之道，我藏身于一车废弃布料之中，出了皇宫。下车之后，我未作逗留，径直进了冕京的城区，寻到了我要找的地方——煜亲王府。

七弟的宅院不在冕京城内，要去找他，需得出城。萧煜虽不可信，但事到如今，我只能在他这里暂时落脚，再去找七弟。

萧煜到底是皇长子，府邸甚是奢华，大门皆由黄金打造，连门环上都镶了玛瑙玉石，门前有八名侍卫把守，趾高气扬的，头快仰到了天上。

我穿着萧独的便服，侍卫不敢怠慢我，听我自称礼部侍郎，便进去通报，不一会儿亲王家令便出来，将我引进府中。

"白大人来得真巧，殿下正准备用晚膳。白大人，这边请。"亲王家令客客气气地将我带到中庭的林苑内，指了指那苑中亭。

听见幽幽笛声传来，我抬眼望去，见那亭中倩影曼妙，是名舞姬，应和着萧煜的吹奏翩翩起舞，倒是挺有雅兴。我缓步走去，还未接近，笛音吹出最后一个音，那舞姬却伏跪下来，似在求饶。

两个侍卫走上前去，将她一把拉起，萧煜挥了挥袖子，道："去，把她的腿砍了，挑块好点的骨头，本王是时候换把新笛子了。"

我的目光落在他手中白玉似的笛子上，心中一凛。用人腿骨做笛，未免也太骇人听闻了些。

自残废之后，萧煜的性情竟已畸变至此了吗……

那么，他该有多想取我这始作俑者的大腿骨呢？

背后寒意森森，我站在那儿，进退两难。萧煜却在此时回过头来，朝我微微一笑："啊，是什么风将礼部侍郎吹到了本王府上？"

我拾级而上，在他对面坐下。

我皮肤上的蜜蜡早被洗去，月辉明亮，将我的脸照亮。萧煜本懒懒倚着亭栏，只看了我一眼，便坐直身子，有些惊诧："皇叔？"

"不错，是孤。"我端起案上一杯酒，嗅了嗅，"好酒佳酿，良辰美景，一个人喝可惜了。"

萧煜上下打量着我，眼神异样："皇叔不是明日就要随父皇北巡了吗，为何来找我？是有什么要紧的事吗？"

我淡淡道："你也看见了，孤如今成了礼部侍郎，自然不会随你父皇走。只是，宫里总归是不太安全，孤需在你这儿暂避一宿，你若是方便，可否明日送孤去找你七叔舜亲王？"

"舜亲王明日一早就会过来，说是想再见安宁郡主一面。"萧煜敛了笑，细长的眼睛微微眯起，"皇叔既然假扮成礼部侍郎……为何不藏身在东宫？难道，皇叔与太子有了什么嫌隙？"

"不错，孤确与他有些不合。"我笑了一下，"孤想托你遣人进趟宫，去东宫请李修来你府上，就说有急事相求。"

"为何？"

"你若帮了孤这次，孤日后定会全力助你……萧煜，你是嫡长子，皇位理应是你的，李修此人乃良师益友，对你极为有用。如今他去东宫毛遂自荐，若是让他给萧独笼络了，你可得不偿失。"

我绝不能让萧独得到尚方宝剑，那是我手中至关重要的一把武器。

萧煜未答应，反问："那日我交予皇叔的药粉，皇叔用上了吗？"

我眯起眼："孤说用上了，你信吗？"

萧煜意味深长地"哦"了一声："杂种如今没事，想必还未服下。"

"萧煜。"我厉喝，"他毕竟是太子。"

萧煜推动轮子，朝林间小道行去："也罢，若皇叔真给他下了药粉，他也活不了多久，我姑且耐心等着，希望皇叔不是搪塞我。"

我哂道："孤对挡道之人从不手软。"说着，却不禁在心中自嘲，若真要对萧独下毒，我有多少机会？

"这点侄儿深有体会。"萧煜笑罢，召了人来，依我所言，拟了份手谕去请李修，理由亦是我想的，堂而皇之——

煜亲王府要翻修园林，修建神庙，以便出行不便的煜亲王为冕国祈福，图纸需经兼任工部尚书的李修检查过目。

有了这份亲王手谕，萧独起码得给个面子，不便强迫李修立即去取尚方宝剑。

一字一句地写完，萧煜满脸讥色："如此大费周章，有何必要？"

我反问："在自家府邸修建神庙，可谓虔诚贤明之举，能赢民心。孤既帮了自己，也帮了你，一举两得，难道不是妙计？"

萧煜思忖一番，似觉有理，挥挥手便命人去送手谕。

目送信使远去，我心里忐忑不安，但急也无用，只好坐回亭中，与萧煜共用晚膳。山珍海味，俱食之无味，我口干舌燥，只喝了几杯生津的茶水，却也解不了渴。

正在我疑心是不是体内那蝎子蛊作祟，致我血瘾又犯了之时，萧煜的家仆送来一盘物什。

布一揭开，竟是两根去皮剥肉的大腿骨，还残留着些许血丝。

我本应倒足胃口，可嗅着那血腥味，不想吐，反倒更加焦渴。我立即别开脸，掩住鼻子："快拿走，孤都要吃不下了。"

萧煜却道："皇叔帮我挑挑，哪根适合做笛？我听一位江湖术士说，取腿脚灵活之人的腿骨做的笛子，吹出的音乐有奇效。这两年来，我换了数根笛子，腿却毫无起色，想来是材料还不够好。"

真是荒谬，被冰刀划断了脚筋，怎么可能吹吹笛子就能好？

我心下暗嘲，嘴上却道："原来如此。你一说，孤也想了起来，《地经》上确有记载此种偏方，不过还差点东西，这笛子才有作用。"

萧煜眼睛一亮："什么？"

我喝了口茶："血，你……取些血来，要童男血。"

"童男血？"萧煜蹙了蹙眉，唤来一名侍卫，"你可是童男？"

那侍卫一愣，点了点头，依照我的吩咐他割破手心，接了半杯血。我装模作样将血倒在那两根大腿骨上，还留了些许在杯中，信口胡诌："你看，这腿骨哪根沁血性好，哪根就透音性好，适合做笛。"

趁萧煜低头去看，我以袖掩嘴，喝了一口杯中剩余的童男血。

谁知刚一入喉，我便觉得一阵强烈的恶心，一口便吐了出来。

萧煜惊异地抬眼看我，我忙抹了抹唇畔鲜血，他自然是看到了，愕然半晌才问："皇叔为何要喝血？皇叔是妖精变的吗？"

我睨着他，哂道："你看孤像不像妖精？"

萧煜点了点头，细长的弯眼如飞鸟拂水，漾起波痕："像狐妖。"

我无声地笑了，道："荒唐，孤不过是与你一样，有些怪癖罢了。孤时常觉得身体虚弱，问过太医说是缺血之故，所以会想饮血。"

萧煜凝视着我，抚掌而笑："有趣，有趣，皇叔果然是妖精。"

那侍卫却吓得脸色惨白，伏跪下来："殿下饶命，殿下饶命！"

萧煜弯腰从他腰间拔出佩剑，挥手一剑割了他的颈子，血流如注。他伸手取了杯子，接了满满一杯递予我："皇叔，请用。"

虽对萧煜残暴的脾气早有耳闻，可见他如此暴虐，我心下也是骇然，忙推开杯子："谢了，不过，这人不是童男，孤喝不惯他的血。"

几人上来，将那侍卫拖下去，在阶上留下长长一道血痕。

"可惜了……我临幸过侍妾，也不是。"萧煜喃喃，将指尖蘸的一点鲜血舔去，似不喜血味，漱了漱口便吐在了脚边的金盂里。

空气里弥漫着一股浓烈的血腥味，我的焦渴丝毫没有缓解。

我有些烦躁，侧头望向城墙之内金碧辉煌的皇宫。

莫非，我当真离不开萧独的血吗？

岂不是要完全受制于他了？

萧独想要独掌大权，将我控制，必要在朝中掀起一场明争暗斗，我如何能坐以待毙，任他将我困住？

"我很好奇，皇叔以前害我，如今又帮我，所求为何？"

此时，萧煜的声音将我思绪拉了回来。

我稍一思忖："萧煜，不管你信是不信，你曾冒犯孤，孤确有惩戒你的心思，但冰嬉大赛上，你会受重伤，却非孤所为，而是有人做了手脚。我知道你会怪在孤头上，也懒得争辩。"

听我提及他命运转折之日，萧煜脸色阴沉下来。

"可我检查过当日穿的冰鞋，并无什么问题。"

"冰鞋没有问题，其他地方难道就没问题了？当日你横冲直撞，一心求胜，哪能察觉到什么不对劲？"我眯起双眼，"孤教你的时候，你有没有摔着？不是滑得挺好吗？还不是你练习时仔细从容……"

"够了。"萧煜将酒杯一掷，打断了我的话，似因忆起当年之事，情绪异常激动，双手攥紧膝盖，手背青筋都暴了起来。

我在一旁看着，心里竟有些怜悯他。

萧煜以前就不是一个心思缜密的人，他骄傲专横，言行嚣张，残废后虽性情大变，但脑子并不会因此变得聪明。

"那日，你父皇也遇袭，一切都是安排好的。但那幕后黑手，并不是孤。"我起身，在他身旁坐下，"如今说什么也无用，孤心里有愧，会好好弥补你。孤其实别无他求，只望着天下太平，当了几年皇帝也当得腻了，只想尽心尽力辅佐一代明君。你父皇委曲求全，竟娶魅人为后，不是明君，孤希望你会是。"

萧煜闭着眼："皇叔，您若真帮我登上帝位，我自不会亏待你。可这双腿的账，我会一直记着，皇叔要弥补一辈子才行。"

我拍了拍他的肩："孤一世为臣，辅佐你治天下，你以为如何？"

萧煜睁眼，笑了："极好。"

如我所愿，晚膳之后，李修被接进府中。

经我旁敲侧击的一番询问与李修的暗示，我知晓尚方宝剑暂时还未落到萧独手里，一颗七上八下的心方才落回原处，便假意让李修去自己住所取测量地形的器材，实则是要他回家取尚方宝剑来。

眼下，尚方宝剑藏在哪儿都不安全，萧独既有意要它，肯定会去李修住所搜查，不如先取来，借修建神庙之机，暂时埋在萧煜府上。

三更，在一队亲王侍卫护送下，李修顺利地瞒天过海，将尚方宝剑混在一堆测量器材中取了来，堆放在准备修建神庙的一处院落中。萧煜对此事毫无察觉，不知这是可以取萧独性命、也可以取他性命、助我劈关斩将的法宝，就藏在他以后日日祭拜神明之地。

丑时，我才睡下，但渴血的感觉令我辗转难眠，到天亮也未合眼。

次日清晨，白厉不期而至，身上残留着激烈打斗留下的血迹，想来是好不容易才摆脱了乌沙。见他掩上窗子，神色紧张，我知他肯定查到了什么，倒了杯茶水给他，命他坐下慢慢说。

"怎么了，慌成这样？这里好歹是煜亲王府，毋需怕那乌沙。"

"皇上派属下去查太子萧独的身世，属下查到了一些线索。萧独的生母，曾为获花楼里的一名蛮族舞姬，确为魑人……曾是战俘。皇上可记得二十年前先皇北伐，大胜而归，带回千名魑族战俘？"

我点了点头。

那是一场旷日持久的战争，尽管我当时年幼，也印象深刻。

白厉继续说："在那战俘之中，有一名能征善战的魑人女子，是魑族女王乌兰。被俘后，她不肯投降，便被药哑，卖入了青楼。"

我震愣，萧独果然流淌着魑族王室的血，还是女王之子！

"因鬾人女俘众多，也没人知晓这青楼舞姬曾经的身份。属下也是因年少时在冕京城内任过禁军长，亲自整理过战俘名册，看到那女子画像才想起来她的本名，难怪属下见太子第一面时就觉得他眼熟。平澜王定然到现在都不知晓，太子的生母竟然曾是鬾族的女王。"

说罢，白厉从怀里取出一个卷轴，展开来。

画卷上赫然是一名高鼻深目的蛮族美人，虽是花魁打扮，却眉宇桀骜锐利，嘴角倔强地上扬着，是一种轻蔑的神态，令人过目难忘。

这样的人，是极诱人的，难怪萧澜会替她赎身。

"你是从哪儿弄来这画的？"

"荻花楼放花名册的仓库里。"

我点了点头，将卷轴收起，放进袖中。

听闻萧独生母产下他便难产而死，萧独怕是连母亲的样子都没有见过，这幅画，对于他而言，应是极为珍贵的。

"不过属下发现，这女子并非像传言中所说，产下太子就难产而死。"

我疑惑道："怎么？"

"她产下太子独后，又被逐回了青楼，在那里待到宣和元年，也就是皇上登基的那一年。皇上是否还记得，您凯旋后大赦天下，放归了鬾人俘虏？就在那时，乌兰也随那些俘虏一起离开了。"

"后来，朕担心那些战俘会带走冕国的技能知识，传播到鬾人土地上，遗祸无穷，白延之便主动为朕分忧，带人将他们诱杀，一个不留。"我的心一沉，"太子会不会知晓此事？知晓他生母是怎么死的？"

"属下不敢妄言。但太子妃与乌兰同为乌氏，或许有亲缘关系。"

我吸了口气，心乱如麻。当年追杀战俘之事，虽不是我亲自下旨，但到底是我默认的。白延之因担心此举会引起民心不稳，说我大赦天下又出尔反尔，便将那些战俘逼进深山，速战速决之后就地掩埋，对外宣称是土匪作乱。而后，又寻了些蛮奴假扮成战俘，送出关外。

这一切，本应算在我头上。

当年此事做得极为隐秘，并没有多少人知晓。

萧独会不会知晓？

若狼崽子知晓了此事，定会恨死我的。

如此想着，我不禁记起萧独那夜看着花魁发呆的样子，心口一绞，有些难受。原来，如今受制于这狼崽子，是冥冥之中的债孽。

竟是我亏欠了他的。

"皇上现在出了宫，打算如何？"

"自然是离远一些，坐山观虎斗。"我想了想，问，"你做暗卫多年，知不知晓什么法子能极好地隐瞒身份，叫人见了面也认不出来？"

白厉一愣："人皮面具？"

"你去给孤弄张来？"

"属下这里就有一张。"白厉从怀中取出一张薄如绢纸的物什，"只不过，是宦官的面相，是平时属下自己用的。"

我接过来，抖开来瞧了瞧，果然是张平平无奇的人脸。

"要帮皇上戴上吗？"

我点了点头，任他将这人皮面具敷在了我脸上。平日行走，总归是宦官的身份方便得多，我便从萧煜那儿讨了套宦侍的衣衫来。

拾掇一番，镜中已全然看不出是我自己，成了个面皮白净的小宦。

我翘了翘兰花指，学着小宦行了个礼，白厉也忍俊不禁。平日里那么不苟言笑的人，竟然也笑了出来。

他三十有五，跟白家人一样，都不怎么显年龄，看上去不过二十，笑起来如冰雪初融，甚是好看。

当——当——当——

上空钟鼓齐鸣，是萧澜北巡的送行典仪开始了。

我自是不便出外观摩，便来到府内临城道的楼阁上。

浩浩荡荡的送行队伍如潮水般没过城道，朝北门行去。

皇亲国戚都在其中，依身份排列，紧随在御驾之后的是太上皇的座驾，后方跟的便是萧独。见他远远行来，我虽戴了人皮面具，仍不免有些紧张，放下窗帘将自己遮住。

太子后方的则是王爵，我看到了七弟，他有意将马的步子放得很慢，落在后方。在他侧方的车辇悬挂着红幔，一抹倩影若隐若现，是即将远嫁魑国的安宁郡主。

他们挨得那般近，近在咫尺，亦远在天涯，甚至难得说上一句话。

我叹了口气，瞥见那红幔中探出一只纤纤玉手，握着一枚物什。

七弟纵马而过，将那物什接在手里。

竟是一个绣球。

好似一个待嫁少女，站在楼阁上，将一生抛给了自己的如意郎君。

七弟抓着绣球，笑得灿烂，一如个傻傻的少年。

饶是我铁石心肠，亦不免有些怔忡。

痴人，真是痴人。

情这一字，到底为何，会令人如此执着？

许是见多了爱恨别离，种种悲剧，我才选择游离在红尘边沿，而不愿沉溺其中。

此为明智之举。

失信

第十七章

送行的鼓乐之声渐渐远去，萧澜终于离开了冕京。

入夜，乌云笼罩了城区，潮湿的空气里弥漫着山雨欲来的气息。

我倚在窗边，见七弟与萧煜从城门方向归来，便下了楼去。

晚宴期间，我与他二人仔细讨论了一番今后的计划，包括手里握有的兵力各自如何安排，筹谋得甚为仔细。我三人虽各怀心思，但他二人暂时肯听我指令拧成一股绳，许多事就好办了。

正在商谈之际，便听亲王家令忽然来报，说是太子登门拜访。

萧独来得如此"及时"，令我有些吃惊。太子来了，亲王按礼自然不能拒迎，我想躲起来，转念又觉戴了人皮面具，实在没有必要，也想看看萧独突然来是想做什么。

我于是作家仆打扮，与那些候在一边的家仆站在了一起，低眉顺眼地捧着餐具。

随着一串脚步声由远及近，便见萧独随着亲王家令进了宴厅。

"参见太子殿下。"

七弟起身行礼，萧煜因双腿不便，只能坐着，显得有些轻慢："太子忽然造访，臣真是受宠若惊啊。来人，快请太子上坐。"

萧独坐了下来，他没刻意端着架子，但因身着正装礼服，显得威仪十足，一落座，七弟与萧煜二人的腰背都明显挺直了。

"皇长兄和七叔与我都是一家人，何必与我如此见外？"

萧独笑了一笑，垂眸盯着桌上的菜肴，面色却不善。

"太子请用餐。"萧煜做了个请的手势，命家仆递给萧独一双筷子，"不知……太子来臣府上，是因何事？"

萧独执了筷子，却不去夹菜："不是什么大事，我昨晚听说皇兄要在府上修建神庙，请了李修来监工，心下好奇，想来看上一看。"

萧煜笑道："此事尚在商议，神庙还未动工。太子消息倒灵。"

我有些不安起来，萧独过来，会否是知晓尚方宝剑被李修带了？

不过，在萧煜府上，他想要拿到尚方宝剑，没那么容易。

"不知皇兄将神庙地址选在府中何处？我有意在东宫效仿，想参考一下，可否看上一眼？"

听萧独如此说，我更加紧张。

他很多方面都敏锐得超乎常人，万一给他找到尚方宝剑当如何是好？

我当下走上前去，挨个斟酒，走到萧独身旁，故意将酒洒在他身上，而后立刻伏下身去磕了磕头，细声细气地连声请恕。

"呀，太子衣服弄脏了，都是臣府中下人的错，笨手笨脚的。"萧煜见状，忙道，"来人，还不快带太子去更衣。"

"不必。"萧独却坐着不动，反倒朝我瞥来，我给他看得一阵发毛，见他指了指我，"你，过来给我擦擦。"

我点点头，接了干净帕子，跪着挪到他身边。想起上次因手被识破之事，我将手缩在袖中，小心翼翼地替他擦拭身上的酒水。

我不敢与他对视，却觉他在盯着我看，目光像灼穿了我的人皮面具。

嗅到他身上那股麝香味，折磨了我一天的焦渴感更为强烈了。

我咽了咽口水，屏住呼吸，却想起他上次说我身上有股特别的气味，我这才猛然醒觉他是靠鼻子认人，忙低头退下。

来到隐蔽处，我便立即传来白厉，命他转移尚方宝剑，另寻个安全之处藏起。

白厉才走，我就见萧独随萧煜出来，一行人穿过走廊，往那准备修建神庙的林苑方向去。萧煜和七弟都不知我在这亲王府上藏了什么，不知拖延时间，我恐他们比白厉早到，便只好也一并跟去。

我紧随萧煜身侧，给他一个劲地使眼色，萧煜察觉什么，抬手命身后推轮椅的家仆停下。见我微微颔首，他便心领神会，将萧独引向了另一边的林苑，我才稍稍松了口气。

"这便是皇兄准备修建神庙的地方？确是块宝地。"

进了林苑，萧独便四下张望起来，像在寻觅什么。

——果然是有备而来，还好我反应及时。

萧煜哂道："太子谬赞，怎么样的宝地，都比不上东宫呀。"

他这话说得不阴不阳，气氛一下便不对起来。

萧独笑得玩味："皇兄改日来东宫坐坐？我也好一尽地主之谊。"

"太子倒是重情重义。"

"那是自然，我虽不是俪妃亲生，却是俪妃养大，与皇兄共同仰赖一母照拂，少时也多亏了皇兄，对我这个弟弟爱护有加。"

他说得轻描淡写，可任谁都听得出来是讽刺。萧煜一阵沉默，想是不知如何接话，却是七弟一声轻笑，打破了僵局。

"臣看，天要下雨，太子与煜亲王还是不要待在这里的好。"

萧煜却不动："七叔可否回避一下？我有话想与太子说。其他人也都退下。"

我不好站在那儿，便假意离开，又偷偷折了回去。

"明人不说暗话，臣，知晓太子对臣怀怨在心，但如今皇上北巡，外敌虎视眈眈，太子身负监国大任，臣则负司徒之职，有监督辅佐之重责，又与太子殿下分掌御林军，太子即便想除臣而后快，也要三思而后行，万莫冲动行事，要以大局为重。"

我暗暗惊异于萧煜竟将话说得如此赤裸。

对于萧独来说，这是警告，亦是挑衅。

这萧煜，真是不嫌事大。

"煜亲王这是在威胁本宫？"萧独笑了，黑暗中，他的语气中是我未曾听过的冷戾，"若煜亲王不轻举妄动，本宫也不会冲动行事。煜亲

178

王既知我是太子，父皇不在，我就为君，你为臣。是臣，就得有个臣子的样子，不要以下犯上，更不要动什么不该有的念头。"

萧煜也笑了，满含讥嘲："臣……遵命。太子今夜上门，不会就是为了对臣说这个吧？还是当真为了臣在府中修建神庙而来？"

"实不相瞒，本宫是来寻一个人，和一件物什的。"我一惊，抬眼见萧独弯下腰，扶住萧煜的轮椅靠背，"皇兄知晓在哪里吗？"

我脚下僵住，望了望四周。

这是亲王府，萧煜的身份摆在这儿，萧独怎么说也不能明着抢人。

半晌，我听萧煜笑道："太子说什么？臣听不懂。"

"本宫不想与你起争端，但皇兄若执意装傻，本宫就为难了……"

"太子可真把臣搞糊涂了。这是臣的府邸，臣怎么不知道，来了什么人，又多了什么物件？"

"皇兄，休要惹祸上身。"萧独压低声音，我却听得一清二楚。

"若臣，执意如此呢？"

"那我们拭目以待？"萧独直起身来，"皇兄，好自为之。"

我在一旁听他二人对话，只觉暗流汹涌，硝烟滚滚，更觉心绪起伏不定。见萧独走出林苑，我便往暗处退了退，只见他刚到走廊，竟身子歪了一歪，倒了下去。

我不禁愕然，想起上次萧煜交给我药粉的事，担心是萧煜在酒席上下了毒，疾步走去察看。萧独被一个家仆翻过来，他一咳，嘴角淌出一缕血，真像是中毒之兆。

"快扶太子进屋，传太医过来看看。"

听见萧煜的声音，我心下升起一股无名怒火，搭了把手，将萧独扶到一间卧房中。

不多时，太医便已赶来，我恐萧煜指使太医对萧独下毒手，便守在房内。而太医只是把了把脉，割破他指尖放了点血，只道并无大碍，是心焦气躁，上火所致。

我不放心，待太医离开，又走近，亲自替他把了把脉。

俗话说，久病成医，我这几年也算对医术略通了一二，萧独脉相平稳，的确不像是中毒了。

近看，我才注意到他脸色潮红，摸了摸他额头，竟果然烧得滚烫——心焦气躁，莫非是急成这样的？

我暗暗好笑，瞟到他指尖渗出的血，喉头一紧。

鬼使神差地，我伸出手，碰了一下那血珠。顿时，像有千万只馋虫在体内骚动，终是熬不住，我伸出手，抓住他的一只手，将他被割破的手指挤了挤，低下头，将血迅速吮去了。

萧独动也不动，呼吸也未有变化。

一滴血入喉，竟似美酒穿肠，我一时有些迷糊了，连门被推开也浑然不觉。

直到背后响起"嘎吱"一声，我才如梦初醒。

我回头，见萧煜惊愕地瞧着我："皇叔，您……"

我比了个噤声的手势，将他推到门外，萧煜却一把攥住我的手腕。

"皇叔，您有没有听说过……傀儡蛊？"

"傀儡蛊……"我心一沉，摇摇头，"闻所未闻。"

"我怀疑……"萧煜推着轮椅来到走廊间，回头正要说什么，就听里头传来一声闷响："来人！"

接着门便被推开来，萧独步履蹒跚地走了出来，扶着一根廊柱站稳，看着我道："水……给本宫水，本宫口渴。"

醒得如此凑巧，该不会刚才就醒着？

我心下惊疑，立即低头走到一边，取了茶水呈给他。萧独拿起茶杯一口饮尽，双眼却定定直视着萧煜，面无表情，喉头滚动。

萧煜亦是一语不发，皮笑肉不笑。二人好似在以目光交锋，静谧之间一片肃杀之气，我站在他二人间，只觉有无数刀刃擦身而过，不由得退了一步。

我想坐山观虎斗，可不想站在这斗兽场之中。

喝完了水，萧独抹了抹嘴唇，"嘶"了一声："我这手，这般疼痛，好像给人咬了一口似的。"

我头皮一麻，感到他这话像故意说给我听的——

莫非他看出来了，刚才晕倒，只是故意试探？

这小狼崽子到底是怎么识破我这人皮面具的？

无暇计较这个，只求他别以太子身份找萧煜强行要人。

如此想着，我朝萧煜使了个眼色，退到他身后。

"看样子太子是无碍了。深秋时节，天干物燥的，确实容易上火过度，是臣考虑不周。你去，告诉膳房，让他们炖点清火的小食。"

萧煜一句话替我及时解了围。

我点了点头，转身时，扫了一眼萧独，他黯然失落地垂下嘴角，像个小孩。但萧独已经不是小孩子了，他的心机与能力，都是令人生畏的。

我来投靠萧煜，应是叫他失望透顶。不知，他之后会怎样对付我。

我心下微寒，迈步，朝与他相反的方向走去。

只听骤然一声碎裂之响，那瓷杯在萧煜足下摔得四分五裂。萧独嘴角慢慢扬了起来，但笑已全然变了味道，像雷雨前夕的天色。

而后，他什么也没再说，拂袖而去。

目送萧独走远，我折回萧煜身边，询问到底何为傀儡蛊。

"此蛊的记载，我也是幼时偶然在《地经》中看见的，了解得不甚详细，不过这蛊发作起来的症状与皇叔现在有些举动，实在相似。中蛊者会渴求下蛊者的血，且会对下蛊者产生……信赖，对下蛊者言听计从。"

我一愣，顿感惊怒不已，萧独这小狼崽子，竟敢这般算计我？！

"你可知晓如何解蛊？"

萧煜摇了摇头，欲言又止，我逼视着他，见他良久不语，我有些不耐烦，拂袖道："罢了，多谢你提醒，孤自己去找答案便是。"

这记载天下奇物异闻的《地经》就被存放在大内的藏书阁，我遣白厉去把它偷出来并不是难事。我转身要走，又被萧煜叫住。

"罢了，皇叔早晚也要知道，我便说了也无妨。"

我停住脚步。

"若中蛊者想要解蛊，需得下蛊者全心信赖，取心头血一杯，再取一缕发丝烧成灰，辅血饮下。若非下蛊者心甘情愿自己取血，则非但解不了蛊，还会使中蛊者丧失心智，昏迷不醒，除非下蛊者将其唤醒，这便是此蛊的可怕之处。"

我心底寒意森森。

萧独这是处心积虑地给我下了个套。

我气得七窍生烟，心下杀意沸腾。

——我非得杀了这狼崽子不可。

"《地经》上有没有说，若直接将下蛊者杀了会如何？"

萧煜摇了摇头，脸色极不好看，看着别处，道："不知。但若蛊毒如此好解，恐怕也不会被列入《地经》这样的禁书了吧。蛊虫不是难以控制的凶物吗……若杀了下蛊者，恐怕中蛊者也难逃一死。皇叔不如去翻《地经》看看，有没有别法可解？"

我不得不承认萧煜此言有理，遂问："你府上有《地经》拓本？"

"就在书房。"

我没多踟蹰，当下随萧煜取来《地经》，回房察看。发现《地经》上对傀儡蛊的记载与萧煜所言相差无几，我更是怒不可遏，把萧独这狼崽子大卸八块的心思都有了。

思绪一片混乱，正当此时，窗户嘎吱一响，白厉翻了进来，神色异样，我知晓一定发生了什么，问他："何事？"

"太子在回宫路上，遭了埋伏，中了一箭。"

我一惊："何人袭击他？不会是萧煜，他没有这么蠢。"

白厉摇了摇头，神情有些复杂："来路不明。属下正追踪袭击太子的那伙人，半路竟被伏击，险些被灭口……幸而乌沙出现，救下了属下。"

我想了想，冷哼一声："八成是这狼崽子自导自演，想要钓鱼。他身为太子，出门都有东宫禁卫贴身保护，哪有那么容易被埋伏？"

白厉迟疑一下："乌沙要我来寻你，说太子伤得很重，想见你一面，昏迷之时，还喃喃念着皇叔。皇上，这会不会是苦肉计？"

"一定是。"我嗤了一声，"不去。去了孤才是傻子！"

我如此说道，眼前却浮现出萧独黯然失色的脸来。

我晃了晃头，心绪不宁，在榻上躺下，吹灭了烛火。

"退下吧，孤要睡了。"

此后，一连几日，我都藏身于萧煜府中，未再进宫。

自那夜一别，萧独也没有再来烦我，却在朝中大展拳脚。

借重审内宫总管杨坚之机，他开始逐一调查平日与杨坚来往密切的官员，说是要找出欲与杨坚联合谋反的同党。我怎会不知，他实则是在铲除异己，不但想剪除我存留在朝中的旧部，更想铲掉萧煜背后以太尉为首的越氏势力，达到他独掌大权的目的。

正如我曾担心的，兵部尚书楼沧加入了萧独麾下。从楼舍人那日在寒渊庭看萧独的眼神中，我就已经预料到了会有这样一天。

我尚且表面按兵不动，冷眼旁观朝堂上的明争暗斗，暗地里则派白衣卫替我与我的旧臣传递密讯，由白衣卫通知他们族中在各地握有兵权的家眷，无论兵种，一概召集起来以备我日后调用。

这样暗流汹涌的日子持续了近乎一个月。我不知萧独这小子打算何时大刀阔斧地发动攻势，直到冬至之日，一个消息突然传来。

——萧澜北巡的队伍竟被乌顿麾下一支奇兵袭击。萧澜下落不明，臣子女眷一概被俘，即将远嫁到魉国王室的安宁郡主也在其中。

这将我的计划全盘打乱。我原本打算命白衣卫伪装成土匪在路上埋伏，利用地险刺杀萧澜与其心腹大臣，而后由白辰以我的名义带领北巡的队伍逃到冀州，与白延之共同抗敌，借此机会重振声威，但我没有料到，乌顿竟会有一支奇兵深入冕国境内，抢了我的先机。

天变得太突然，萧澜生死未卜，外敌虎视眈眈，群臣无首，按理自然唯太子马首是瞻，即便没登基，他也已成了世人眼中的皇帝。

从这日起，萧独亮出了他的獠牙利爪。

我探听到他在太子詹事府中选出一批官员，一一擢升，委以重任，配入三省六部之中，又在东宫禁卫军选出三百人，成立了一个新的机构，名为"拱卫司"，指挥长由原太子司直担任，掌直驾侍卫，巡查缉捕，监察百官之责，直接听命于他本人。

　　拱卫司成立当夜，数名大臣家中便被搜出通敌叛国、意图谋反的证据，大臣们被押入天牢，连受萧澜信赖的几位重臣也未能幸免，位高权重的太尉越渊也受到了波及，不得不称病暂避锋芒。

　　一时朝中人人自危，萧煜与萧默亦不愿在此时与萧独正面交锋，暂时俯首称臣。

　　局面剧变至此，我着实已然坐不住了。

冬至之后，魈国乌顿麾军南下，与西北侯白延之率领的白家军交战于落日河北，萧默为京畿大将，有守卫皇都之责，率京畿军前去支援，只有萧煜仍然留在朝中。

距萧澜在北巡途中失踪已逾两个月，关于他的下落或生死，却皆毫无音讯。萧独称帝，已成大势，朝中呼吁他早日登基稳定人心的声音愈发高涨，就连萧澜安排垂帘听政的虞太姬也不知吃错了什么药，写了册书要他继位。

萧独却当众回绝了虞太姬的册书，只回了一个字：等。

朝中众人猜测他是为尽忠尽孝，不愿违背礼法，固然要等萧澜的消息，可同样只有这一个字的手谕，被宫廷信使送到了萧煜府上。

他等的不是萧澜，不是乌顿与白家军交战的结果，他等的是我。

我知晓已不能再避。若再只守不进，萧独就会自己称帝，将这朝廷上下搅个天翻地覆，兴许萧氏王朝百年基业就要断送在他之手。

我不想如此，不想落得满盘皆输的局面。

不若将错就错地走下去，兴许，还能扳回局势。

元旦的这天夜里，我上了萧独派来迎我的马车。马车从西侧门出，接上我后从北正门入，大张旗鼓地返回城内，宣称是太上皇从乌顿敌营归来，带来了皇上的死讯。

我到这一刻才恍然大悟，乌邪王暴毙，乌顿叛变，萧澜北巡，是萧独与魈国布下的一个局。

萧独，狼子野心。

车辇徐徐在九曜殿前停下。我抬头，顺着铺至我足下的红毡望向立于丹墀之上的萧独。

短短不过三月未见，他身形又挺拔了许多，着一袭黑金衮服，头戴帝冕，已是皇帝打扮，全然变成了一个充满王者气度的成熟男子。

我才想起，他已经将满十八岁了。

"恭迎太上皇回宫——"

我在这响彻云霄的呐喊声中下了车辇，缓缓拾级而上。

漫天大雪，满地洁白。

御卫侍立在红毡两侧，甲胄分明，手中佩剑刃光森冷。

朝廷百官并排伏跪于丹墀之下，冠帽朝天，噤若寒蝉。

这是萧独的朝廷，不是我的。

我走到丹墀之下，手里的尚方宝剑铿然出窍，月光之下，剑刃如虹，照亮了萧独的脸。他盯着我，面无表情，只有眉毛稍稍挑起，等着看我打算做什么。我走到丹墀之前，回过身去，俯视百官。

"众臣听好，皇上，已被乌顿所害。"

下方一片哗然。

我扬高声音，举起尚方宝剑："临终前，皇上曾与孤密谈，怀疑朝中有人勾结乌顿，里应外合，便予孤尚方宝剑，派人助孤逃出敌营。如今孤顺利回宫，便要履行皇上遗命，肃清朝中通敌叛国之逆臣，辅佐太子夒理朝纲，将外敌驱逐出境，振我大冕声威！"

此言一出，哗然之声戛然而止，复而响起一片振奋人心的声潮。

我回身朝萧独望去，见他怔怔地看着我。这小狼崽子从来只看见我病恹恹的样子，未见过我峥嵘帝王之态，大抵有些吃惊。

我是萧氏皇室百年来最年轻杰出的天子，不会困缚于他手多久。

我不愿在此时重临帝台，做一个傀儡皇帝，但也不能让萧独做皇帝，宁可暂且让帝位空悬。

我盯着萧独，一字一句道："皇上尸骨未寒，太子不宜在此混乱时

186

期继承大统，应……"

我话未说完，只见萧独一步上前，握住尚方宝剑的剑刃，跪下去，一股鲜血自他指间溢了出来，我只看了一眼，喉头就似凝固了。

这三月以来，渴血之感日日折磨着我，让我寝食难安。

他抬头望着我，一脸挑衅的笑容。他是存心要气死我吗？

"本宫确不宜在此时继承大统，本宫自认能力不足，与皇叔相差甚远，本宫自愿将君王之重任禅让给皇叔，望皇叔不负父皇所托。"

我说不出话来，怒不可遏。

萧独站起身来，一挥手，便从两旁走来四名宦侍，手里捧着那件绛红的十二金龙九曜七星皇袍。

火光之中，它像是一团燃烧的云霞，令人目眩神迷。

我渴望了它太久，以至于当他们将它披到我身上时，我无法推拒，被萧独亲自扶着走入了九曜殿的大门，缓缓登上龙墀，落座在金碧辉煌的皇座上。

我的脊背贴上那布满浮雕的靠背，只觉烫如烙铁，将我肌骨都焊熔了住，像是在受刑，又令我难以自拔。萧独将我的双手放在两侧的扶手上，我情不自禁地将它们握牢在手心。

我看着他站起身来，将头上的帝冕取下，戴到我的头上。

下方一时竟鸦雀无声，文武百官俱被此幕震惊。

未举行告天之礼，没昭告天下，他就这样将我公然送上了帝台。

听见下方渐渐响起质疑声，我才如梦初醒，一把抓住萧独的袖摆："不遵礼法，胆大妄为，罔顾纲常，你是要天下人都笑话孤吗？"

"该称朕了，皇叔。"萧独凑近了我些，"不遵礼法的是我，胆大妄为的是我，罔顾纲常的是我，不忠不孝的是我，天下人要笑话、要斥骂的是我，遗臭万年的也是我。只要能圆皇叔所愿，又有何惧？"

他语气似赌咒，似宣誓，我心神俱颤，他却笑了起来，笑得放肆。

"皇叔，龙袍加身，您的恩我报了。"

"你……"我一时语塞，只硬挤出一个字。

他一掀衣摆，跪下身去："吾皇，万岁万岁万万岁。"

下方一静，而后，声如洪潮，俱喊的是这一句。

我咬咬牙，知大局已定，从皇座上站起身来："众卿平身。"

这日是永安七年元旦，我重临帝台，帝号永翎，而萧独放弃储君之位，自封摄政王，位居一人之下万人之上，实则独揽大权。

子时，迎接我归宫的典礼终于结束。

群臣纷纷散去，唯有萧独留了下来。殿门缓缓关闭，四面窗帷亦随之落下，殿内烛火被宫人一一熄灭，仅留下龙墀下的一排。

我坐在龙椅上不动，冷眼俯视着他，看他到底想要怎么样。

这庄严肃穆的大殿，萧氏祖辈的英灵皆俱于此，看着我与他。

只见萧独步步逼上台阶，一手扯开自己的衣襟，露出心口，那处赫然有一道狰狞的伤疤。

"三月之前，我受了重伤，奄奄一息，皇叔为什么不肯来见我？"

"孤……朕哪知道是不是你设下的又一个圈套？"

"皇叔，我坐着太子之位，又担任监国大任，朝中有多少人想杀我，您不会不知道吧？"萧独扯起嘴角，"若我真死了，您也不会有一点儿痛心吧？反正我死了，还有我的皇长兄，皇叔不也把他骗得死心塌地地忠心于您了吗？"

"笑话，萧煜不过也是利用朕，何来忠心？"

萧独哼笑，走近了些，胸膛抵住我的剑尖："皇叔觉得我不好控制了，可萧煜是什么样的一条毒蛇，心思诡秘，残忍乖戾，皇叔难道看不出来？若不是我做到如此地步，逼迫越家势力让步，指不定皇叔哪天就被萧煜连皮带骨地吞了。皇叔是不是原本打算与他站在一边，与我为敌？可惜了，以后我与皇叔要低头不见抬头见了。"

我想起傀儡蛊的事，气得手抖，剑尖发颤，恨不得一剑捅死他："混账……"

萧独不退不避，反倒握住剑尖："上斩逆臣，下斩叛将，来啊！"

我攥住剑柄："国难当头你将这么多朝臣下狱，难道不是逆臣？"

"一帮愚昧的老朽腐儒，若有他们在，冕国只会止步不前，屈居在这中原腹地，永远不能成为强盛大国，统一南北西疆。"

我一愣，未想到萧独会这样说，冕国政体确需革新，我确想统一周边疆域的小国，转瞬一想又觉荒谬至极，萧独怎会为冕国着想？他暗通魑人做了这么多事，又身为魑国女王的血脉……

想到魑国女王乌兰间接命丧我手的旧事，我手一松，剑"哐啷"掉在地上。

萧独得以踏上龙墀，来到我面前："皇叔原来不想杀我。"

他高大的身影站在面前遮住了所有的光，我一阵窒息，喝道："跪下！朕为君，你为臣，皇座之前，岂容你如此放肆？"

他跪了下来，却抬头直视我。

"皇叔，我知你雄心抱负，有为君之能，我愿为臣子，助你一统天下。不过，要我甘为臣子，光授勋封赏不够，您得好好地拴着我的野心与才能。我的确举世无双，独一无二，皇叔也清楚。但是皇叔，我不会害您，这点，请您信我。"

他说着，伸手按住自己的胸口，盯着我的双眼。

"皇叔，您重重盔壳下的这处……到底信不信得过一个人？"

我心一紧。

这小子，口口声声让我信他，又为何对我下傀儡蛊？他到底是怎么想的？他谋略过人，有治国之能，且已身居高位，为何愿将皇位拱手让于我？

我始终相信人的内心终究想图些什么，可我看不清萧独想图什么，难道就图冰冷皇宫中的这份可怜可笑的叔侄亲情？还是图在这险恶世间中的一份真心对待？

我着实不太相信，因此虽然除了相信他也别无他法，但心中始终顾虑难消。

我哪里拴得住萧独？他倒是把我拴在了这龙椅上，困在了皇宫里，成了他手握大权的傀儡。

"萧独？"

"嗯？"

"朕问你一事，你需如实相告。"

我本想问他傀儡蛊之事，话涌到喉头，又觉不妥，思虑再三，换了个问题："乌顿奇袭你父皇，可是你授意的？"

我这算是明知故问，想听他亲口承认。

"我若说不是，皇叔怕也不信吧？"

我蹙了蹙眉："你看朕傻吗？"

"皇叔智力超群，天下第一。"

我一哂："你打算让乌顿何时离境？再这么打下去，会引得冕国北境大乱，你既已得偿所愿，为何还不让乌顿退兵？"

"我倒是想让他退兵，但乌顿的军队并非听我指挥，我只是遣北巡队伍中的一位探子给他通风报信，助了他一臂之力。乌顿其人，骁勇善战，脾性暴烈，麾下那些魍人武士更不好控制。"

我一愣，没想到他与乌顿并非一伙，稍一琢磨，问："你可是有办法对付他？"

"若我亲自前去，定可以将他劝降，再诱杀之。"

我恍然大悟，原来他之前做的事，是一箭双雕——他既想借萧澜北巡之机谋权，又早有灭魍国叛将乌顿之心。可他灭乌顿，是为了哪方？是为了维护冕国的安定，还是魍国的尊严？

他自封摄政王，又要亲征，岂不是正好借此将重兵都掌握在手里？万一他有二心，那带领魍军入冕国国境，岂不是如入自己家门？

"那，你父皇的死活，你真不在意？"

萧独的眼神冷了下去："我不关心他活不活，只在意，他有没有死。这十几年来，我尊称他为父皇，可惜，他不配做我的父亲。"

我听他这语气，除了萧澜数年来对他的冷落，一定还有其他的原因："此话怎讲？"

他沉默了一会儿，道："我生母因曾沦落风尘，在我年幼时，就被他逐出王府，与我被迫分离，不得已又回到青楼。我思念母亲，他却不肯让她见我一面，她来一次便赶一次，像驱赶什么脏东西似的。我

190

早慧，这些事都记得清，父皇大抵是以为我早就忘了。他容我留下来，活着，不为其他，只是因我命硬，生时杀破狼星现，占星师说我能替他挡凶避灾，可做他的第二条命，成为他的枯奚。他从没有拿我当过儿子。"

我理了理思绪，半晌才挤出几字："你……现在还思念母亲吗？"

"自然。"他笑笑，"我幼时与常人有异，不喝奶水，喝人血。我母亲疼我，就以血喂我，常常被我咬得满手是伤。我自懂事以后，便一直派人寻她的下落，可是寻来的，只是她的骨骸。"

我心一酸。我原以为萧独生母在他不记事时就已离开，不料他竟对生母如此眷恋，直到现在还不忘，若被他知晓了……

我当如何是好？

只怕他日后知晓了，便会恨我。

我双手沾满鲜血，自知并非善类，也从来不会良心过不去，可此时却觉不安。

看着萧独离去的背影，我一个人兀自坐在皇位上发愣。

此后，我该怎么办？他说让我信他，他不会害我，可我信他的理由，只是我与他数年来的叔侄情分，何时被耗尽了，兵戎相见只在瞬息之间。

狼终究是嗜血的野兽。

我忧心忡忡，唤来人为我更衣。

昨日的龙袍已经不能再穿，我便择了件缂丝衮服上朝。

衮服上的龙纹皆以孔雀羽与真金线织就，饰以千枚翡翠，金翠生辉，虽不及那十二金龙七星九曜的冕日祭天袍大气，但也足够华贵庄重。

我看着镜中的自己，将帝冕缓缓戴上头顶，只觉仿佛回到了当年。

衮服重若千金，额前冕旒沉沉，令我不得不挺直腰身，昂首前行。

饶是我身子欠佳，也不得不慎重对待重临帝位的第一日。

在上朝之前，我还需向虞太姬请安，没有太后，她便算是我的长辈，即便我是皇上，也得遵循这孝道。但说是请安，也是示威，我即位不比萧独监国，她若想垂帘听政，只能是痴人说梦。

听闻这位虞太姬手腕颇为厉害，我一直奇怪萧独是怎么牵制了她，可待我一走进她的寝宫，便恍然大悟。

只见寝宫里地上横七竖八地卧着七八个美少年，皆身着戏服，烂醉如泥，还在东倒西歪地唱着歌、跳着舞。

养了这么多戏子陪她玩乐，她哪里还有精神争权？

萧独倒也挺会投其所好嘛。

我走进她的寝宫里，随行的宦官喊了一声，都没将他们喊清醒。

只有一个揉着眼睛，坐起身来，满身铜铃哗啦作响。他生得颇为俊俏，是个金发蓝眼的魅人，长得像只猫儿似的。

我停住，径直看向他。

那少年看了我一眼，慌忙伏下身去。

"皇，皇上。"他音调古怪，咬字不清。

"你叫什么名字？"

"桑，桑歌。"

"好听。"我直起身来，吩咐身旁的宦官，"送他出去。"

"皇上，送去哪儿？"

我低声问桑歌："谁送你来的？"

"太，太子殿下。"

我心领神会："送去摄政王府上。"

"小奴，小奴不想被送走，小奴想回太子殿下身边。"

我蹙了蹙眉："这摄政王，就是你说的太子殿下。"

那少年一怔，瞪大了双眼，而后竟笑了起来。

"太好了！"

太好了？回到自己主子那了，高兴了吧。

"其他的都拖出去，"我扬高声音，盯着前方那纱帘挡住的榻，冷冷一笑，打算来个杀鸡儆猴，"在宫里这么胡闹，弄得乌烟瘴气，斩了。"

"慢着——"蔻丹染的猩红指甲从帘缝中探出来，帘被掀起，露出一张容色衰败的脸，白惨惨的，像霜打的菜地。她笑盈盈地道，"哀家才醒，竟没发现是皇上来了……"

见她这样，我倒不放在眼里了，道："朕来给太姬娘娘请安。"

她仰头瞧着我，瞧了好一会儿："皇上生得可真像羽贵妃啊。不过，却一点也不似先皇……也不知是怎么回事，"她掩了口，咯咯一笑，"皇上的脸型和眉鼻，倒叫哀家想起那玉树临风的翡神官来。"

我眯起双眼："太姬是何意啊，朕听不懂。"

"哎呀，老糊涂了，胡言乱语。"她揉着眉心，"只是想起了些旧事，想起先皇病中说的一些梦话，什么孽种啊，异星现世啊，萧氏将亡啊，还提到了羽贵妃和翡炎，哀家怕是听错了吧。"

我不由得勃然大怒。

我拂袖要走，却听她又笑："皇上若奇怪的话，不妨去问问别人，这些旧事呀，翡神官一定比哀家了解得更加清楚。"

不知怎么，我隐隐听出些威胁的意味来，不再理她，拂袖出了寝宫。

我缓缓行进大殿，落座于皇位上，看着文武百官冲我俯首下跪，萧独站在最前一排，身着一袭银灰朝服，好似个谦卑的臣子。

——如若他真是个谦卑的臣子，那便省心了，可惜他不会是。

我抬起手："众卿平身。"

萧独抬起头，朝我看来，似有若无地一笑。

我避开他的视线："近日来变故诸多，朕仓促登基，实为情势所需，朕自知责任重大，还望众卿踊跃上奏。众卿，可有本要禀奏？"

龙墀之下，一时竟一片沉默。我看见分明有一两个人抬起头来，冠帽晃了晃，却是朝萧独的方向转去，又重新低下了头。

我心中微恼，扬高声音："千人之诺诺，不如一士之谔谔，圣天子孜孜求谏以图人治。如今内忧外患，为何无人谏议？"

依旧无人应答，一场小朝会宛如守灵，连一贯强势的太尉越渊也不开口。

我气得够呛，知晓是萧独建立的"拱卫司"的功劳，狠狠一拍龙椅：

193

"朕才刚登基，你们就当朕是死了？"

底下又跪了一片，只有一个人没跪——他也跪不了，只能坐着。

殿内跪倒一片，他独自静坐轮椅之上，倒有点傲雪凌霜的意思。

我盯着他，萧煜拱手朝我行了个礼："启奏皇上，近日来，杨坚盗玺与神官行刺的案子牵连甚广，摄政王已将一帮大臣投入刑寺进行审问，已有半数或流放，或处死，朝内人心惶惶，臣等委实不敢在这风口浪尖之际妄提谏议，不是无本可奏，只是有心无力啊。"

萧独低低一哂，侧过身子，目光森然。

"煜亲王是何意？本王身负监国重任，自然有调查此事之责，谋逆是大罪，本王不可不慎重处之，故而要调查与杨坚有来往的大臣。按结交近侍官员律，他们与内务宦官私交，本就已触及王法，本王将他们收监，有何不可？至于论罪者，自然是证据确凿，若无罪，本王还能给清白无辜的朝臣安上莫须有的罪名不成？"

"摄政王误会了，小王并无此意。"萧煜看向我，面不改色，"皇上，臣以为在外敌入侵之际，为免引发内乱，应该将此事暂缓。"

我心下一笑，这个萧煜，倒看不出来有几分胆色，可堪大用。

如今萧独在朝中只手遮天，不能容他独大。

萧煜手上也有兵权，又任司徒之责，用来掣肘他正好。

"煜亲王，朕身边正缺一名能直言不讳的辅臣，你乃朕的亲侄子，本是一家人，朕特封你为辅国公，赐你黄袍，你可常出入宫中，与摄政王各为朕的左膀右臂，共同辅佐朕治理江山。"

萧煜道："臣以为，皇上千里归来，身子欠妥，应好好休养……"

我厉声一喝："朕话还没说完，何时容到你插嘴？"

我有意在朝堂上挫挫萧独的锐气，以免群臣惧他，让他太过霸道。他既是我的臣子，就需懂得君为臣纲的道理。

此言一出，虽上奏直言的人没有，呈奏疏的人却接踵而上，我便命站在龙墀前的司礼监——收了，以免它们被萧独拦下。

见萧独低头不语，我一字一句道："摄政王，朕以为，煜亲王说得有理。朕，既已即位，监国重任便不劳摄政王代劳了。这监察检校百

194

官之责，也理应由大司宪李修来履行。摄政王昨日向朕请缨亲赴北境，劝降乌顿，朕虽不舍摄政王离开，但思虑一夜，却觉此等难事，唯有有勇有谋的摄政王可堪担此重任，故而，朕封你为天策上将，领精兵三千，与西默王的京畿军会合后，共御外敌。择一良日，朕为你举行告天之礼，亲自送你启程。"

"臣，"萧独顿了顿，语无波澜，"领命。"

我有些意外，未料我给他这么少的兵，他竟会爽快地答应。

爽快得，我都有些不安了。

这狼崽子总是深藏不露，冷不丁伸出爪子来挠一下。

"不过，在臣赴北境之前，想求皇上一事。"

"何事？"

"臣想求皇上赐臣虎符，可令京畿军、镇北军，皆听命于臣。"

听到这句，我倒是不意外了——这萧独想号令三军！那他还不反了天了？

"此事容朕考虑考虑。"

他跪地不起，字字铿锵："皇上对臣委以重任，臣定不负所托。"

我心中盘算了一番，看向兵部尚书楼沧："楼卿，虎符在你手上，朕命你，与摄政王同行。"

"是。"

楼沧是个顶强势的人物，一员虎将，战场上所向披靡，谋略亦是过人。

我看着他跪下，心中生出一念，笑道："听闻楼尚书家中有三女，各个才貌双全，尤其是楼舍人，朕偶有一次在寒渊庭见到她，甚是倾心，朕有意纳她为妃，楼尚书意下如何？"

我亲自在朝堂上向楼沧开口，他脾气再硬，也不好拂了我的面子。就算那楼舍人心里喜欢萧独，可我到底是天子，她也无法忤逆圣意。如此一来，我便可借此拉拢楼家，并通过楼舍人将楼家一家命脉攥在我手里。

果然，楼沧受宠若惊，忙跪下拜道："皇上看上小女，实属臣家门有幸。"

"甚好，那便让你家三女都入宫吧。待朕皇兄丧期过后，朕便给她们名位，定不会亏待她们。"我往后靠在龙椅上，又转向越渊，"朕也有所耳闻，越三小姐美貌出众，不知是否名副其实？"

越渊显是一惊："皇上谬赞了，臣家小女，皆姿色平平。"

"哦？"我挑起眉头，"那朕就更加好奇了，如何平平，能名满冕京，一出行就引得无数公子竞相围观，太尉不如让朕亲自赏鉴？"

越渊未有迟疑，赶紧俯身："臣受宠若惊，择日就让小女进宫。"

我拊掌而笑，只见萧独一掀衣摆，又跪到了地上。

"皇上，臣斗胆，恳请皇上将楼舍人赐嫁给臣。臣与楼舍人暗生情愫已久，在羲和神庙中私订了终身，楼舍人其实已是臣的人了。"

好个萧独，你敢和我唱反调，跟我抢女人？

我气得七窍生烟，奈何他在大庭广众之下这样说，我还真不能夺人所爱，抢他之妻，否则便成了个专横好色的昏君。

无事，无事，楼氏还有两个女儿，我今夜就临幸一个。

我强压怒火，应允了他，而后便散了朝。

一下午，我都待在御书房批阅奏疏，熟悉这久违的政务，大大小小的问题多如牛毛，看得人头晕眼花。

因着昨夜一宿未眠，我批了几十本，便不知不觉地伏在案上睡了过去。不知睡了多久，又被一个喷嚏打醒了，一摸额头，也是滚烫，竟像染了风寒。

我强撑精神，还想再批上几本，好快些将朝中要务处理妥当，却听外头有脚步声由远及近，停到了御书房门前。

"皇上，摄政王求见。"

我道："说朕在忙，不见。"

"摄政王说，有要事相商。"

"不见。"

我揉揉额角，翻开一本奏疏，一眼瞧去，竟是空白。

密奏？

我置于火烛上，烤了一烤，只见密密麻麻的小字显现出来。

七杀星现，萧氏灭亡，魑鬼横行，日冕无光。

我手猛一抖，想看这是谁的奏疏，便见底下一个"翡"字。

"皇上，摄，摄政王进来了！奴拦不住！"

我急忙蘸了墨水，往那奏疏上胡涂了一番，然后将那奏疏扔到一边，把奏疏胡乱地全揽到手臂下，装睡。

"哐"地一下，书房门敞开来，一股狂风席卷而来，像猛虎下山，我自岿然不动，眼皮子都不眨一下。

门关，风止，房内一下子安静下来，唯剩他的呼吸声。

我眯起眼，看他拿起一本奏疏，竟是要翻阅。

我本能地伸手把那奏疏按住了，心头火起："你半夜来此，是有什么事要跟朕说？"

萧独笑了一声："我还得多谢皇叔赐婚，让我离开以后不至于提心吊胆，担心楼沧半道上把我杀了。"

"胡说，楼沧为何想杀你？"我轻斥，"你难道怀疑我这亲叔叔会背后捅你一刀不成？"

"皇叔今早在朝堂上对我声色俱厉的，让我怎么敢信？"萧独语气颇有点儿委屈，"又削我的权，又擢升萧煜，还选纳新妃，我急得只好亲自前来验证一下，皇叔到底是什么心思了。"

我正要说什么来安抚他，心口却是一阵气血翻涌，喉头泛上一股甜味，不禁猛咳起来，头更是有些眩晕。

"皇叔！"萧独见我如此，脸色微变，忙将我手中的笔抽去："累成这样，还批什么奏疏，您的身体我好不容易……"他顿了顿，"来人！"

萧独命人将我扶回寝宫，又急传了御医。

甫一躺到榻上，我便觉喉头一热，有腥甜的血涌上来。

我恍惚间意识到这是什么，知晓萧独在旁，不敢吐，硬生生地咽将回去，又觉那血冲到鼻腔，一股脑淌了下来。

"皇叔！"他惊得拿帕子来替我擦，"御医！御医怎么还不来！"

197

御医急急赶来，给我诊断，只道我并无大碍，是染了风寒，又劳累过度，才致发热，需静养几天。

萧独立即命御医开了药方，吩咐人去煎煮。

待御医走后，他便扶我坐起，端了药来让我喝。

我浑身无力，气若游丝，抬了抬眼皮，见他似面有愧色，低着头："是我不好，不懂事，惹皇叔生气了。"

他这模样竟使我心头一软，想起他幼时每每犯错，似个小狗儿般向我认错的情状，竟一时拉不下脸来斥责他。

"你日后不准再这么胡闹了，知道吗？"

萧独舀起一勺药汁吹了吹，把勺子递到我唇边，笑了一下。

"臣，遵命。"

我喝下一口，药汁淌过咽喉，苦中有甜，暖热了心肠。

迷迷糊糊间，我听他低低地道："皇叔，您要信独儿。独儿无论如何不会害您。江山不改，我对皇叔的赤子之心亦一世不变。"

我闭上眼，浑浑噩噩地睡着了。

我做了一个梦，梦里，我在雪地里跋涉着，追寻着雪中的一串足迹。狼的足迹。它由小变大，起初只如朵朵小梅花，后来渐渐大得超过了我的脚印。我踩着它们，追寻着这只狼的去向，不知跋涉了多久，还一无所获。我迷失在白茫茫的雪地里，心里空落落的，好像丢失了什么重要之物，步履蹒跚，茫然四顾。

远远地，只见一抹灰白的影子在林间剥离出来。我满怀期盼地望着它，那巨大俊美的雪狼却一动不动，冷漠地盯着我。

而后，它转头纵身没入了大雪之中，不见了踪影。

"回来！"

我高喊着，在一阵心悸中醒了过来。

窗外晚霞如血，我起身来，虽还是浑身无力，但精神好了不少。

我唤来白昇，问他我连着两日没上朝，朝中事务是谁在打理，果然是萧独。我想起那封密奏，草草洗漱过，便去找翡炎。

行往神庙的路上，我正昏昏欲睡，忽听"倏"的一声，一支利箭擦耳而过，钉在我头侧。我不敢动，掀开帘子，只见宫道墙上跳下几个幽灵般的人影，将我的轿子团团围住——是刺客！

抬轿的几个宫人俱身中利箭，横七竖八地倒在地上，其中一个刺客提着弓弩走上前来，指着我的脑袋："请皇上下轿。"

声音尖尖细细的，像宦官。

我提起衣摆，下了轿，朝四下望去，余光见那人伸手过来，持着什么在我鼻前一晃，一股异香扑鼻，我顿时失去了意识。

不知过了多久，我被一丝锐痛惊醒，睁眼便见一只尖如鹰喙的金指甲悬在我眼球上方，指甲戴在一个女人的手上。虞太姬俯视着我，猩红的嘴唇扬着，在昏暗的光线下诡异非常。

一动，我才发觉自己被绑了起来，绑在一张石坛上，我的头顶正对着一块巨大的钟乳石，水从上方滴落在我身上，四面放置着蜡烛与香炉，火光中烟雾袅袅，这情形令我觉得自己像个祭品。

迫害

第十九章

"皇上，你醒了？"

虞太姬的笑声阴森而妩媚，她戴着尖甲的手指沿着我的脖子往下，抵达我的心口，戳了一戳。

一丝尖锐的痛楚袭来，令我身子一抖。我冷冷地盯着她，暗忖，她一个居于后宫的女人，能将我从守卫森严的宫中，从萧独的眼皮底下，劫到这里来，定有外臣相助，否则她连宫门都没法出。

"哀家把你带到这里来，是特意为了告诉你一个秘密。"她低下头，"先帝临终前有废太子之意，皇上想必也知晓。"

这一句正戳中我痛处："胡说八道！"

因我的性子太冷酷，父皇临终前认为我将来不会是个仁明之君，竟有废我之意，这事一直令我耿耿于怀，至今不能释然。

"皇上是否知悉真正的因由？"她咯咯一笑，"先帝临终前，曾命人将你的血与翡炎的血混在一起，先帝欲废你，是因为他发现，你与翡炎的血竟然能融在一起，你压根就不是皇室血脉。你是你的母妃与翡炎罔顾伦常生下的孽种，你不配成为冕国的皇帝。"

我如遭重锤，牙关一紧："一派胡言！朕是天潢贵胄！"

心口又是一痛，她金甲刺入我的皮肉几分："是不是胡言，等哀家挖出你这颗心就知晓了。我偶然得知，翡氏一族竟乃伏羲后裔，个个容貌出众，心有九窍，善惑人心……据传，食伏羲后裔的心头血，能起死回生，伤病自愈，恢复青春。"

我厉声喝道："你这老妖婆疯了不成？因为一个传言，你就敢弑君？"

"你死了，我再将你的身世之秘公之于众，你就不是君了。"

她话音刚落，就传来"当当"两下，是敲击瓷器的声响。刺入我心脏的尖甲一停，虞太姬抬头望向一处，我侧目看去，只见从暗处走出一个蒙面黑衣人来："主子说，不能伤他性命。"

"为何不杀？"

"当当"，瓷器又响了两声，这次更清晰了些。

我心念一闪——这蒙面人口中的主子，要么是哑巴，要么是不便说话，若是后者，那就是担心声音被我给辨出来。

若真是后者，会是什么人？不想杀我，又怕我认出来的……

虞太姬是想求长生不老，但这神秘人怀着什么目的？

只见虞太姬蹙了蹙眉，犹豫着抬起手来，将染满了血的金甲在一个酒杯边沿磕了磕，而后啜了一口。刚一喝下去，她惨白的面色便红润起来，焕发出了光彩，似乎真的年轻了几岁。

我被吓了一跳，不敢置信，虞太姬举起一面镜鉴，像怀春少女一样左右顾盼，又看向我来，目光炯炯，煞是可怖。

"还不够，还不够……我要做天下第一美人！要长生不老！"

她扑上来，五指如爪来抓我的心口，又听"当"的一声，那蒙面人立时将她一把拽了开来，手中寒光一闪，便扭断了她脖子。

鲜血飞溅到我脸上，让我一阵恶心。

"当当"的敲击声中，虞太姬被拖了下去。

我心下悚然，这人竟毫不犹豫地将虞太姬杀死，可见只是利用她带我出宫，其真正的目的绝不简单。

"你是什么人？目的为何？"我朝那黑暗处看去。

又是"当当"两声，那蒙面人走上前来，将我双眼缚住了。那股异香再次飘过鼻间，又令我的神志模糊起来。

恍惚之间，我感觉锋利冰冷的刀刃掠过我的胸口皮肤，向下慢慢游走，来到我的膝盖处，接着，髌骨袭来一阵剧痛，是刀尖往里剜来，将骨肉割裂开来，发出细微的声响。

我痛呼一声，一下子昏死过去。

"皇叔，皇叔？"

昏昏沉沉地，有熟悉的声音在唤。

"萧独？"我半梦半醒地抬起眼皮，眼前却是一片冰冷的墙。我这才意识到，我在危难之时，最信任的人，竟然是那个狼崽子。

膝盖处阵阵作痛，我低下头，映入眼帘的是一片触目惊心之景。我的双膝被纯白的棉布裹了一圈，斑驳血迹渗透出来，像盛开了几朵艳丽的红梅。

我坐在一张椅子上，上半身被束缚在椅背上，连脖子也难以动弹。我头晕目眩，咬牙挣扎几下，听见身下发出"嘎吱嘎吱"的响声。

是木轮与地面摩擦发出来的那种声音。

这是一张轮椅。

"当当"，清脆的敲击声从我身后传来。

"主子说，让你不要乱动，否则腿会出血得更加厉害。"

"萧煜，既然都敢对朕下手了……何必藏头露尾。"我虚弱地哼笑一下，"怎么样，以牙还牙的滋味，是不是很好？"

软靴踩过地面，像一只山猫穿过密林，缓缓接近了我身后。烛火中，他的影子俯下身来，双手拢住了我的肩。

"皇叔既然认出我了，那我也不必装下去了。"

我一动不动，面无表情："你的腿，什么时候好的？"

"刚才。"他轻笑了一下，"多亏了皇叔的血。"

我闭上眼睛，心沉沉坠进了深渊。

我当真是翡炎的儿子，伏羲后裔吗？

"你……对我的腿做了什么？"

"两边髌骨各捅一刀，韧带尽断，皇叔怕是以后，都走不了路了。"

手指攥成拳头，指甲扎进肉里，我忍痛大笑："好，好，够狠。是朕疏忽了，当年就该让你摔死。自作自受，朕认了。"

萧煜凝视着我，细长的眸子像淬毒的利刃，闪烁着致命的光。

"皇叔这般弱不禁风，坐轮椅比坐在龙椅上要适合得多。"

我冷声问："这是何地？你想要如何？把我一直困这儿？"

"一个谁也找不着的地方。宫人们都知晓你去找翡炎了，并且与他一道上了山顶，进了只有天子能踏足的摘星阁，要在上头静养一段时日，萧独没法去确认你在不在……更没法来救你。"

"你困我一日尚可，若是十天半月，你当他不会起疑？"

"当然会，"萧煜道，"所以我要皇叔让他别起疑。"他握住我一只手，"皇叔不是前几日下了口诏，让他去北境诱降乌顿？如今乌顿主力已被萧默与白延之拖住，还有一万精骑却直奔京畿腹地而来，皇叔还不下诏让萧独去迎敌，要等到何时？"

我牙关紧咬："朕是天子，轮得到你来催促？"

"轮不轮得到，确实不好说。"萧煜将一卷绢帛放在我腿上，徐徐展开，"皇叔，我若将这个东西公之于众，你说会怎么样？"

我怔住，那帛书上竟是父皇留下的手诏，那苍劲有力的字迹是他的，是他亲笔写的，落款处盖着一个清楚的玺印。

上面这一字一句的意思，分明是说，我萧翎非萧家子嗣，乃我母亲与他人私情留下的孽种，为了不断送萧氏皇朝，应斩草除根，以绝后患，赐鸩酒一杯。这是，要我死。

父皇怎么会如此对我？

我双手微微发抖："你从哪里得来的？朕，从未见过。"

"它就保存在大学士杨谨手上，后来，杨谨被我父皇盯上，为了保全家性命，他就把这个交给了父皇，父皇一直舍不得用罢了。"萧煜将手诏卷起，"现在我父皇死了，这东西总算可以物尽其用了。皇叔……您若听我的，就可继续做天子，如若不然，您只能背负着丑闻了却一生。"

我面无表情，心知只能暂且顺从他："你想如何？"

"我要你正式下诏，命萧独即刻启程，前往北境，不得延误。再写一封亲笔信，告诉他，待他大胜归来，方可相见。"

浓重的不祥从心底漫上，我晒道："你岂会容他大胜归来？"

"还是皇叔聪明。我又不是傻子，当然不会。"萧煜呵呵一笑，"但，要捅他背后一刀，不还得让皇叔亲自开口才行？"

话都说到这份儿上，再明白不过。

萧煜是想让我遣同行之人，在路上伺机对萧独下手。

想到此，我竟然心中绞痛，感到有些不忍。狠狠心，才从嘴里挤出几个字："拿笔来。"

一字一字写完诏书，我又提笔写给萧独的信，笔尖悬于纸面上良久，却连第一字都不知如何写。

这封信一经送出，也许便是永别，我写得愈多，只怕他到时会愈心寒，又何必多言。

彷徨良久，我只在纸上写下一句：

汝之献礼，朕收下了。

才写几字，掌心已沁出一层汗液，好似这笔重有千金。

一诺千金。

又写：

见字如人，外敌来袭，刻不容缓，盼汝凯旋。

目不转睛地看着我写完，萧煜不阴不阳地笑了一下："皇叔，该不会对这小杂种心有不忍吧？"

我不答，将信折起，见腿上落了些方才被萧煜削下的断发，便捡了一缕，又取下腕上用来辟邪的玛瑙手珠，一并附到信中，递给了萧煜。

冷眼看他将信与手诏接过，我眯起双眼道："让朕写这些并非难事，你如何证明是朕的意思？萧独是摄政王，你当他那么好骗？"

"这些，我自然早就料到了。"萧煜笑了笑，将一物搁在我手背上，冰冷的玺印贴上皮肤，寒意彻骨。

玉玺分明被保管在御书房内的多宝阁中，那附近定有萧独的暗卫在监视，他是如何拿到手而没有惊动萧独的？

莫不是假的？

我夺过玉玺，细细查看一番，只见玉玺的玉质通透澄明，内有一缕龙形沁血纹路，底部"受命于天，既寿永昌"八个大字，亦是由精细绝伦的阴阳刻结合雕成，看不出一丝伪造的痕迹。

难道，在御书房中的那个玉玺才是假的？

看出我的疑惑，萧煜将玉玺拿过，压了印泥，在诏书上盖下："很意外吧，皇叔？这玉玺会在我手上，都是父皇的意思。我是皇长子，出生时天降吉兆，又天生鸾目，有帝王之相，父皇最想立的太子是我。即便我残了，他也不曾改变初衷。都因萧独那小杂种锋芒太盛，父皇为保护我，才立他为太子，表面上对我不闻不问，暗中却对我倍加关照。北巡之前，他将真玉玺交给身边的一位亲信，交代他万一朝中生变，便保我上位。皇叔……这几年，您不只轻看了萧独，更轻看了我。"

我牙关一紧。我自然知晓萧煜是个隐患，只是考虑到留着他能制衡萧独的权力，故而未立刻对他加以控制，想待到局势稳定再做打算，没料，他竟早已掌握了我的命脉。

我前几日在朝会上下了口诏，如今再下手诏，萧独便不得不去。

危及皇城的危机迫在眉睫，亦比我一人安危重要。萧煜这小子，我得与他慢慢周旋，先应了他便是。

萧煜收好信放进信筒，又递给我另一张纸："还有一封，皇叔，知晓是给谁的，该如何写吧？"

我冷冷看着他，手指紧了一紧，提笔写下寥寥数语，末尾三字一笔一画，写得极慢，笔尖游走，直如刀刻，力透纸背。

杀，无，赦。

最后一捺写完，我的手禁不住发颤，心头忽地一热，一口血味涌了上来。我强咽下去，待听见萧煜脚步声远去，才猛地咳出一大口血来。

我分不清这是傀儡蛊所致，还是因急火攻心。

整整三日，我被萧煜困在这石室中，萧独大抵是以为我真躲在摘星阁不见他，以此逼他速去速归。他便按照我的旨意，在御林军中挑选了三千精锐骑兵，与楼沧一并启程。

他启程这日，萧煜总算肯放我出去。我未送萧独出城，只在高高的摘星阁上目送他远去。

他一身黑甲红缨，绣着日冕的玄色披风在身后飞舞，朝头顶高悬的烈日射出一箭，鸣镝声响彻云霄，震天动地，像传说中能射下九曜的英雄后羿。

城门缓缓开启，浩浩荡荡的铁骑犹如潮水般随他涌出城外，盔甲兵戈在日光下闪着耀目的光芒，却刺得我双目生疼。

"白厉，傀儡蛊如何解，你可查到了？"我低声问身边的白厉。

"是。臣这几日探查坊间，询问四方医者药师，终于寻到傀儡蛊的记载。"白厉从袖间取出一个陈旧的羊皮卷轴，递到我眼下。我急忙接过展开，垂眸细瞧。

傀儡蛊的描述，果然与萧煜与我说的大致无异，可看至解法，一串蝇头小字却引起了我的注意。

……此蛊本为害人之物，若善加利用，亦可救人，可为中毒重病之人续命。若下蛊者将蛊母引入体内，常以血饲中蛊者，则中蛊者可获取蛊主血气寿元……

我心下大震，忽而想明白了什么，手中卷轴滚落在地。

傀儡蛊本是蛊主用来操纵中蛊之人的巫蛊之术，可那小子从未用它来加害于我……一次也不曾有。

那么，他对我下蛊的用意，是……

用他的寿元血气，替我这病入膏肓之人续命。

难怪，难怪！

我猛然抬头，朝城门看去，见他行出城门，下了马，朝皇宫的方向单膝跪下，抬头望向我。

"快，扶朕起来。"心口一跳，我厉声吩咐身旁的白异。

"不可，皇上，你的腿，尚不能行走！"

我扶住身前的护栏，凭着双臂的力气倚靠上去，白异慌忙抓住我的胳膊，怕我一失足栽下去。护栏挡住我的下半身躯，如此，萧独便看不见我坐着轮椅，却能看见我在这儿。

他朝我揖拜，喊了一句什么，继而声声呼喊震天动地。

吾皇万岁万岁万万岁！

烈风吹过脸颊，拂去了我眼里欲坠的怆然。

"白厉，你跟去，为朕保他周全。"

白厉双膝跪地："恕臣难以从命。如今宫中凶险万分，臣若走了，皇上当怎么办？白衣卫已为他半数出动，臣再一走……"

我将他打断："朕自有应对之策。你当朕会束手就擒？"

"可是……"

"朕说让你去，你便去！"

"臣，"他咬咬牙，重重磕头，额上血流如注，"臣之责，在保护皇上周全，不为他人！因臣疏忽大意，擅离职守，未能及时找到皇上，才致皇上受此重伤……若在臣离宫期间，皇上再出事，臣……万死难辞！臣不能走！"

双臂发抖，我跌坐回轮椅上，喘了口气，指着下面。

"你不跟去，就跳下去自己了断吧。"

白厉跪着不动，抬手抹去面上鲜血，眼神坚毅似刃。

"臣为皇上生，为皇上死，皇上活着，臣就不能死。"

我冷冷道："那你有没有听过君要臣死，臣不得不死？朕命你去护他周全，你若不去，朕便将你赐死，你可敢抗旨不遵？"

白厉嘴唇颤了颤，终是站了起来，握剑的手指骨发白。

"臣，宁死不从。"

"你！"我捏住轮椅扶手，想踹他，双膝袭来的剧痛才令我想起我已成了一个残疾。

冷汗从额上滴落下来，白异用帕子替我小心擦去，亦跪将下来，颤声道："皇上莫要逼臣了，厉儿是羽夫人亲选的暗卫，为羽夫人和皇上毕生效命，是立过重誓的。若皇上性命有虞，羽夫人若泉下有知，哪里能瞑目！"

我气得眼前发黑，还想再说些什么，却骤然失去了气力。

这日之后，我因风寒未愈，又受重伤，一病不起。昼夜交替，日月升落，不知过了多少时日，我才从鬼门关转悠回来。

天昏地暗间，我被一阵响动惊醒，睁眼只见遮天蔽日的帷帐随风拂动，月光下，一抹瘦长的鬼魅朝我飘来。

我恍惚以为那是萧澜的鬼魂，摸索出枕下短刃。

呼地一下，一缕烛光亮起，照出来人胸前一片玄底黑金的蟒纹。

"独儿？"我一惊，昏昏沉沉地伸出手去，手腕被一把擒住，被尖锐的指甲扎得生疼。我清醒几分，看清了那烛光中的脸。

"他回不来了，皇叔。"萧煜笑着，将一个信筒塞进我手中，"三日之前便传来消息，那小杂种成功诱降魑族叛将乌顿，收服魑族残兵三千，却竟纵容乌顿辱骂行军司马楼沧，甚至与魑族战俘在营地摔跤比武，引得军中哗变。为防萧独叛变，举兵入侵皇城，楼沧奉皇叔旨意，将萧独及魑族战俘一并逼进鹰嘴关，放箭杀之。萧独与两千魑族战俘，尽死。"

我头晕目眩，颤抖着手打开信筒，展开里面的军报。

寥寥数行，字并不多，那画却画得甚为翔实，让我想不懂都不行。

那狭窄的鹰嘴关内，火光漫天，黑烟滚滚，箭雨如织，尸首遍地，血流成河。那画中有一个黑甲红缨的背影，披风上燃着一团火，背上插着三四支利箭。他一只手举着刀，正回眸看着身后，记录军情之人并未画出他的脸，我却感到那目光如利剑一般穿透了纸面，径直捅在了我的心口——

楼沧不敢谎报军情，这是杀头的大罪。

这一幕绝非伪造。

一股腥甜的热流涌上喉头，几滴血落在画中的萧独身上。

我伸手抹了抹，却越抹越脏，他一下融在火光里，看不清了。

"好，甚好，替朕除了一个心腹大患。"我咽下满口腥热，拊掌而笑，喉头里却只发出浓重的喘气声，像只野兽在我的体内嘶鸣。

萧煜从怀里取出帕子，替我拭去唇角溢出的血。

我虚弱地卧下去，无心管他要做什么。

萧煜替我拭净了血，便将被毯拉了上来，垂眸微笑："如此喜讯，我实在迫不及待告诉皇叔，故而深夜前来，惊扰到皇叔了。皇叔大病未愈，先好好歇息……我改日再来探望。宫里的湖都已经结冰了，等皇叔好了，春祭上我耍冰嬉给您看。"

我阖上眼皮："跪安吧。"

他看着我的脸，像看一尊没有生命的雕塑。

烛火甫灭，黑暗重新占领了我的视线，脚步声渐渐远去了。

偌大的寝宫里一片死寂，一丝声音也没有，像个巨大的坟冢。我明明未有子嗣，手足尽散，却第一次尝到了痛失血脉相连之人的悲伤。从此，长夜无尽，孤寂永随。

寡人，寡人也。

我浑浑噩噩地睡了一会儿，又睁开了眼。

我不相信这狼崽子就会这么死了，他那么骁勇，那么聪明，怎么会就这么死了？我派去的白衣卫呢，没有帮他吗？

"白厉，白厉！"我咳嗽着，嘶吼出声来。

"哗啦"一声，一个人翻窗而入，来到榻边。

"朕昏迷了多少日？"

"回皇上……整整一个半月。"

我撑起身子："这些时日，你可有收到什么来讯？"

白厉沉默不语，侧脸映着月光，冷峻如山，只有颌骨动了动。

我扬手扇他一耳光："如实禀告，不得欺瞒！"

"因情势突然，白衣卫无法跟进鹰嘴关救人，楼沧率兵走后，白衣卫进关搜寻，发现一具尸首，身中二十九箭，已被烧得面目全非，但身着……摄政王的盔甲，手上戴着这个。"

白厉举起双手，将一物呈到我眼皮底下。

月色下碧绿的猫眼石光华流转，似萧独的眼。

第二十章　亲征

我怔忡地将那猫眼石扳指拿起来，攥进手心，像当日在他鼓励下攥住那弓箭一般地用力，可我的手抖得比那时更厉害，像被一股巨大的力量击倒了榻上。

我阖上了双眼，听见细微的响动从心口传来，像坚冰裂开了一道罅隙。

那罅隙迅速蔓延开来，塌陷成一个巨大的窟窿。

我想起萧独曾问我的那句话，想起他问我时那种执拗的神态。

他问我，我到底能不能全心信赖他。

我如今知晓了答案，可他却不在了。

我剧烈地咳嗽起来，肺腑发出阵阵浊音。

"皇上，皇上要保重身子，节哀。"白厉在我耳畔紧张地低唤，仿佛我要死了。

"放心，朕死不了。"我笑了笑，虚弱地回答。

我当然不能倒下，我是皇帝，我需得心顾天下。萧煜还活着，我就不能死，我不能由他为所欲为，把我再次从帝台上推下去。

"皇上，并非只有噩耗，还有喜讯，白衣卫从乌顿手中救出了随行的安宁公主、皇后乌伽，还有白辰。"

我强撑精神："萧澜呢？他是不是真死了？"

白厉摇了摇头："下落不明，生死未卜。"

210

"好，公主和皇后，她们会成为朕日后翻盘的重要棋子。"我咳了几下，深吸了一口气，"朕昏迷期间，朝中情况如何？"

"煜亲王把持大权，说是经皇上授意，玉玺在他手上。"

"好，且容他得意一阵，朕自会收拾他。你去将尚方宝剑交给李修，通知白延之，让他派人将公主接去他的封地冀州严加看守，并以护送皇后回京为由，带兵前来。对了，翡炎呢？"

"还在摘星阁，他听闻皇上重病，在摘星阁设坛求神。"

我心想，如此也好，他待在摘星阁，可以暂时避开萧煜。

"待办完事，你去趟摘星阁，求些他的心头血带给朕。"

白厉点了点头，站起了身："臣，待皇上睡着就去。"

这话似曾相识，我恍恍惚惚地睁开眼，朝他看去，见他正弯腰，摘了灯罩，要吹灭烛火，情不自禁道："留着。"

白厉停住手，拾起一枚灯匙，加了些鲸油进去。

"白厉，你说，那小子会不会恨朕？他的魂魄，愿意回来吗？他死在千里之外，看得见，朕这个皇叔为他留着一盏灯吗？"

他手一颤，朝我看来，有些怔忡，似乎在吃惊我会说这种话。

我笑了一下："让你见笑了。"

"臣不敢。"他又低下头，欲言又止。

"白厉。"

"臣在。"

"你可有什么心愿，可有想要守护之人？"

"臣愿守护皇上……"

"朕是在问你所想，白厉，不是问你的职责。"我如此问道，心中却嘲，若脱下这重重盔壳，作为萧翎，我近乎是一无所有。

可悲也。

白厉凝视着灯火："那自然是，纵横四海，浪迹天涯，若得遇一人，既为对手，又是知己，相知相惜，快意人生。"

我知晓，他说的应当是乌沙。二人棋逢对手，虽各为其主，可数次交锋，把酒言欢，何况乌沙还对他有救命之恩，他应是早已将乌沙视为了挚友，甚至知己。人生得一知己，实在不易。只是可惜，不知乌沙是不是已随他的主人一起，葬身火海，尸骨无存了。

我长叹了口气，便精疲力竭，沉沉睡去。半梦半醒间，耳畔似乎传来沉重的脚步声，近在咫尺，我又嗅到那熟悉的麝香味，迷迷糊糊地起身摸去，却什么也没有摸到。那声，那味，一瞬间便消散了，我意识到这只是虚幻的梦魇，却不想睁眼。

但醉不醒的滋味，想必便是如此。

"独儿，你回来了？"

"皇叔？"一个熟悉的声音笑道。

我倏然睁开了眼睛。

什么也没有。

身旁空荡荡的，只有从帘帐缝隙漏进来的一缕烛光。

我抬眼看去，烛火已是苟延残喘，忽明忽灭，眼看就要灭了。我一下便慌了神，爬到榻边伸手去添油，却滚到了地上。

我痛得动弹不得，眼睁睁地看着那烛火闪了闪，灭了。

那小子定是恨我了，不愿回来。

我闭上眼，躺在冰冷的地上，眼前模糊一片。

深冬了，外面那么冷，你一定也很冷吧。

门"嘎吱"一声，凌乱的脚步声接近："皇上，皇上，躺在这里做什么？快快，把皇上扶起来，别碰着腿！"

我被扶回榻上，烛火被重新点亮，我却一夜无眠直至天亮。

不知今夕是何夕，窗外下了雪。借着熹微的天光，远远可看见那片冰湖，白茫茫的一片，十六岁的萧独曾从上面走过。我望着那儿失了神，听见辰时的钟声才如梦初醒。

是该上早朝了。

可我如此病态，如何能让朝中众臣看见？难道要让他们看着我坐轮椅进出大殿？白厉怎么还没将翡炎的心头血取来？

正想喊他，便听外头有人通报有人求见，不巧正是翡炎。

我不想面对他，更不想承认他是我的生父，不想承认我的母妃竟与他有私情，而我是一个不为萧氏皇室所容的存在。

翡炎自也不敢让我认他做父，他来只是为了告诉我，他的心头血治不了我的腿。翡氏一族的血可治他人，却对自己的族人无效，实在是天大的笑话，可这偏偏就是事实。

而我不能容自己成为一个笑话，受萧煜的摆布。

我问翡炎，他是否请到了神，获得了什么启示。

翡炎告诉我，神不曾请到，却在天坛上看见荧惑在心宿边徘徊不去，是为荧惑守心，是大凶之兆。自古以来，此星便象征着帝王有灾。

此兆虽是凶兆，来得却很及时。

按照常理，我身为皇帝，需将这灾祸转嫁给一人。这一人，没有谁比身为辅国公的萧煜更加合适的了。

这日，我坐着轿辇上朝，谎称登山去摘星阁时失足摔伤，命翡炎在殿前设坛，大肆宣扬荧惑守心之事，闹得满朝皆知，当日便传遍了冕京。

为了平抚天怒，我大赦天下，放了至今关在刑寺的几位大臣，却暗中派白衣卫控制了他们的家人。这几位原本受越太尉牵制、与萧煜走得近的大臣感激涕零，向刑部联合"指控"辅国公萧煜在府中仿造玉玺，藏于新修的神庙之中，恐有谋反之心。

我遣大司宪李修带尚方宝剑去萧煜府中搜查，自然"搜"出了假玉玺——原本被萧澜调换、该放在我的御书房里的那个。

如此一来，萧煜手中的诏书，就一并成了假的，无人会信。

他被擒时果然拿出了那诏书，想要与我玉石俱焚。

可诏书上的玺印，难辨真假，他这也是聪明反被聪明误。

萧煜没料到我会用以假乱真这一招，措手不及，最终落败。他终究还是年轻，不敌我的欲擒故纵，不敌我的帝王之怒。

尚方宝剑给予了李修斩杀逆臣的职权，连越太尉与俪妃也没法救萧煜，我恩威并施，未命李修将他就地正法，而是派人赐了他"好酒"。

——即是赐死，命他替我受这荧惑之灾。

替帝王而死，比谋逆之罪要荣耀得多。

如此合情合理，满朝上下，无人敢上奏求情。

萧煜饮下鸩酒的时候，我就坐在龙椅上看着。他身着白袍，头发披散，脸上再也没了皇长子的傲气，仰脖将酒一口饮下，一双细长的弯目死死地盯着我，嘴角渐渐渗出黑色的血来。

"父皇果然说得没错，他说皇叔是关不住的鸟儿……需得折其羽翅，扼住咽喉，才能成为一只笼中雀。"

我冷冷垂眸，笑了："你终归是个贪玩的孩子，可惜这朝堂不是你的冰场，滑错一步，就是要摔断双足，万劫不复的。"

萧煜大笑起来，笑声响彻大殿，竟甚为凄怆。

我才想起，他刚过弱冠，还未纳妃，就要死了。

萧煜站起身，脚步踉跄地朝我走来，眼神开始涣散了。他从腰间摸出一根细长的人骨笛，搁到唇边，吹奏起来。

笛音如泣如诉，像鸟儿的悲鸣。

一曲未毕，他便已倒在了龙墀之下，笛子骨碌碌地滚到一边。

"那一年，在冰湖上，皇叔教我滑冰的时候，我真的很快乐。"

我闭上眼，待听见他呼吸停止，才挥了挥手："拖下去吧。"

萧煜死的这日，白延之送皇后乌伽进宫，白家军驻守皇宫内外，护我周全。我依照礼制迎乌伽入主中宫，依旧奉为皇后，以安定魑族王庭，暂保太平。

之后，我便以萧煜为缺口，将越党势力连根撬起，贬太尉越渊为昔州刺史，罚守边关，将越渊之女、萧煜之母俪妃与他一并远逐。命白辰顶替太尉之职，兼任司徒、内阁首辅，升李修为辅国公、刑部尚书。又重赏此次立功的萧默，同时削弱他的兵权，赐李修之女予他成婚，并在冕京为他与萧璟分设王府与公主府。

一切整顿完后，萧独的尸身也送来了。

我在灵柩里见到了他。确如白厉所言，面目全非。

那样高大健壮的一个人，被烧得近乎只剩一把焦黑的枯骨，一只手却紧紧蜷缩成拳，放在胸前，不知是攥着什么。

我伸手去掰，纹丝不动，我狠下心拔下头上玉簪来撬，将他两根手指撬开一条缝隙，才窥见他攥握在手心里的东西。

那是一个被烧熔了的琥珀珠子，像一滴染血的泪。

只一瞬间，我感到天旋地转，险些倒进灵柩里。

我不曾见这桀骜不驯的狼崽子哭过。在腹背受敌、葬身大火的时候，他有没有流泪？他是不是以为我骗了他，含恨而死？

我脱下身穿的祭天袍，将它盖在萧独的身上。

宫人们惊于我授一个叛国之人如此殊荣，既赐龙袍随葬，又将他秘密送入帝陵，他们不知，我赐萧独的，是皇帝的待遇。

从地宫出来，我便去了御书房，想收拾一些萧独的画放入帝陵，却在多宝阁中翻到了那卷《天枢》。他已经将它修补完了，在背面竟还添了不少字，密密麻麻的，全是他的建议设想。

虽有些不成熟之处，却是大胆创新之举，值得一试。

我细细看完，目光落在末尾处一串朱砂写的小字上。

龙袍加身，重临帝位。

我伸手朝那字迹抚去，眼中徘徊多日的一滴泪，终于落下。

永翎二年春，萧独下葬了。

在人们看来，这场葬礼正适合一个叛国罪臣。

草席一掩，暴尸荒野，野兽分食。

他们不知，他躺在帝陵中，我的位置上。

年末，我改年号为乾封，举行祭天大典，成为萧氏王朝里唯一封神的皇帝，受命于天，至高无上，既为天子，亦为神明。

经过一番整顿，朝中局势渐趋平稳。

萧独设立的拱卫司大大提升了我执政的效率，我的耳目爪牙自此遍及朝野，上下贯通，权力逐渐集聚于我一人之手。

此后三年，冕国欣欣向荣，太平盛世。

可这三年，西域却是动荡不安。

魆国内斗不休，三位王子互相争锋，王庭一分为三，把持大权的王后失势，大战一触即发之际，却是一位不具王储资格的亲王把控了朝政，登基为王，称乌绝王。

这乌绝王人如其名，手段狠绝，一上台便将大王子处死，其他两位王子则远逐边陲，明奉王后为太后，实则将其软禁。稳住内部局势后，他便开始向外扩张，短短一年间，就吞并了周边九个西域小国，一统西域的野心，昭然若揭。

若其一统西域，就不会只满足于屈居西域，势必南下威胁冕国。

这三年间，我不曾准许冕、魖二国互通商市，萧独死去的那一年，乌珠便自请回了魖国，仅靠我与乌伽的婚姻所维持的盟约如履薄冰，只要稍加破坏，就会分崩离析。

而这位乌绝王，也并不奉魖国王后的主张行事。

我忙于与白辰推行选官新政，不愿在此时与魖国交恶，便命皇后乌伽送信给乌绝王，想以亲家的名义邀他来做客。

但信被原封退回，一并退回的，还有我送去的黄金与美女，可使者竟被杀死，尸身手中握着一个信筒。信筒里，是一张地图，在冕国的疆域上，赫然印着一个血指印。

这无异于一纸战书。

我立刻命白延之严守北境，未出三日，果然，乌绝王举兵南下，闯入边关，与西北侯白延之交战于冀北。其势如虎狼，用兵奇绝，麾下汇集九国精锐之师，竟打得未有败绩的白延之节节退败。战火从冀州蔓延下来，一路进逼中原腹地。

北境大乱，人心惶惶，皆传这乌绝王凶狠暴虐，是天降魔神，将要吞噬我大冕这轮太阳，从此黑夜无尽，天地无光。

作为皇帝，我不得不拖着一副残体，御驾亲征。

时隔九年，我又坐在白象金辇上，以帝王的身份出征。

又是千日红盛开的时节，满城艳色，竟有些肃杀的意味。

城门徐徐打开，旭日的金辉散落周身，令我一身红色戎装焕发出烈日的光华。我俯视着朝我俯首跪拜的万千臣民，感到无比荣耀，纵使双腿不能站立，亦无损我远诛外敌的雄心。

我举起手中的弓，朝高悬于天的日冕放出一箭，万人响应。

——吾皇万岁万岁万万岁。

声如洪潮，铺天盖地。

我一时有些恍惚，仿佛看见有个一身黑甲的身影跪拜在门前，转瞬便消失了。门外是我的万里江山，辽阔疆土，却再无此人。

秋风凛冽，我高高挥起象鞭，高呼一声，朝城门之外行去。

军情紧急，败报不断，为防乌绝王渡过落日河，闯入中部腹地，我紧急行军，不出十日便抵达了落日河畔。乌绝王尚未杀到，我率先进入河堤上的堡垒之中，指挥大军在此扎营布阵。

这高有数十丈的河堤是中部腹地最重要的壁防，我不仅得竭力将它守住，更要在这里扳回局势，反守为攻。

落日河水势湍急，暗流汹涌，不好强渡，我在河堤上布下箭阵，又分一部分兵力渡河，埋伏在对岸，伺机从魃军后方突袭，将他们逼入河中。

乌绝王来势汹汹，成败在此一战，我万不可掉以轻心。

这夜，我辗转难眠。营帐并不保暖，双膝旧伤所致的风湿发作起来，让我疼痛难忍，饶是放了脚炉在毛毯里也不能缓解，想到大战在即，我索性召了李修与白厉二人进来讨论战局。

才与二人说上几句，便听外头传来警报的号角。

"魃军来了！"

白厉掀开营帐，我眺望对岸，见火光在山野间若隐若现，忙命人替我穿上盔甲，扶我到堡垒之上。

火光渐渐蔓延四散，黑压压的魃人大军如蝗虫一般袭来，却在河岸百米开外停下，列成盾阵，似乎并不急于进攻。那军阵之中有一辆巨大的刀轮战车，上方坐着一个高大人影，我猜，那就是乌绝王。

我吩咐道："把鹰眼取来，朕要看看这乌绝要玩什么把戏。"

鹰眼被递到手中，我眯起眼透过镜筒望去，只见乌绝一身狼皮大氅，身材精壮非凡，脸上掩着一张似妖似魔的黄金面具。他斜靠在车座上，正在抚摸足下一只雪狼的头，给它饲食。那姿态慵懒又狂妄至极，全然不将对岸五万大军放在眼里。

我冷哼一声，心道，粗野魑人，胆敢挑衅。

我挥了挥手，命人将龙椅抬起来，使我能居高临下地俯视他。乌绝亦抬起头来，狰狞的黄金面具映着火光，像是在笑，满含轻蔑与戏谑的笑。

我心下甚为不快，拔过身旁的冕帜，掷臂一挥。

震天动地的喊声中，乌绝悠然站起身来，足下雪狼抖了抖毛随他站起，仰天长嗥起来。霎时狼嗥四起，甚是骇人。

乌绝一脚踏上车头，战车前顿时弹起一只巨大机弩，机弩上的三支箭矢足有人腿粗细，寒光毕露，对准了河堤上的堡垒。

我心中一惊，知晓要抢占先机，当下厉喝："放箭！"

漫天箭雨朝魑族大军扑去，只见他们立时举盾挡之。倏地一下破风之声，那三支巨箭迎面射来，正中我军堡垒顶部，尾部竟坠着三根奇粗的锁链，俨然形成了一道索桥。

我抬眼一看，便见乌绝手持一把黑金长刀，跳上那雪狼，穿越密密箭雨，直逼而来。一队骑兵紧随其后，冲到索桥之前，前赴后继地持盾扑上，以身铺桥。雪狼载着乌绝一跃而起，如化作一道闪电穿云破雾般，一下跃上了堡垒顶部。

无人料他会单枪匹马地杀过来，猝不及防间，乌绝便逼到跟前，白厉将我从龙椅上一把抱起，急退几步。

"放箭！"我拉紧白厉，高声下令。

倏然数声，万箭齐发，将乌绝身影笼罩其中。只见刀光飞舞，断箭四溅，他举刀如持伞，似信步闲庭，又步步紧逼。

这乌绝，是想直接擒了我这王，控制大军。

他的身后，无数魑军正在越过索桥，被箭击落一批，便又补上一批，飞蝗一般气势汹汹，这道防线眼看便要被突破。

第二十一章 乌绝

但我无论如何也要将它保住。

白厉将我抱上象辇，飞身而下，骑马迎上乌绝，与我的左骁卫将军左右夹击他。我急退入身后军阵之中，吹响号角，命对岸伏兵行动，将魖军逼入河中。

霎时，对岸杀声震天。倏然几声，又是数道索箭扎入堤壁，虽有部分魖军被逼入河中，亦有无数人爬上了索桥。魖人身手的优势在此刻全然显现出来，饶是火矢竟也难以阻止他们。这些魖人好像不仅刀枪不入，也不惧水火，掉进湍急的河水中还能一鼓作气游到岸边。

如果要正面交锋，不知会是多么惨烈的一场恶仗。

不能让他们过来。

我见那索箭尖端穿透堤壁便牢牢卡住，数十人围着又撬又凿，亦纹丝不动，知晓要么舍弃堤壁，要么容这些魖人杀过来。正犹豫之际，只见一蓝衣人骑马行来，正是越渊的二公子越夜。

当初白辰将他收为学生后，向我举荐了他，我又惜才，便将他留在朝中，委任了兵部侍郎一职。三年来他为报白辰知遇及教导之恩，一直尽忠职守，深得我心，此次出征，我便命他担任行军司马，为我出谋划策。

越夜行至我跟前，举臂揖拜，双目炯炯，道："皇上，臣有一良策，眼下情况紧急，来不及细说，请皇上容臣立刻行动！"

"去，朕信你！"

"是！"

越夜纵马冲向河堤，指挥数人运来火油，我立时知晓了他要做什么。只见他一声令下，几桶火油齐齐倾倒向索桥。

对岸低于河堤，索桥亦是自下而上，刹那之间，数道火龙自上而下窜向对岸，烧得索桥上的魈人惨叫连连，纷纷落入河中，又将正在渡河的魈人砸死大片，转瞬烧成一片火海。

我拊掌而笑，对下方的白辰道："辰卿，画下来没有？回去朕要重重赏他。"

"皇上请看。"白辰仰起头，将手中画卷展开。

那漫天火海之景，一霎跃入眼帘，画中不止有临堤而立的越夜，还有正与白厉、楼沧交锋的乌绝。他在火光中厮杀的身影，不知怎么竟让我心头一悸，一如当年看着萧独赴死。

我朝乌绝望去，见他且战且勇，楼沧和白厉虽左右夹击，亦有不敌之势。独余那堡垒上一根索桥未着火，但数百魈军却已过桥，守住了堡垒容后来者跟上。

其中一人跳下堡垒，手中寒光一闪，径直朝白厉袭去，顷刻之间，马头齐颈而断，白厉摔下马去，就地一滚，立时与那飞身扑来之人厮杀起来。

我举起鹰眼看去，见那人手持一柄圆月弯刀，刀法出神入化，与白厉精湛优美的飞雪剑法不相上下，甚至略胜一筹。

虽看不清那人面目，我却已看出此人是谁了——竟是乌沙。

他竟侥幸活了下来，想必因为主子的死，恨极了我吧。

只见他刀法凌厉至极，如鹰击长空，将白厉逼得剑势不稳，步法亦有些紊乱，渐落下风。又见乌绝踩着狼背纵身跃起，旋身一刀，便将楼沧手中长枪斩成两截，将他击落下马。

我心中大惊，攥紧了手中象鞭，当下命越夜与萧默前去迎击乌绝，同时变换阵法，将侵入河堤的魈军团团包围。

为振士气，我掷臂高呼："杀！决不可容魈人踏入我冕国腹地！杀敌一百者，赏黄金百两，杀敌一千者，封官加爵！"

包围圈寸寸缩小，无数长矛朝河堤处的魕人步步逼近。

几百魕人对上五万大军，无异于螳臂当车。我眯起双眼，想看那包围圈中以一敌百的乌绝到底能撑到什么时候，却听后方传来一阵骚乱，惨叫连连。

我回头望去，竟见身后密林深处窜出数百只雪狼，朝疏于防守的军阵后方冲来。

战马纷纷受惊尥蹄，四散奔逃，瞬息之间，紧密如墙的军阵便已溃出一个巨大缺口，数十只雪狼径直朝我包抄过来。

"皇上小心！"

"快！扶朕下去！"

我话音未落，身下白象扬起长鼻，嘶鸣一声，突然横冲直撞起来。前方骑兵猝不及防，或被撞得摔飞出去，或被踩在巨足之下，一时间军阵大乱，血肉飞溅。

我抓紧缰绳，厉喝不止，亦制止不了这堪比小山的战象。数只雪狼在身后穷追不舍，我挥舞象鞭左右驱赶。

这三年我勤练臂力，鞭势又准又狠，将几只雪狼打得头骨迸裂，滚进象足之下。眼看象就要撞进包围圈中，我瞅准时机便想要往下跳，忽听背后风声乍起，一声厉嗥从背后传来，吓得我肝胆欲裂。

回过头去，只见一只炉鼎大小的狼头朝着我的脸，獠牙距我的脖子近在咫尺，腥热的呼吸如猎猎狂风灌进我的衣领。

我瘫软在车榻上，一瞬间只觉自己死期将至，脑中一片空白。我瞪大了双眼，雪狼低下头来，一对碧绿的狼瞳盯住了我。

它看着我的眼神，竟像极了萧独。

这一定是错觉，我临死前想起他而产生的错觉。

我闭上双眼，只求它一口咬断我的咽喉，别让我的死相太过难看，却觉它在我的颈间嗅了一圈，獠牙贴着我的颊边滑过，伸出舌头舔了舔我覆盖着盔甲的胸膛，似觉得不好下口，巨大的狼爪便按了上来，一下便刨开了我的一片胸甲。

它是想活吃了我。

我咬牙等待着开膛破肚的剧痛，却觉衣衫被撕扯开来，颈子上一松，那颗被我随身带着的猫眼石扳指滚到了一边。

我睁开眼，伸手将它攥在手里，一眼便见那狼盯着我的手看。

我心念一闪，想它也许是被这颗东西所吸引，便提起系着扳指的绳子，在它眼前晃了一晃，用逗小犬的方法逗它。

"起来，你起来，我就把这给你，否则我就把它扔了！"

说罢，我作势要扔，只见狼瞳凶光毕露，呜呜嘶鸣，发起怒来。我顿觉不妙，扬手虚晃一下，拔出腰间佩剑，只见它猛然张嘴，继而我腰间一紧，被巨大的狼嘴拦腰一口咬住。

利齿穿透我的盔甲，我以为自己死到临头，可身子一轻，我惊愕睁眼，眼前天旋地转，耳畔风声猎猎——这雪狼竟叼着我狂奔起来，继而腾空跃起，跳到那堡垒之上。

狼嘴一松，我头顶掠过一道劲风，头盔掉了下来，一把大刀横在我咽喉处。

我抬头看去，眼前是一个年轻的魈国将领，竟是个姑娘，一对碧眸闪闪发亮，只是瞳色比萧独要浅些，耳坠金环，应也是魈国的王室成员。

她低头看着我，饶有兴味地笑了，威胁道："撤军！否则我杀了你们的皇帝，扔去喂狼！"

冷汗从额上淌下，我挥了挥手："撤！"

兵戈之声戛然而止，包围圈四散开来，露出满地尸骸血肉。

一名魈军兵士竟一刀砍去楼沧的头，抓起他无头的尸首便扔给身后的狼群，霎时楼沧便被撕扯成数片，分食殆尽。

我目睹这血腥的一幕，背脊发凉。

楼沧是军中的主将之一，这么干会摧毁军心的。

"皇上！"

但听一声厉呼，只见白厉被乌沙押着走上堡垒，身躯遍布血淋淋的刀痕，满脸屈辱之色地看着我，双目赤红。

"王，别将他喂狼，我要他，做马奴。"乌沙笑着，一脸胜者的得意。

乌绝跃上堡垒，他浑身浴血，连黄金面具亦被染红了半边，真犹如传说中的地底魔神，身上散发着凛冽而邪性的煞气。

当他站在我的面前时，我才明白为何他会令人闻风丧胆。

他的刀尖放在我的颈侧，轻辱的意味不言而喻。

"舅舅，没想到这冕国的皇帝长得比女人还要俊俏，果然是名不虚传。"那金环少女凑过来，撞了他一下，笑着，"把他赏我做侍奴吧？"

乌绝默然未答，一肘将她猛地顶开，又伸手将我从地上一把拎起，扔到狼背之上绑好，一夹狼腹，径直带我冲向索桥。索桥摇摇晃晃，我头朝下，无力的双脚在空中晃荡，头晕目眩，等到达对岸时，已几欲吐出来，干呕不止。

"乌绝！你，你放朕下来！"

乌绝停了下来，将我扛上肩头，像猎人扛着一只猎物。我听见周围的魑人都在大笑，笑我这个皇帝如此狼狈。

他低喝一声，周围一静，下一刻，我便被扔上战车，放在他足下的兽皮地毯上，如同那匹狼。

他在车榻上大马金刀地坐定，便一扯缰绳，掉转车头，朝他来的方向行去。

他不进反退，令我有些奇怪，但转瞬便反应过来——

他是想将我掳去魑国，这比直接将我杀了更有用处。

活着，总比死了好，我不想做亡国之君，但活着尚有转机。

他抓了我却不继续进攻，说明知晓再往腹地深入尚有难处，想挟持我，逼我答应什么条件，容他们能完全吞并冕国。

我喘了几口气，慢慢缓过神来，抓住他立在战车上的大刀想坐起身。

他却像极其嫌恶我似的，一把拍掉了我的手。

我只好躺着，冷笑起来："你想要怎么样，乌绝王？说吧。"

他低下头，染血的黄金面具冰冷而带着杀伐之气，眼部孔洞间，隐约透出点点碧绿的光晕，像镶嵌在面具上的一对猫眼石。

我情不自禁地想着，面具虽可怖，这个乌绝王应生得不差。

.

第五卷
赤子之心

第二十二章

雪狼

同样生着一对碧眸，都是魑国王族，他会不会跟萧独有些相似？

脑中徘徊着这个念头，我看着他的眼睛竟一时有些失神，见他摘下腰间酒壶递给我，才如梦初醒。

我心想这乌绝倒还懂点礼节，没有虐辱敌国皇帝，便接过酒壶，爽快饮了一口。劲烈的酒液穿肠而过，在肺腑烧了起来，我咳了一下，抹了抹嘴。

"魑人的酒，果然非同一般。"

他没有答话，低哼一声，似是感到不屑。

我心下挫败不甘，不想被他小瞧了去，便接连饮下几大口，将酒壶扔出了车外。不经意瞥见那金环少女骑马追着战车，一双碧眸灼灼地瞧着我，那副神态让我想起了少时的萧独。

她扬手朝我一笑，手中赫然拿着我扔出去的酒壶，一仰脖，张嘴饮下剩下的几滴。我心头一痛，像被一把刀子剐了似的。

三年了，萧独已经成为我心里不为人知的一道疤，时而隐隐作痛。我刻意不想起他，可如今这里到处都是他的影子，让我止不住地去回忆他的样子。

"喂，俊哥儿，你老看着我干什么，莫不是喜欢我？我叫乌歌！"

那金环少女追到近前，笑嘻嘻地要来摸我的脸。

唰地一下，一道黑漆漆的铁板落了下来。

"舅舅，你想压断我的手啊！"乌歌抱怨连连，绕到另一侧去，便见左侧铁板也被放了下来。

我不知这是不是因乌绝还对我怀有几分尊重，抬头看向他，乌绝却不看我，将那黑金大刀横在膝上，细细擦拭起来。

这乌绝王也不是个哑巴，怎么一句话都不说？

我忧心自己与冕国的命运，坐立难安，问道："你要带朕回魑国？想以朕为质，让冕国臣民对你俯首称臣？"

他擦刀的手一凝，点了点头。

我心里一松，他不打算杀我，这是万幸的好事，留得青山在，不怕没柴烧，一时之辱，我也不是没有忍过，权当卧薪尝胆。

"可惜了，乌绝王即便收服了冕国，恐怕也难以治理，且不提冕国与魑国有诸多不同，正所谓鞭长莫及，乌绝王居于北境，还要一统纷争不断的西域，如何顾及中原？不如……"

我的嘴忽被一团破布塞住，血腥味直冲鼻腔。

像是嫌我啰唆，他塞住了我的嘴，低头继续擦刀。

何曾有人敢嫌我啰唆？

我心头火起，想也未想，伸手便去揭他的黄金面具。

他一把擒住了我的手。

他的手戴着黑色的蛇皮手套，袖间若隐若现地露出一抹红，像是一串手珠，盈盈发亮。我心中一动，未待我多瞧一眼，他便立刻将手松开了，像是多触碰我一会儿，就会被弄脏似的。

我冷笑道："乌绝王为何不敢以真面目示人？"

他冷冷瞟我一眼，依旧不语。

莫非他压根就听不懂冕语？

这确实极有可能。

我现在成了俘虏，若是真将他惹恼了，不知他会怎么待我。

想罢，我不再试图与他搭话，索性躺下，闭目养神。

尽管车上颠簸，我又心情沉重，仍是抵不过疲累，我渐渐睡着了。

一觉醒来，我发现自己已不在车中，头顶是厚实的帐篷，身上盖着兽皮毛毯，盔甲已被除下。有些许火光漏进来，外头笑声阵阵。

我撑起身子，将帘帐掀开一角，此时天色已暗，不远处，一群人坐于篝火周围，都是穿金戴银，兽氅高帽，应是地位不低的将领。整个营地的人载歌载舞，正在举行一场欢庆的典礼。

乌绝坐在当中的金椅上，怀里左拥右抱着两个女奴，脚下还跪着一个侍奴为他捶腿。一眼看去，我便觉得其中跪着的那个侍奴有些眼熟，细一打量，发现竟是我从虞太姬宫里救出来的那个小子。

没想到竟会在这里又遇见他。

只是今时今日，我倒成了俘虏。

其中一人注意到我在看，笑着对乌绝说了什么。他朝我招了招手，让我过去，我顿感屈辱，放下帘帐，躺了回去。

忽听窸窸窣窣的一声，一个人钻了进来，将我一把拖了起来。

"俊哥儿，我舅舅叫你去，你就乖乖地去，还当自己是皇帝！我舅舅脾气古怪，小心惹恼了他，有你好受的。"

说着，乌歌不由分说地将我拽起来，我双腿不便，只能容她这么连拖带拽，一路拖到篝火处。拖到乌绝身前，乌歌才松了手。

我站不住脚，顺势跪了下来。

"这软骨头皇帝，倒很听话啊！"

喧哗四起，我只恨自己在萧独死后研习了魅语，全能听懂。

"长得这么俊，起来跳个舞给大王看看！啊！"

我循声看去，目光如刃，刺得那大笑之人愣了一愣，我冷冷道："跳舞？朕在狼牙谷斩杀你们这些魅人之时，你怕是还在玩泥巴吧？"

四周又是一片哄笑："就你这软骨头皇帝？"

"快些！"乌歌催促道，"俊哥儿，大王看着你呢！"

我冷脸不语，任她将我拖起来，像拖着个提线偶人。似觉得扫兴，乌绝漫不经心地挥了挥手，命乌歌将我送回了营帐。

将我放到毯上，乌歌便急切地将我衣摆掀起，在我膝上一按，随之"呀"了一声，露出一脸惋惜之色："你竟然是个残疾？"

因她有几分像萧独，看上去又只有十六七岁，还是个孩子，我也不觉生气，淡然一哂："不错，朕是残疾，怎么，失望了？"

她摇摇头，耳上金环闪烁，笑得肆意："长得俊就行。"

我看着她这颇有些天真的神态，心中一动。

乌绝王是他舅舅，她三番五次冒犯乌绝，乌绝却不怪她，想必挺重视她，这孩子在魃军中地位像也不低，说不定……

跟她套套近乎，能够借她逃走。

方才出去时，我便已留心到了马厩的位置，我虽不能走路，骑马却还可以，待等到半夜，想法子到马厩去。

"你在想什么啊，俊哥儿，不高兴了？"

我蹙了蹙眉，她虽不讨人厌，但一口一个"俊哥儿"终归是听着难受，不知道这孩子若是知道我都算得上她舅爷了，会是什么反应。

"你放心吧，我舅舅虽心狠手辣，但对待别国肯对他俯首称臣的王，都是礼遇有加的，从不滥杀俘虏。你只要表现得谦卑，他就不会为难你，方才是我那几个哥哥不懂事。"她说着，低哼一声，"打仗不怎么样，邀起功来，却很积极。"

我心里一动，这乌氏王族看来内部不和睦。

兴许，可以设法离间他们，让他们起内讧。

我笑道："看来，你与你几个哥哥不是很和睦，朕一个人也闷得很，不如你就别回去了，留在帐里，陪朕喝酒解闷可好？"

乌歌闻言大悦："好，和俊哥儿聊天，可比跟他们待在一起有趣多了。"说着，她便从腰间取下酒壶，喝了一口递给我。

我接过酒壶，顺手摸出藏在腰间的小瓷瓶，这是我常备在身上用以镇痛的曼陀罗汁。腿上风湿发作时，我便舔上一点，十分有效，但不能贪多。若是喝多了，便与服用迷魂散无异，整个人云里雾里，如坠梦中，身体都不受自己控制。

我凝视着她，以袖掩面，假作在饮酒，实则手指动了一动，将曼陀罗汁迅速倒了几滴进去，而后把手臂缓缓放下。

乌歌看得目不转睛，双眼闪闪发亮，道："都说中原人讲究礼仪，果不其然，连饮酒的姿势……都如此优雅。"

"想学吗？朕教你。"我拭了拭唇角，将酒壶递还给她。

乌歌装模作样地学了一番，我假作忍俊不禁，诱哄着她喝下了几口。我加的剂量不多，不至于让她晕厥，但让她神智不清还是绰绰有余的。

几口下肚，乌歌的目光果然有些不聚焦了，笑得愈发开心了，说起话来更是口不择言。

听她骂了一通自己的哥哥们，我笑着帮腔："之前朕好像没见他们随你舅舅冲上索桥，倒不如你这个年纪最小的女子勇猛。朕像你这么大的时候，也是纵横沙场，无畏无惧。朕看着你啊，就想起了当年。可惜……"我幽幽叹了口气。

见我神情惆怅，乌歌似动了恻隐之心，喃喃道："我知道，我听舅舅说起过你。俊哥儿，你的腿是怎么弄的？"

"为奸人所害，不提也罢。"虽是想跟她套近乎，我也不愿受这折损尊严的同情，草草带过，"说说，乌绝王是怎么说朕的？"

乌歌呵呵一笑："舅舅说，你是只蝎子……会蜇人的，你蜇人一下，比万箭穿心还伤人。"

我心里猛地一跳。

乌绝王与我未有交集，素不相识，怎么会说出这么奇怪的话？

眼前闪过乌绝那对深碧的眸子，他腕间那一抹红色，一个荒谬的猜想从我心底跳了出来，像一粒从余烬里迸出的火星。

这怎么可能呢？

我亲眼看见那幅画上萧独赴死的情景，亲自将他送入帝陵……

我不敢置信，又急于求证，追问乌歌："他还说什么了？"

"嗯……不记得了！"她勾起唇角，偏过头，点了点脸颊，俏皮道。

我心中焦灼，急于求解，顾不了别的，不由得离她近了些想继续追问。

就在此时，一阵狂风席卷而来，营帐哗啦剧晃，一个硕大的狼头

229

挤到我与乌歌之间，嗷呜一声。

我吓得魂飞天外，不知怎么回事，便见那体型庞大的雪狼回过头来，目露凶光，嘴里炽热的气流喷在我的脸上，像一束烈火。我的咽喉正对着它的獠牙，随时会被它一口咬断。

"舅舅！舅舅！你快来！追灵发狂了！要吃了俊哥儿！"

乌歌不知何时跑到了外面大吼起来。

"追，追灵！"

我不知是什么惹恼了这野兽，只好试探着唤它的名字。

雪狼呼哧呼哧地喘息着，退后了一点，抬起蒲扇大小的前爪，在我的腿上挠了挠，尖尖指甲立时将我的裤腿钩出几道破口，露出我那略微有些变形的膝盖来。

它盯了一会儿，而后竟低下头，舔了一舔我膝上的疤痕。

竟很轻柔。

我惊魂未定，一颗心狂跳不止，只觉又惊又疑。

人的脾气尚好揣摩，我却猜不透这野兽脑子里想的是什么，为何要来舔我的旧伤，像是很关心我似的。

可我一个陌生的异族人，既不是它的主子，也没有饲喂过它，它关心我做什么？

我纳闷不已，见雪狼抬起头来，狼瞳碧光幽幽，深邃的眼底似藏匿着百般复杂的情绪，压根不像只兽类，倒像是个人。

这世上，真会有转世或附身的事吗？

我心里"咯噔"一下，鬼使神差地伸出手，摸了摸它的头。

"……独儿？"

"你……是不是独儿？"

我揪住它一对耳朵，盯着它逼问。

话一出口，我又觉得自己八成是疯了。

雪狼呜呜嘶吼一声，猛一甩头，转身闯出了帐外。

萧独……

若真是那小子变的，他定然恨我。

恨我害他含恨而死，竟变成了一只兽。

"舅舅，你……管好追灵！"

我正恍惚失神，帘帐被掀了开来。

乌歌气呼呼地闯进来："没事吧，俊哥儿？追灵有没有把你咬伤？"

我回过神来，摇了摇头，抬眼看去，便见乌绝站在近前，拍了拍那头雪狼的头，又朝乌歌瞥了一眼，眸光寒凛。乌歌立马从我身边闪了开来，揉着眉心，进了不远处的帐子里。

我打量了一番自己的帐子，已是垮了半边，没法睡人了。可如今身为俘虏，没得挑拣，我便拖着身子去扶歪倒的支杆，却听一串皮靴踩过地面的声响走到帐外，支杆被扶了起来。

我隔着帐布看乌绝，朦朦胧胧，似雾里看花。

他扶起支杆的侧影让我不禁想起萧独拉弓射箭的样子。

我的心中升起一股巨大的谜团。

那雪狼会是萧独吗？或者，它是听了乌绝的命令？

我心中震颤，像冰封的地表下有一团火流在涌动，要把我的身体从里到外都烧穿了，溢出那些被我极力压抑的情绪来。

夜里，我无心睡眠，脑子里一片混乱，那隐约的疑问徘徊不去，将我思考正事的心思都搅得乱七八糟。我发现自己没法冷静下来，无法计划如何逃跑或者到了魃国该如何摆脱困境。

正在我心烦意乱之时，便听"哗啦"一声，一个人钻了进来。

我吓了一跳，嘴被人一把捂住。

"嘘，俊哥儿，是我。"乌歌挤到我身边来，她身上有股血腥味儿，似乎受了些伤，还带着笑，"舅舅没对你怎么样吧？"

我摇头："自然没有。你呢？被他罚了？"

"他不知怎么发了好大的火，罚我自己赏自己三十大鞭。"乌歌低哼一声，挠了挠头，"以往我们这些跟着他打天下的人，要什么赏赐，他都爽快答应，从不吝啬，唯独这次，居然罚我……真是奇怪！"

我眼皮一跳："你舅舅，长什么样？"

"我没见过!"

我反唇相讥:"你舅舅你都不知道他长什么样?"

"我认识舅舅也不过一年,是他登基后把我们这些四散各地的侄儿、侄女招回来的。据说他一直戴着面具,从来没取下来过。"

他若真是萧独,便是女王后裔,为何要戴着面具示人?

"你之前说你舅舅提起过我,除了那句以外,还说了什么?"

"说……"乌歌一顿,并不回答,"你为何对我舅舅这么感兴趣?"

"朕觉得……朕也许认识你舅舅。"

乌歌睁大了眼:"怎么会呢?你们都没有见过!"

我笑了一下:"乌歌,帮我个忙。如果你想要朕活命,就快把朕送到你舅舅的营帐去吧,我有些事想要与他商量。"

"你不怕舅舅杀了你?"乌歌睁大了眼。

"他若想杀我,朕迟早都要死。"

我循循善诱,乌歌明显有些犹豫,一时没有答话。

沉默半晌,她终于将我拖拽起:"你说得有理,我送你去。"

乌歌将我拖出营帐,朝那山丘一般宽敞而华美的王帐走去。

第二十三章　谈判

说笑声从厚厚的鹿皮门帘内透出来，里面除了乌绝，还有其他人。

门口的守卫看见乌歌带着我前来，一手握拳行了个礼："参领大人留步，王跟两位副都统在里面谈事。"

"怎么我两个哥哥跟我舅舅谈事，我不能听吗？"乌歌语气不善起来，"烦请通报一声，就说我送冕国皇帝来了，他有事与大王相商。"

那守卫犹豫了一下，正要转身进去，乌歌却将他一把推开，一手掀开了门帘。只见穹庐内云雾缭绕，弥漫着一股浓郁的烟草味，几个妖娆的女奴围成一圈在烧水烟。乌绝坐在当中的虎皮大椅上，裸着半边臂膀，正与一名身材壮硕的光头汉子在掰手腕，紧实壮美的肌肉泛着一层潮光。

只见乌绝猛地将对面之人的手臂按在桌上，又一把扯起了袖子搭上肩，重回大马金刀的坐姿。

我挪开目光，在帐内搜寻着那只狼的身影，果然发现它静静地趴在一角的毡毯上，耷拉着耳朵，似乎是睡着了。

独儿……会是你吗？

"乌歌，你把这俘虏皇帝带来做什么吗？"那光头汉子笑着，嘴里叼着水烟管，轻蔑笑道，"真是个小白脸，怪不得乌歌喜欢！"

话未说完，他就"嗷"地惨叫了一声，捂着手腕朝乌绝五体投地地伏跪下来："舅舅……大，大王息怒！臣不该放肆！"

我瞥了一眼他的腕部，赫然是五道红得发紫的指印。

乌绝懒懒往后一靠，朝他拂了拂手，那光头汉子就忙不迭地出去了，坐在旁边的另一个人却没动，也没回头看我，只往案上摆的一个大金盘里扔了一把骨质的骰子。那是魈人玩的棋，叫"恰特兰格"，跟晷棋有异曲同工之妙。

"看来臣这把赌对了，又是舅舅赢了。"

他声音有些耳熟，引得我朝他看去。

这人一头金发全扎成小辫，身形挺拔，却偏偏少了一只胳膊。

"乌律不懂分寸，就跟原来的我一样，大王别上火。"他又说上一句，我才听出来他是何人。

我深吸一口气，惊道："乌顿，你怎么会在这儿？"

那人闻声回过头来。他半边脸上竟布满被火燎过的伤痕，用仅剩的一只眼看向我，眼底像藏着燎原的火星，一触即燃。

见我神态惊异，他又笑了："怎么，被我吓着了？"

我艰难地挤出一句话："当日，你不是和萧独一起被逼进鹰嘴关了吗？你怎么会还活着？"

乌顿大笑："那就要问你了，我尊贵的大冕皇帝陛下，为什么当夜没有命楼沧检查得仔细一点，容我死里逃生？"

我极力控制着情绪，强作镇定，看向乌绝："萧独呢？"

他是不是还活着，是不是……就近在眼前，却不肯认我？

"死了。"乌顿答得干脆利落，"陛下不是将他暴尸荒野了吗？可惜啊可惜，摄政王萧独，少年英雄，有勇有谋，我败给他都心悦诚服，却想不到他死得如此凄惨，连个葬身之地都没有。陛下为了杜绝后患，真是好狠的手段，真叫乌顿佩服得五体投地啊。"

我胸口一阵绞痛，竟一个字都说不出来。

我对着乌顿解释没有任何意义，该听我解释的是萧独。

可他在这里吗？听得见吗？

若是听见了，会相信我吗？

五指不自觉地攥成拳头，嵌入肉里，我的内心痛楚难当。

234

"四妹，你把他送来做什么？不知道大王在和我们谈事吗？还杵在这儿不走，这么不识趣，没看见大王都要动怒了？要知道，大王最讨厌背信弃义不守承诺之人，你别和他搅和在一块！"

乌歌把我一把甩到旁边的毡垫上，跺脚瞪眼地跟乌顿对呛："又不是我要来的，是他要见舅舅！"

乌顿"哈"了一声，一时脸上的表情变幻莫测，转头看向乌绝："王，您可别上他的当，臣得提醒您，这冕国皇帝诡计多端，不如杀了，我们一鼓作气攻进冕京去！"

说罢，他便一把掐住我的脖颈，但听"砰"的一声巨响，几颗骰子迸落到我的脚边，金盘被乌顿的手震得嗡嗡发颤。

"出去。"

我终于听见了乌绝王的声音。

听得出来，他非常年轻，但声音异常暗沉，沙哑且粗粝，甚至有些古怪，像用坏损的琴弦努力拉奏所发出来的声响。

不像萧独的声音。起码，一点不像十八岁的萧独的声音。

"大王！"

乌顿不甘不愿地松开了手，我喘不顺气，伏倒在软毡上不住咳嗽起来，看向角落里那头狼，心里迷茫而忐忑。

捕风捉影地得到了一点儿不知真假的线索，就跑到这里来自找麻烦，真没想到，我萧翎竟有这么重情重义。

四哥，若你在世，会不会觉得很好笑？

正当我出神之时，一只凉软的手将我扶了起来。我抬头便遇上一对水蓝的眸子，是我从虞太姬宫里救出来的那个侍奴。

我不记得他的名字，他倒像对我印象深刻，冲我露齿一笑。

如今处境倒转使我感到难堪，错开了目光，低声道："多谢。"

"我记得你，你对我有恩。"那侍奴压低声音，将一根水烟管递给我，"王没赶你走，就是把你当客，你别害怕。"

我笑了笑，呷了一口烟，浓郁的烟气含着一股奶香，入口即溶，像化成甘醇的奶酒，让我一下子便放松下来。不禁心想，这个小子说得没错，乌绝没赶我走，我便有机会试探他。

"外人不可直接与大王对话，你想跟他说什么，可以告诉我。"

我斜眼瞧去，见一个侍奴正在给乌绝捏肩，而他把玩着手里的骨头骰子，一双眼半睁半闭，不知有没有在看我。

我凑近桑歌，说："你去告诉他，朕，想与他谈判。"

桑歌点了点头，爬到乌绝足下，换了魑语复述了一遍。乌绝手上动作一停，看了我一眼，缓缓启口："你，一个俘虏，有什么资格与本王谈判？"

我昂首盯着他，艰难地撑起身子，只听旁边一声响动，竟是那只雪狼在自己的软垫上站了起来，一双碧瞳盯着我的袍摆下方。

我低头看了一眼，原来我膝盖上有一处伤，渗出的鲜血染红了袍裙。只见那雪狼向我凑近，低头嗅了嗅我膝盖，我有些紧张，生怕血腥味刺激了它的兽性，只见它只是舔了舔我的伤处。

我心里一软，伸手抚向它双耳，只见它的头猛地一缩，恼怒般地瞪我一眼，哧溜一下钻回了软垫下方，只露出一只眼睛盯着我。那神态，像极了幼时和我闹脾气的萧独。

我一时失神。

万箭穿心……若不是切身体会，如何能发出这样的感慨？

是因为兽随主人性情，才模仿得如此惟妙惟肖？

还有乌顿……天底下哪有这么巧的事？

如何才能确定乌绝到底是不是萧独？

此时，身旁传来桑歌的轻声提醒："大王等着您呢。"

我忙收敛心神，笑了一下，面色从容地对上乌绝的眼："乌绝王，你以为，俘虏了朕，冕国就是你的囊中之物？没有那么简单。朕临行前，已命大神官和白氏将军坐镇皇都，想必你也收到了他们送来的信。若是你不肯接受条件，而是将我拘禁在此，或者杀掉，皇位将由我的七弟舜亲王继承，加上白氏的兵力，即便你杀进冕国，可能也是竹篮打水一场空。若你将我放回去……"我顿了顿，盯着他，"也许会是一桩更为划算的买卖。不如我们来谈谈，你想要什么？空手而归，还是……"

我说完，乌绝却只是凝视着我，面具后的双眸幽暗如沼，半晌没有言语。

我不知他在想什么，兴许是在权衡，而这二者的利弊却是显而易见的，杀了我或者拘禁我，于他而言并没有任何意义，除非……

他憎恨我。

心如漂在水面的浮木，水下是难以捉摸的种种猜测。

我心中忐忑不已，只见他仍不答话，只是一手执起桌面上的恰特兰格棋子，在指间捻着。

我心下一动，道："乌绝王似乎很喜欢玩棋？可愿与朕切磋一盘？"

"陛下也会玩我们魈人的玩意？"他冷冷一笑。

"不会，只玩过类似的，在冕国，叫晷棋。"我手撑地面，缓缓挪近，在他桌对面坐下，伸手去拨弄另一颗骰子，"朕一向玩得很好，不知玩起你们的恰特兰格来如何。"

说着，我抬眼看他，望进面具孔洞间那对深碧的眼瞳里。

"自朕的故人死后，朕已经很久没有跟人下过棋了。"我一字一句道。

而那对眼瞳幽暗寒冷，犹如一片结冰的死沼，让我捕捉不到一丝一毫情绪波动的痕迹。

他眯起双眸："你若输了，我便杀了你。"

我心下一寒。他会是萧独吗？

若他是，为何我在他的眼睛里找不到任何蛛丝马迹？

我咬了咬牙，道："若我赢了，乌绝王能否答应我一事？"

"什么事？"

"若朕能赢，你便接受交换条件，放朕回去。杀了我，于你而言没有任何利益可言，乌绝王。"

他冷冷道："若你能赢，本王便考虑和你谈判。"

"好。"我垂眸，抬手落下一子。

恰特兰格棋与晷棋的下法相差不大，与他交锋几个来回，我都找不到半点萧独的痕迹。萧独下棋的路数是我悉心教授，我了如指掌，可眼前此人，下法与他大相径庭。一个人的棋法与性情思维息息相关，若是同一人，总会有蛛丝马迹可循。

我一边下棋，一边往他胸口窥去。外袍的缝隙里，一片古铜色胸膛若隐若现，可以看见伤痕累累，却难以辨别是否有与萧独一样的狼形胎痕。

我心绪杂乱，胡思乱想，稍不留神，竟输了他一子。

"你输了。"

乌绝低沉道，一手拾起那一子，掷入金盘，发出铿锵之鸣。我心下一凛，见他左手一动，便本能地往后一缩，眼前却是寒光闪过，一把冰冷的弯刀已经抵上我的颈项。

只听旁边"嗷呜"一声，白影袭来，竟是那雪狼扑了过来，一口咬住乌绝的手，将我护在背后。

"吃里爬外的东西，让开！"乌绝怒喝一声，扭腕一挥，眼见就要砍上雪狼的头。

我竟不由自主地一把将雪狼抱入怀中，脱口吼道："不要杀它！"

刀锋掠过我的颈侧，我能感到寒意透过血液，数根鬓发齐刷刷断裂。我闭上双眼，以为死期已至，却感到刀刃堪堪悬停在我的咽喉。

一声凉笑响起："冕国的皇帝，原来这么仁慈？呵，倒和本王印象中有所不同啊。"

这一句，不知他是不是无心，在我听来却是字字诛心。

我睁开眼，见那雪狼回头，一双幽亮的碧瞳瞅着我。

我心一悸，伸手想摸它，它却又猛然躲开，钻进了软毡下方。

"独儿！"

我一声喊出，只见那雪狼打了个哆嗦。

"你就是独儿是不是！"我把软毡一把掀起来，"你看着朕！"

雪狼打洞一样一头钻到乌绝座下，桑歌把我按住："大王，我看他八成是受不了被俘，失心疯了，让奴把他送走吧！"

乌绝做了个噤声的手势："陛下，独儿……是谁？"

我盯着他，不答。

这头狼与乌绝都有着萧独的影子，对我的反应却迥然不同，到底有什么蹊跷？我一定要探出个究竟，刨出个答案。

"你如此激动，这个人似乎，对你很重要？"

我垂下眼眸，苦笑："乌绝王有所不知，这狼，让朕想起了一个故人，许是一时伤怀，便情不自禁地唤出了口。"

乌绝笑了一声："陛下口中的独儿，就是乌顿方才提到的那个摄政王萧独吧？据本王所知，也正如乌顿所说，他不是被你下令杀掉了吗？你又何故会如此挂念他？实在令人费解。"

他语调波澜不惊，全然是提起一个陌生人的态度。

我不答反问："乌绝王好像对朕与那个故人的事很感兴趣？"

"并非如此。"他摸了摸下方的雪狼，冷冷道，"好奇罢了。"

我凝视着那张黄金面具，心绪如惊涛骇浪阵阵翻涌，这张面具之下，到底会不会是我以为的已被葬在帝陵的那人？

萧独，是不是要等你肯自己摘下面具，才愿认我这个叔叔？

我张口欲再试探，乌绝却嘲弄地一哂："陛下试探再三，怕是误认为本王是陛下的那个故人吧？"

我愣住，没料他会如此单刀直入。

"可惜了，本王不是萧独，是他的异父族兄，陛下认错人了。他死了，三年前就死了。那时本王与乌顿逃了出来，看着他葬身火海。他是被陛下你亲口下令赐死的，陛下忘了吗？"

他一字一句，俱像尖刀剐心，我颤颤道："别说了。"

"若是忘了，本王来帮陛下长长记性。他死的时候，满腔怨恨，不相信是陛下要杀了他，直到夺来你给楼沧的诏书，看见你的笔迹，他就像疯了，嘴里一直喊着'皇叔'！"

"别说了，别说了！"

心底的旧疤被生生剐开来，我语不成句，剧痛难当，嘶吼了一声，嘴里泛出一股血腥味。许是情绪激动，加上被俘以来颠簸折磨，我竟感到一阵眩晕，整个人向后栽去，仰面倒下。眼泪从眼角汹涌溢出，我立时想掩，却没来得及止住淌出来的泪水。

泪珠从袖口滑落，与我嘴角的鲜血融为一体。

乌绝站起身来，垂眸俯视着我。那眼神复杂无比，似充斥着些许的惊讶、刻骨的恨意与灼人的怒火，可转瞬又熄灭下去，没入一片冰冷的暗绿。

他讥诮地"呵"了一声："想不到心如蛇蝎的冕国天子也会落泪？莫不是在做戏吧？"

我大笑出声，却被鲜血呛得剧烈咳嗽起来："是……喀喀，是啊，乌绝王看朕的演技如何？"

"甚好。"乌绝眼神更冷，见我扶着棋盘艰难爬起，突然伸手将我一拽，令我摔在桌子上，探手覆上我一边膝盖，"不知你这双腿残疾，是不是也是假装的。"

他重重地一掐，我早已碎裂的髌骨便发出一阵"咯吱"之响，痛得我浑身一抖。他的手明显僵了一僵，松了开来，下颌线条绷紧，似是咬牙笑着："没想到，你倒真是个废人。"

我哈哈大笑，心里苦涩难当。如果他是萧独，他怎么会狠心对我说出这样的话。我纵是泪流满面，萧独也看不见了。

想到此，我喉头一热，一口郁结心口的鲜血再也压抑不住，呕在棋盘上，溅了乌绝满身。

眼前猩红一片，我如暴雨之后强撑多时的枯树，颓然倒下。

恍惚之间，我似乎被人扶了起来，整个人被裹进厚实的狼氅间，竟觉异常安心和熟悉。

——已经很久，很久没有人靠近过我了。

靠近我的是万人之上的龙椅，和高处不胜寒的无边孤寂。

不知睡了多久，我被一阵尿意憋醒。

睁眼四望，周遭一片昏暗，是一个陌生的帐子。腹内却鼓胀难忍，已经快要憋不住了。以往在宫中，都有人伺候我起夜，眼下却不同，我简直算是寸步难行。

无奈，我以肘撑地，往帐外爬去，但听"沙沙"几声，一团硕大的白影蹿到我身前来，一对莹莹绿瞳像萤火虫似的凑了过来。

确信了乌绝并非萧独，我便更相信几分这雪狼是萧独所化，眼下见它出现得正是时候，我心里一暖，一把搂住它的脖子："独儿，是你？快，带朕去……方便一下。"

它俯下身，脑袋一拱，便将我驮了起来，纵身一跃，钻进树丛之中。待它蹲下，我却不知如何是好，我残疾至此，平时方便都得坐特制的椅子，自己根本没法解决。

似知晓我的难处，它将我驮到一棵斜倒的树前，容我靠着解手。

我方便完之后，回身看它乖顺地蹲在一边，便任它驮着往回走，不由得心中酸涩。

我听闻过，转生成兽的人虽还会带着些许前世的记忆，但终究是兽，和人不同。我再也听不见他喊我皇叔，让我信他，也看不见他骑马射箭的英姿，一切都已经太迟了。

我心里绞痛。

乌绝说的那番话一股脑涌上来，洪潮似的将我湮没。

我把它用力地抱紧了，把头埋在它颈间厚厚的毛里，一任积压了三年的泪水汹涌而出，一任对他的悔愧肆横心间。

"独儿……皇叔对不住你。"

"这三年，我每夜都在寝宫点着灯等你魂兮归来……"

"你恨死我了，是不是？"我头脑昏昏沉沉的，想到什么就说什么，我极少宣泄自己的感情，对着一只狼却吐露得轻而易举。

"那道诏不是我要下的，你信不信……"

我喃喃念着，几近失语，不知现在的"萧独"听不听得懂。

"不管你听不听得懂，我都要告诉你……你启程那天在城门下跪拜，我看见了，我让白厉去护你周全，他竟敢抗旨……你信不信？"

"独儿……你听不听得懂？"

我死死揪着它的耳朵，哽咽起来。

相认

　　脸颊忽而一热，是狼舌在舔我，像在为我拭泪。我愣怔住，任它湿热的舌头一点点将我肆淌的泪水舔净，恍然如在梦中。

　　"独儿，你听得懂我说的话？"

　　雪狼"嗷"了一声，好似是在回应。

　　假若这是一个梦，但愿别醒得太快。

　　我摸了摸它的耳朵，它头一缩，眨眨眼，碧瞳在阴影里忽闪忽闪，可爱得要命。

　　我又心疼又想笑："你怕我？怕我蜇你？"

　　它用爪子刨了刨地，像在耍小脾气，还不肯认我。我心潮涌动，伸手抚摸它颈前浓密的绒毛，给它挠下巴。它的耳朵渐渐耷拉下来，舒服地眯起了眼，像只大狗撒欢一样把我扑倒在路边的树干上。

　　"独儿，别闹，你好重……"

　　我推了它一把，仰起头大口呼吸。

　　一抬眼，竟见头上悬着个人影，我浑身一僵。只见白厉正蹲在树上，眼神却很锐利，朝我比了个噤声的手势。不愧是白厉，竟从乌沙的手中逃了出来。不过他二人势均力敌，虽各为其主，实则惺惺相惜，白厉找到机会逃出来应不至于太难。见他手里寒光闪烁，我伸手搂住雪狼的脖子，冲他摇了摇头。

　　我不能走，至少现在不行。我要带"萧独"一起走。

上方藏着白厉，身边趴着雪狼，我一时无措，忽听"倏"的一声，一根银针瞬间扎入雪狼颈后，它身子晃了晃，瘫软下来。

我大惊，见白厉跳了下来，一把攥住他胳膊："你对它用了什么？"

"防身用的毒针，皇上放心，不致命，顶多是昏迷几个时辰。"

我松了口气，将那银针拔去："朕不能这么扔下它。"

"皇上不会真把这只狼当成摄政王了吧？"白厉咬牙道，"皇上，您醒一醒！臣以为，您不是一个会被已故之人绊住脚步的君王！"

一盆冰水从头浇下，我如梦初醒，方觉自己今夜荒唐至极。

我竟然将一只狼当成了萧独，半夜三更，神神道道对着它倾诉衷肠……我真是疯了才会这么干。莫非是年纪大了，也干起了糊涂事。

我看了一眼趴在地上的"萧独"，攥紧拳头，逼自己理智起来。

它真的是萧独吗？还是我自欺欺人地把它当成了一个慰藉？

"皇上，没有时间了，乌沙一醒，就会追来。"

我狠狠一咬舌尖，点点头："我们走。"

白厉立时将我背起，一跃而起，落到一匹马上，一夹马腹，带着我飞驰出去，一瞬便扎入了一片森林深处。地势一路往下，是个山坡，我们顺势疾冲下去，前方隐隐现出峰燧的火光。

"他们在这里扎营，因为前方就是侯爷的地盘。侯爷虽然败了一场，但已在重新集结兵力，绝不会放他们带皇上离开北境！"

这里是冀州边关，太好了！

我攥紧拳头，低喝一声："再快些！"

烽燧越来越近，火光越来越亮，远远望见烽火台下竟集结着千军万马，我心中大惊大喜，只盼马儿跑得再快一些。

便在此时，背后忽而传来追击之声，我回头，只见一簇火光逼近，那黄金面具灼灼耀目，一身黑氅如魔如煞，是乌绝！

他身后亦跟随一片黑压压的军队，如乌云袭来。

白厉飞身下马，从背后抽出一把圆月弯刀，喝道："皇上，您先走！"

我知道不能再犹豫了，堪堪拽住马缰，只见乌绝举起一把大弓，瞄准了我。我心头刹那如被大锤击中，眼底不受控制地浮起一片湿意。

世上会有一个人跟他如此相似吗？那射箭的动作，堪称举世无双。

月下张弓射箭的身影，穿过数年光阴，越过婆娑生死……聚集起所有尘封在我心底的陈年旧忆，与少时的萧独重叠为一体。

我没有躲避，只是远远凝视着他，一如这三年点灯凝立，从夜尽盼至天明。

只见他猛一松手，"铮"的一声，一箭穿云破日，贯穿天穹，身下马儿竟吓得惶然尥蹄，我亦被他射箭的英姿再次震撼，刹那灵魂出窍，回到了五年前的春祭之日。

十六岁的萧独一鸣惊人，将那一箭镌刻在我记忆里。

而此时，这箭破空袭来，是来取我性命的吗？

我闭上了眼，以为自己死期已至，却觉一道寒意堪堪贴着我的颈侧掠过，只切断了我的几缕发。可箭矢携着的强大气流却如一道鞭笞，将我重重抽下了马背。

我滚落在草地上，脑子嗡嗡作响。

这三年毫无音讯……他就是不想让我知道他还活着。

他恨我，恨之入骨。

"萧独！"

我嘶声厉吼，泪流满面——我活到现在，从未因何人何事如此失态，这一声似倾尽了我浑身气力，挣碎了我重重盔壳。

我艰难撑起身，残疾的双膝却让我无法站立，只得半跪于地，狼狈不堪地望向他，嗓音颤抖，已语不成声："萧独——你要如何才肯认我！"

他骑在马上，似乎无动于衷，又从背后抽出一根箭，搭弦拉弓，再次瞄准我。

"我说了。我不是萧独，我是乌绝。"

又是一箭，"嗖"地擦过我肩侧，插入地表三寸。

我咬牙，向他膝行而去。又是一箭，擦过我耳际，气流席卷，如凄厉狼啸。

我看着他，眼前模糊又清晰，恍然明白他为何叫"绝"，乃是断绝。

我心如刀割，望着他，嗓音颤抖而破碎，一字一句道："独儿，那诏，如果我说不是我下的，你信吗？"

他盯着我，眼神似乎能将我穿透，半晌，才回："不信。"

是了。我骗过他太多次。他心如蛇蝎的皇叔嘴里，向来没有一句真话。

我红着眼，哑声道："你要如何才肯相信？"

他冷然吐出几字："除非，你以死相证。"

我大笑了起来，眼眶湿润。

"怎么，不敢了？"他淡淡问，却字字刺心。

这小子，还以为我是过去那个自私凉薄的萧翎。殊不知，这副被他暖热的心肠，已非铁石。三年间，我有多少次，想要将这被他用自己阳寿吊起的命还予他，结束心底万般煎熬。

"好，这有何难？你要皇叔的命，皇叔给你……便是。"

我牙关一紧，信手便拔起身侧嵌入土中的利箭，狠狠朝心口扎下。

"皇叔！"

"铮"的一声，手腕被一道气流擦过，准头一偏，箭头只浅浅扎入我右胸。

一阵劲风袭来，黑影掠至我眼前，遮天蔽日。后背猛地一紧，我整个人便悬空而起，落在了马背上。一只覆盖着护甲的手越过我的肋下，勒住缰绳："皇叔，我信了。"

陌生的声音，熟悉的语气。

我心头大震。

"三年都不回来，活着也不告诉我，你小子……混账东西！"

"我就是混账，皇叔，您不是说我是白眼狼吗？"他一字一句地，如同赌咒。

我嘴唇抖动，半天才挤出几个字："你不是。你是天底下待皇叔最好的人。独儿，跟皇叔回去吧。"

"不回。我在这儿当王，可比回去要爽快得多了。"

我不禁失笑，在魈国当了个王，给这小子狂成这样？

萧独一手扬起大弓，高喝："撤兵！"

我瞠目结舌，见那些黑压压的魑人军队如潮水一般往回退去，他带着我朝营地冲去。

这一晚，我们叔侄久别重逢，秉烛夜谈，聊到四更时分还未尽兴。

不知何时，我伏在几案上睡着了。迷迷糊糊间，我感到双膝袭来暖意。

一睁眼，便见烛火斑驳，一张如魔似妖的黄金面具幽幽发亮。

我吓了一跳，眨了眨眼，才看清萧独一手擎着一盏烛灯，对着我的膝骨细看，另一手捧着一卷木简。

"独儿，你……在做什么？"

"治你的腿。"他顿了顿，"我还没问你，你的腿是怎么弄的？"

我淡淡道："是萧煜那小子。"

他的手微微一抖。

"无事，他已经被我赐死了，你应该也知晓吧？想要跟我斗，他还是太嫩。别担心，走不了路而已，不是什么大事。"

他抬眼看我，眸光微润，痛楚难当。

"不是什么大事？这三年，你是怎么面对文武百官的？"

我哂道："自然不会让他们发现，我在龙椅前了帘子。"

他若有所思："所以，那道诏也是他逼你下的？"

"我当时有把柄在他手上，又为他所困，只好先依他。"怕他不信，我又补充，"那日你走后，我便命了白衣卫去……"

话未说完，他便打断了我："皇叔，我信你。"

我眼睛一热。

点灯三年，夜夜难眠，能盼到这一句，也值了。

"皇叔的残疾都让你看了，你的脸，也该让皇叔看看了吧？"

"不要。"他仍旧拒绝得干脆利落，"丑怪得很，怕吓着皇叔。"

我好气又好笑："你一个大男人，怎么还如此在乎长相？"

他沉默不语，牙关微紧，好半天，才犹豫地抬起手，将面具取了下来。看清他样貌的那个瞬间，我双眼如灼。

他如今已褪去了少年时青涩的轮廓，半面俊美如神，可另外半面……一片可怖的烧伤从他颧骨蔓延至耳根，狰狞似魔，好似双面的魔神集合于他一体，观之触目惊心。

我哑口无言，待回过神时，萧独自嘲地一勾唇角。

"吓着皇叔了吧。"

我摇摇头，心里极不是滋味。当年的萧独，虽然年少，可也是皇室子嗣里数一数二的俊美男儿，如今……

我心念一闪，对了，我的血，我的心头血！

瞥向身边烛火和桌上残酒，我下定决心，猛地一吹烛焰，帐内霎时陷入一片漆黑。

"皇叔？"萧独奇道，"你做什么吹灯？"

我拔下头上的簪，朝胸口用力一刺。簪尖深入皮肉三分，血如泉涌。咬着嘴唇，摸到手边酒壶，我将血接入壶中，笑道："既然你怕丑，咱们就黑里对酌，如何？"

萧独一愣，哈哈大笑，接过我倒的一杯酒，仰头饮下。咕咚吞咽了一口，他却停住，咂了下嘴："怎么有股血腥味……皇叔，您喝出来了吗？"

我捂住胸口伤处，忍痛笑道："哪有什么血腥味？"

忽然，外头传来急促的脚步声："王，属下有要事禀报！"

第二十五章

并肩

我心中一凛，难道是白延之担心我的安危，杀过来了？

萧独点亮烛火，道："进来。"

外面那人掀开帘子，原来不是别人，正是乌顿。他盯着萧独的脸愣了一下，又见我坐在他身边，手里拿着酒杯，更是惊愕。

萧独挺直腰背，喝道："什么事？还不快报！"

乌顿半跪下来："霖国十万大军入侵我国南境，有刺客挟持了太后，二王子和三王子已向霖国使臣称降，宣布归顺霖国。"

萧独沉默一瞬，才道："本王知道了，你出去吧。"

我心中一凛，霖国？

霖国位于冕国西部，也是个强盛大国，素来与冕国交好，是互通商市的盟国，许多年来一直相安无事。霖国竟在这时入侵魑国？怕是早就计划好了，魑国国王一离境，就与魑国二位王子里应外合制造动乱，趁机吞并魑国。

这于冕国而言其实是一件好事，可于我和萧独刚刚修复的关系而言，却不是。

我这么想着，只见萧独注视着我，眼中含有深意："魑国已然不稳，皇叔打算如何？"

我一怔。他言下之意，不就是在问，魑国危难当头，我是选择回去，还是留下帮他？

我与他，各自为王，该当如何？

"若皇叔要走，独儿……"他牙关收紧，"送您回去。"

似乎已笃定我会选择舍弃他。

我摇摇头，一字一句道："你代表魖国向我称臣，我便御驾亲征，率领白延之的西北军，和你一起打过去。"

"这么容易就想让魖国臣服？"他略一沉吟，"恐怕我自己说了不算，而且皇叔不是不愿冕、魖二国往来吗？"

"那是以前。现在你小子是魖王，两国互通商市我还有什么好担心的？"我迟疑了一下，"我把你写在《天枢》的那些建议，都看了。"

他不在的时候，我把他写的建议看了一遍又一遍，若不是他带兵打过来，我今年也打算与魖国及其他西域国家通商。

萧独眸光闪动，竟有些不好意思。

我瞧他这副样子，心中好笑，目光在他脸上逗留，见他未掩面具的脸上烧伤处，已生出了些许新皮，不禁欣然。

他却低头盯着我的膝盖："皇叔，西域多神医，您的腿，我定会寻法子治好。"

我点了点头："好，我信。"

用过膳后，我与萧独从帐中出去，天色还未完全亮。

帐外开阔的空地上点了一堆篝火，篝火前是萧独的那辆战车，许多魖人士兵站得里三圈外三圈，围在战车周围。

众目睽睽之下，他用一辆战车推着我往圈子中心走，所经之地，人如浪潮一般层层伏倒在地，他推着我，仍旧步伐稳健，不怒自威，没有一个人胆敢抬头看他，全是颅顶朝天，手掌紧贴地面。

我此时切实地感到他是魖国的王，就算魖国内乱，向霖国称臣，但这几万军士的心也向着他，将他视作头顶的天穹。

将我扶到他的战车上，萧独才道："起。"

众人不动，只有跪在战车前的几个戴毡帽的人站起身来，便是萧独的那几个晚辈，乌歌和乌沙也在其中。

乌歌上下审视了我一番，瞠目结舌道："舅舅……大，大王，您这是……"

乌沙横了她一眼："王可是有什么要事要交代？"

"不错，"萧独从自己头上的狼头毡帽间，取下了荆棘状的金环，当下引来一片哗然。

我有些不安，魊国内乱的当口，他如此，容易弄得军心不稳。他却十分镇定，一抬手，四周便立时安静下来，鸦雀无声。

"如今霖国入侵，致我国内乱，太后受制，二位王子叛降，实为魊国奇耻大辱。霖国十万大军入境，以魊国五万兵力难以抗衡。冕皇陛下方才为本王出谋划策，并愿御驾亲征与本王共抗敌军，以图二国日后交好。本王佩服冕皇陛下心胸开阔，谋略过人，又不计受俘之耻，反以德报怨，故本王也愿以大局为重，向冕皇陛下称臣，以示诚意。"

"大王，此举不妥！大王既俘了这冕国皇帝，要挟他调兵不就行了？为何还要向他称臣，这么一个废人，还能御驾亲征？"

说话之人便是那个先前冒犯过我，名叫乌律的光头汉子。眼下他脖子梗得很粗，脸色不忿。萧独站起身来，面具虽掩住了他的神情，我却感到浓重的戾气从他身上散发出来。

是杀意。

"要挟他调兵？"萧独冷冷一笑，"你以为，冕国将士会心甘情愿地为我国之乱而冲锋陷阵，血洒沙场？还是会趁机来救他们被俘的皇帝陛下？如此一来，我军岂不是腹背受敌？"

乌律哑口无言："可是……"

"可是大王如何确定，冕皇陛下是真心愿助我们呢？"乌顿问道，斜目朝我看来，眼中暗藏锋锐。

他与萧独共同经历过三年前那一劫，是最不信我的人。他是个不安全的隐患，也许会趁机撺掇人心。

萧独正欲答话，我一把攥住他的手腕，示意他让我来说。他如此待我，一如当初将我送上帝台，我不仅需要让他信我，更要让他的军士们信我。

250

我笑了一下，道："如你们所见，朕的确双腿残疾，但绝不是废人，否则也不会与乌绝王坐在这里。朕与乌绝王彻夜促膝长谈，甚为投契，愿与魑国交好，共创太平盛世。朕身为一国之主，断不会背信弃义，天地为证，日月为盟，朕在此立下重誓——"

我话音未落，忽见一人从队伍里走出来，是个上了年纪的士兵。

"大王，不可信他！属下记得，数年之前，他刚刚登基，曾大赦天下，答应放归被困在冕国的魑人俘虏，其中就有乌兰女王，大王的生母。谁想她在将出北境之时，竟遭到——"

"诸位看着！"我冷汗如雨，不待那老兵说完，立即一把抽出萧独腰间佩刀，手起刀落，便将小指剁去一小截，霎时血如泉涌。

萧独似乎当场怔住，我不等他做出反应，忍着剧痛，颤颤地将手举高，厉喝："朕，此生不负魑王，以血为证。"

四下一片惊声，那老兵亦当场愣住，连乌顿也满脸愕然。

萧独将荆棘王冠戴到我头上，把我鲜血淋漓的手捏紧，瞳孔缩得极小，我心里恐慌极了，生怕他去问那老兵，那样的话，他好不容易对我重新建立的信任便在一夕之间支离破碎。

"列阵！启程！"

他低吼一声，伸手一拉，把战车的铁板放了下来，掏出药瓶为我上药。他的手都是抖的，盖子拔了几下才拨开，将我的伤指整个塞进药瓶里去，咬牙切齿："皇叔，您做什么总是对自己这么狠？您想让我信你，一句话便够！"

"不够。"我还想着那个老兵，感到魂不附体，"还不够。"

他盯着我，一字一句低声道："皇叔，我早就知道当年之事，虽不是您直接下令，却是您默许的。我不记恨您，您也不用再放在心上。"

他的声音从齿缝里地迸出来，滚烫的液体淌在我手背上。

我从惊愕中回过味来，如释重负，小指也似乎不那么疼了。我拍拍他肩膀，哂道："哭什么，你当你还是小孩啊。叫外边的人知晓，他们的大王哭鼻子，不知会不会笑掉大牙。"

他吸了吸鼻子，冷哼道："谁哭鼻子了？"

我哭笑不得，心里却是愉悦得很。手指虽然断了半根，但除了一块大心病，且能稳住了他麾下军士们的心，也算值了。

"别哭了，断的是我的手指，要哭也该是我哭。"我伸手去揭他面具，萧独猝不及防，带着泪痕的脸露在我眼前。他眼圈鼻头红红的，像个孩子。

似觉得丢脸，他别开头去，手还紧捏着我的伤指，将断掉的那半截指头小心包好，一并放进了药瓶里，火速传来了军医。

军医是个模样奇特的男子，虽面貌十分年轻，却已是一头白发。我不知晓蛮国竟有如此精妙绝伦的医术，那军医在车上花了三四个时辰，竟将我的断指接了回去。

待缝合完毕，我试着动了动手指，虽还难以弯曲，但起码外表看起来已然如常，以针刺指腹，也已有了知觉。

我惊叹不已，这才相信萧独说的西域多神医是真的。

那军医将我的手指捆在一根竹签上："好了，只要每日抹一次药，不让接口沾水，不出三月，陛下的手指就能愈合。"

"连柯，你跟随本王已有三年，本王还不知晓你有这等本事。"萧独示意他察看我的膝盖，"你可有能耐治治陈年骨伤？"

他摸了摸我的膝盖，面露难色，问："陛下的腿伤了有多久了？"

"已有三年，将近四年了。"

"恕臣直言，臣只能接好刚断的残肢，陛下腿伤了这么久，恐怕是……治不好了。"连柯有些胆怯地看了萧独一眼，"不过，臣的师父，也许可以办到，但他人在魑国皇都。"

萧独脸色稍缓："待本王打过去，你就去将你的师父找来。"

连柯点头答应，便退了下去。

"大王，"此时，外头传来乌顿的声音，"那个老兵方才来找臣了，跟臣说了当年的事，您是否愿意听臣转述一遍？"

我心中一紧，萧独虽嘴上说他早就知晓，没有怨我的意思，可心里总归会有芥蒂，乌兰怎么样也是他思念多年的生母。

萧独却道："本王不想听。切莫容这桩旧事滋生事端，尤其是那老兵，禁止他与他人提起，如不遵守，军法处置。"

外头沉默了一瞬，答道："是，臣这就去警告他。"

我低声道："独儿，你当真不怪我？"

"皇叔，"萧独抬眼凝视我，"我母亲并没有死，我应该早些告诉你，她当年被人救回了魆国，可继任了王位的乌邪王——我的舅舅唯恐自己失势，将她软禁，所以她音讯全无。我三年前就已经找到她了，她虽双目失明，但如今活得还算安然。"

我总算完全放下心来，拍了拍他的肩，手微微收紧。

战车朝边关匀速行去，次日就抵达白延之把守的冀州关，他本以为将有一场恶战，见我安然无恙，还收服了令人闻风丧胆的乌绝王，自是震惊不已。他起初还以为有诈，经我再三劝说，又施以天威，才肯带兵随我御驾亲征，前往魆国。

隔日清晨，我亲自阅兵，以振军心，午时便亲自率领白延之麾下五万西北边防军，与萧独一并出境。碍于身份，我不再乘坐他的战车，而是命白延之为我另寻了一辆车辇，由白辰、越夜随行保护。

白厉自然也是随我一起，作为我的护命将军，也是御前侍卫长，我念他身陷敌营自顾不暇还念着救我，重赏了他，并赐他与我同乘一辇。

车辇晃晃行驶起来，白厉才迟缓地在我对面坐下。

我转身朝向车窗，将帘子掀了一条缝，取了鹰眼镜，欣赏起窗外的塞外风光来。

南边正值春季，北境却已下起雪来，白茫茫的大漠绵延万里，一望无际，甚为壮丽。遥远的地平线尽头，隐约透出大片大片城池的轮廓，星罗棋布，城池中心最大的城楼犹如一个巨大的黑色三角形穹帐，神秘、森然而雄伟。

十年前，我曾进攻过魆国的皇都，却不曾攻克。如今重踏此地，头上戴着魆王赠予的荆棘王冠，心中难免有些激动。

想起翡炎予我的预言，更是感慨。萧独本该是颗祸星，冕国国祚本要因他而亡，没想预言竟未应验，反而恰恰相反。

遇见他，如今看来，真可谓是命中有幸。

朝萧独的那辆战车望去，才发现他也开着窗，正望着我，见我发现，他便放下了帘子。

正奇怪着，隔了一会儿，又见他拿了块木简出来，上面龙飞凤舞地写着：有朋自远方来？

我难免失笑，取了纸笔，写道：不亦说乎！

刚放到窗外，垂眸一瞥，只见辇外随行的白辰、越夜皆瞠目结舌地望着我，我急忙将木简收了回来，心中庆幸没被那些与楼沧有交情的将士们看见，否则他们的主将楼沧不久前刚被魃王的军士斩杀，此时却见我与魃王以朋友相称，难免心中会有不快。

如此想着，我便见一个金发人影从萧独的战车旁纵马跑来，竟是乌沙，他闯到辇前，将一个东西递给了我的护卫。

我将那东西接来一看，不是别的，正是白厉的佩剑，可上头被刻了几字，是魃语，我辨不得是什么。

犹豫了一下，我递给了白厉："乌沙……还你的。"

白厉看了一眼，将佩剑扔到一边："刻几个破字道歉……我有这么小心眼吗？以后再找机会打一场，谁输谁赢还不一定呢！"

随后又紧锁眉头，正色道："皇上，您当真信得过摄政王……如今的魃王甘愿俯首称臣？"白厉显然还是不放心。

我点头道："爱卿有何见地？"

"魃王生母的事，皇上以为瞒得过去吗？"

我笑了一下："魃王生母未死，此事，朕已与他冰释。"

"那便好，"白厉松了口气，"臣还担心，此事会是个隐患。可是皇上打算以后如何治理魃国？冕京距离魃国十分遥远，怕是皇上鞭长莫及，还得让魃王来替皇上分忧吧？"

我心下一沉，微微颔首："你倒是考虑得周详。如今霖国大军尚横在前方，考虑这个，为时尚早。"

如此说着，我心里却也清楚，要想长治久安，让萧独替我治理西域再适合不过，可萧独是我最信赖的人，亦是将才，将他留在身侧，委以重任，成为我的左膀右臂，才是我更希望的。

三日之后，我与萧独依计划行军，他在魃国皇城之外素有"冥界大门"的流沙之域设下埋伏，率一支精锐骑兵与霖国主力正面交锋，佯装败逃，诱敌深入，将其围困之后进行围剿。而我则率兵突袭霖国负责守城的后备军队，断其水源，烧毁粮仓。

不出十日，我便率兵攻进了魃国境内，一路势如破竹，攻城略地，深入魃国皇都，来到那巨大的通体漆黑的城堡之下。

硝烟漫天，疾风猎猎，冕国火红的旗幡像一簇簇烈焰烧遍了魃国的城道，如燎原之势。我心潮澎湃，仰头朝上望去。

收服魃国，是我父皇一辈子都不曾达成的目标。他大抵怎么也想不到，我这个曾被他想斩草除根的孽种，竟因养大了一只小狼崽子，便拿下了魃国。

如此想来，我倒是阴差阳错，遂了自己当初的盘算。

城门在攻城锤的击打下寸寸崩裂，却还有不少守军负隅顽抗。我命白厉与越夜率军攻上城墙，解决掉上方防守的弩兵，然后我亲自率重甲骑兵阵破门而入，与守军进行正面厮杀。

守军节节败退，我径直攻到魃国王宫之下。

我在军阵之后，观看战况。

在王宫巍峨的高台上，密密麻麻的卫兵包围中，站着一个年长的女子和两个年轻的男子，都是身披大氅，头戴华丽的毡帽，一副魃人贵族打扮，应是太后与两位王子。

在他们身后的黄金王座上，还坐着一个披着头巾的紫袍男子。

当我用鹰眼看清他的样子的一霎，我不禁愣住了。

那竟然是萧澜。他没有死？

"皇上，臣有要事禀报。"

辇下，有人轻唤，竟是白辰。

"何事？"

"请皇上过目。"

白辰双手托起一个绢帛，走上前来，我不知是什么，伸手去接，只见眼前寒光一闪，一把匕首抵住了我的脖颈。我大惊，见白厉抬起头来，眼眶泛红，温润的神色却凝结成了坚冰。

我眯起双眼，声色俱厉："白辰，你知道你在做什么吗?"

"皇上，对不起。臣罪该万死。但臣……有苦衷。"

"你……"我错愕无比,"你为何要如此?"

若说其他人会背叛我,我都不会如此意外。但白辰不同,他是白家的人,是我最信赖的臣子,更是我的舅舅。我虽并不笃信血缘的羁绊,可白家是向我的母亲宣过誓的。

白辰手腕轻颤,骨节泛白,颤声道:"皇上,臣只想求皇上,放他一条生路。臣,甘愿,以死谢罪。"

见他眸中水光微动,我不敢置信,为何白辰竟会为萧澜求情?他们俩有何渊源?

我沉声道:"你且告诉我,其中因由。"

白辰沉默了一瞬,低低道:"说出来,皇上可能不信。臣年少时,曾被他救过一命。他于臣有恩。北巡遇难之时,曾有狼群来袭,危难之际,他亦为臣解了生命之危。"

我有些诧异,这并不是萧澜的做派,他理应是个冷血之人,何况,白辰那时假扮的还是我:"那……那一定是他在利用你!"

"皇上,请下令,让平澜王离开。"

我扶住额头,思虑了一番,似笑非笑:"罢了,朕放他走便是。"

我挥了挥手,命军阵让开一条直通城门的道,抬眼看去,只见萧澜带着卫兵朝台阶下一步步走来,步伐不紧不慢,像是在赴往早已知晓的宿命的终点。天上飘起雪来,纷纷扬扬,一如当年我禅位给他,从祭天坛上走下的那一日。

命运如此弄人。

他望着我，我亦望着他，一时之间，相对无言。

待他走近我的车辇时，我才发现他不是在望着我，而是在望着白辰。那张总是喜怒不形于色的苍白面容上，呈现出一种怔忡的神情，转瞬，他笑了，那笑意五味杂陈，不知包藏了多少种情绪。

"白辰，我没有想到，你竟然真的能为我做到这一步。"

白辰脸上浮现出淡淡的笑意，但他抖动的嘴唇明显变紫了。

我呼吸一紧——他服了毒，他早就做好了为萧澜而死的准备。刹那间我明白了，他是拿自己的命来报恩！我想起那日我请求和他互换身份时，他说过"救命之恩"，原来如此！于他有救命之恩的是萧澜。他当日答应我，一方面是为君臣之礼，一方面是为救命之恩，所以必须做。

"当年那只鸟儿，是我送你的。"

他声音低得几不可闻，可我还是听见了。我不知萧澜有没有听见，却看见白辰的嘴角溢出些许黑色的血来，不知怎么，我想起萧澜关在笼中的那只鹦鹉来，隐约有了一些猜测。

"你说什么？"萧澜蹙起眉毛。

他没听清，亦没看见白辰嘴角的血，目光挪到了我脸上，似笑非笑："六弟，好久不见。"

"四哥，别来无恙。"

"别来无恙。"他眼底透出复杂的情绪，一字一句地答。

我想他该是十分恨我的，我不但夺回了帝位，还杀了他最宠爱的儿子，更与他厌弃的四子杀到了这里，将他重重围困。

我自然不能容他活着走出这里，否则将遗祸无穷。

这一句说完，他便未再多说一字，亦知不可多留，扫了一眼白辰，便拂袖而去。带着卫兵纵身上马，匆匆奔向城外。

行至城门之际，他停了一下，似想回头，但最终并没有。

待看他背影渐行渐远，白辰的手颤抖得愈发厉害，抵在我颈间的匕首亦有了松动之势。我趁他不备，将他手腕擒住，袖间萧独留给我防身的手刃倏然出鞘，顶住他心口。

可此时已不需我多此一举了——他的眼眸都有些涣散了，手里的匕首"哐啷"一下落到地上。他踉跄着，呕出一大口黑血，身子软绵绵地往后栽去，我伸手将他拽住了，我不曾想到看上去比我挺拔的白辰居然这么轻，轻得像一片羽毛。

兴许是因为要死了，他的魂灵在慢慢地化作烟尘。

"为什么？"我的心不可控制地痛了起来。许是因我心肠软了，便也能体会世间情义，"值得吗？"

为了报恩，值得吗？

他已经说不出话来了，大口大口地呛着浓稠的黑血，一只手却紧紧地攥着胸口。我将他污渍斑斑的衣襟扯开来，竟见在那衣内的夹层里，赫然是一片艳红如血的羽毛。

"那只鸟儿"，到底是何意？

"传军医！"我厉声喝道。

我抬眼便见一抹蓝衣人影朝车辇冲来，伏跪在辇前，仰头时满脸痛色，俊秀的脸扭曲而惨白，却一动不动，未吭一声，容军医走上前来察看白辰。

"皇上，司徒服了鸩酒，臣……无力回天。"

我拂了拂袖，让他下去，看见白辰眼底的光芒一点一点地消失，最终变为一片沉寂。越夜跪在辇前许久，才忽然起身，跌跌撞撞地走出几步，跪倒在白辰身前。

他将白辰视作恩师、挚友，追随他多年，又共患难共战斗，早就将其视为亲人了。白辰故去，可想而知他有多痛心。

"皇上，臣去追回平澜王，不，应是霖国节度使。"沉默半晌，他道。声如裂帛。

"去吧。"我顿了顿，拾起白辰胸前的那羽毛，"留活口。"

如我所料，萧澜未逃出多远，便迎面遇上了萧独所率领的浩浩荡荡的三万魅军，后路又被紧追而来的越夜截住，当夜便受困于距魅国王都不远的一座瓮城之中。

我再次看见他时，他仍骑在马上，不肯做出败降之态，最终被越夜制服，持刀架在颈上，押送到我的面前。他仰头冲我笑着，并未有丝毫的胆怯，还是那副云淡风轻的样子。

"未承想，我殚精竭虑，这一世的棋局，仍是输得一败涂地。"他扯起唇角，颇有深意地看着我，"六弟，你赢了。"

我眯起双眼，道："利用白辰对你的报恩之心对付我，够卑鄙。"

"要成大事之人，何拘小节？我不过是试一试，想给自己留条后路罢了，并没将希望寄托于他。"他如此说着，却朝周围扫视了一圈，似在寻找白辰的踪影。

他哪里知晓，白辰正悄无声息地躺在我的辇中。他不曾回眸看白辰一眼，却已成了永别。

"别找了。"我将手中的物什递到他眼前，"他死了。"

他脸上的笑意霎时僵住，不可置信地盯着那鲜红的尾羽。

"你说什么？"

"他临死前，有句话似想告诉你。"我顿了顿，"他说……当年的那只鸟儿，是他送的。"

萧澜的身子倏然晃了一晃。

继而，他眯起双眼，脸上似有一层面具崩裂开来，剥露出底下真实而狰狞的血肉。

也许，白辰口中的鸟儿对他真的意味着什么。

"原来，这么多年……"他茫然失神地喃喃着，嘴里重复了几遍，突然一把抓住颈间架着的刀刃，鲜血从指缝间迸溢出来，"他在哪儿？萧翎，你让我看他一眼！"

"你没资格看他！"越夜从齿缝间挤出几字，支离破碎的。

我闭上眼，一把将帘子掀开了。

萧澜的请求声戛然而止。

他往前走了几步，越夜竟无法将他拉住："皇上小心！"

弓箭上弦之声猝然四起，我扬手阻止，让开身子，回头便见萧澜

260

步伐凌乱地走到辇前，定立了一瞬，伸手想去拽白辰，可越夜哪里肯让他碰到？

当下，越夜便一把将他掀倒在地。只见萧澜手里攥着一根染血的缎带，从车里被带出一物，滚落在地，是白辰头上的峨冠。

他仰躺到地，任越夜将刀横在他颈间，手仍是攥着不放。

永安

因顾念白辰是我的舅舅，我取了心头血喂他服下，可终究没能将他救活。也许是我的血不能救活服毒而死之人，也许他的死是命中注定。

自古情义难两全，白辰却以死求得了一个平衡。我欣赏他的性情与才华，怜惜他薄如蝉翼的一生，便遂了他的遗愿，放了萧澜一马，没有将他赐死。而将他逐回了原为平澜王时的封地煦洲，仍旧让他当他的藩王，只是没有任何实权，且终身都将处在钦差的监视之下。

临行前，萧澜向我提出请求，想带白辰的遗体离开，我没答应他，而是命越夜负责将白辰送回他的冀州厚葬。

他该葬在他的故乡、他的族人所在之地，而不是一个令他无谓而死的人身边。萧澜没有强求，亦无法强求，便留下了他随身佩戴的玉佩，托越夜放进白辰的棺椁。

越夜自不会答应他。

他站立半晌，转身离去时，宽大的袍袖和一头未束的发被大风卷起，我竟看出几分凄凉来，不知他此时心中作何感想，是否有一丝的悔意，有一丝希望归乡之心？不过我并不想过多揣摩他，成王败寇，他没有别的选择，我们都没有。

后来我终于在白辰留给萧澜的一封信中知晓，为何萧澜对他有救命之恩，以及为何萧澜会有那样令人不可思议的举动。原来在我幼时，白辰就进过一次宫，只是我当时年岁太小，不记得罢了。他便是那时遇见了十几岁大的萧澜。

在春祭的那晚，他在皇家猎场附近玩耍，遇着了独自玩耍的萧澜。为了捉一只鹦鹉，他失足跌下围墙，险些成了猎场中一只豹子的腹中餐，是萧澜奋不顾身地跳入猎场，在猎豹爪下将他救下，为此自己险些丢了性命。当晚，白辰便偷偷将那鹦鹉放于萧澜的寝室窗边，将这个信物赠予他，并暗暗立誓，将来若有一日再遇此人，定报此救命之恩。

他是个极重誓约的人，又是极忠诚之人，恩义冲突难全之际，便唯有一死。

而那一晚，凭空出现在窗边的鹦鹉，许是萧澜孤寂而阴暗的少年时期最难忘的记忆，他猜测是白天捉鸟儿的少年赠的，但由于白辰和我相貌相似，且白辰幼时体型瘦小，看起来比同龄孩子小一些，那日由于惊吓也未敢多言，因此萧澜一直以为所救之人是我，并认定那只鹦鹉也是我偷偷所赠。

我后来见到那只鹦鹉，它竟会叫萧澜的名字，还会察言观色，给人逗乐，十分通人性，想来陪萧澜度过了不少消沉的日子。

我也终于想通，这大抵便是儿时萧澜每每遭我欺凌后，还是愿意和我玩耍的原因，亦也许是我被他推下帝位后，他虽有机会杀我，却始终留了一线生机给我的原因。可惜，那一丝心慈手软，他给错了人。

白辰不曾对他吐露真相，只因答应过我的母亲，会辅佐于我，节外生枝的事一概不会做。他以死告诉我，他比谁都要看重忠诚的誓言。

当晚，直到萧澜的人马离开，萧独也没去和他的父亲道别，只是远远地目送，看了许久才收回目光，脸上透着一种释然。

我想，也许他已不再恨萧澜了，尽管他亦不会对父子之情有什么牵念。帝王之家，父子大多如此。

遣走了萧澜，便该着手解决魑国内部的矛盾。有身为司宪的李修负责监国，我不打算急着返回冕京，而是计划先留在魑国一阵，一来为帮助萧独稳固魑国混乱不堪的朝政与局势，二来也想趁此机会仔细考虑一下今后的西域如何管理。

除了萧独，谁还能替我管理西域？我一时竟想不到第二个人来。

当夜，我将大部主力遣回冕国，留下一小支精锐军队，与萧独一并前往魈国王宫。萧独先将太后安顿好，又把两位王子与一干罪臣叛将押了上来，让我坐在王座上发落他们。

我处死了所有的罪臣叛将，却留下了二位王子的性命，杀他们对稳定人心和长治久安并无益处，因此，我非但饶他们不死，还宽宏大量地赐他们为使臣，负责开通冕、魈二国的商道。

我这厢慷慨施恩，萧独那厢则扮起恶人，劝我将他们处以剥皮极刑，游街示众。二位起先连下跪都不肯的王子顿时被吓得瑟瑟发抖，对我感激涕零，磕头谢罪，忙不迭地表示愿为冕、魈二国的和平共处而穷尽毕生之力。萧独这才松口。

我看着那小子凶神恶煞的模样，险些在大殿上笑出声来。

待一干人都退出了大殿，萧独便推着我的轮椅，一直来到王宫内的马厩，纵马带我朝王宫后的山上冲去。

"独儿，你要带我去哪儿？"

"到了你就知道了！"

他带着我，马不停蹄地冲到了山顶。

高山之巅，一轮明月仿佛就悬挂在头顶，伸手可触。低头俯瞰，又能将大漠风光尽收眼底，一望无际，壮丽无比。风有点大，我却丝毫感觉不到寒意，配上这大好风光，反倒令我惬意至极，只想畅饮一番。

"独儿，有没有带酒？"

"那是自然，怎能没酒？"萧独从腰间摘下牛皮囊，笑了笑，自己先喝了一口，又扔给我。

是夜，我们大醉了一场。三年来，我第一次一夜无梦。

迷迷糊糊地醒来时，天色已然微亮，萧独竟候在门前，见我醒来，他伸手指帐外，道："皇叔，您看，日出了。"

我朝帐外望去，便见一缕曙光正缓缓挣开地平线，金光万丈，上方尚还暗沉的天穹上，有一颗耀眼的星辰与它遥相呼应。

那星光与曙光此消彼长，最终渐渐地融成一起。

萧独指着那颗星，冲我一笑："皇叔，您是要照亮天下的旭日，我愿是您身后的启明星。我愿永远辅佐皇叔，开创太平盛世。"

我心头激荡，大笑出声。得他全心相助，是我一生之至幸。

我转过头，看进他深邃的碧眸，道："独儿，跟我回去。"

我要百年之后，你能葬入我萧氏的帝陵。

"皇叔不要我留下来稳固西域了？"

他挑起眉头——显然早就知晓我在琢磨此事。

他怎么会不知晓呢？他的心思如此敏锐。

"你小子在外这么久，不想回冕国老家吗？"我一哂，"不过，我现在确实头疼得很，不知该选谁接任魖王，来替我管理西域了。"

"我早就想好了人选，对我忠诚不二，又有勇有谋，更重要的是，他有一颗愿结束西域纷争、早日天下太平的赤子之心。"

我立时领会了："你说的是……乌沙？"

他点点头："不过我想跟皇叔讨个人，可以监督辅佐他。"

我心领神会，萧独不说，我也知晓是谁："白厉对我忠心耿耿，我得问他的意思。"

"谨遵皇叔之命。"萧独沐浴在旭日的光照中，"今日我就传位给乌沙，然后带皇叔去找神医。"

如萧独所承诺的，这日的朝会上，他宣布乌沙接任魖王，而我当众授予其爵位，封他为西域大都护，世代守护西域。

待乌沙起身接受完加冕，我便当众传了白厉上前，问他是否愿意接受副都护的职位，留在乌沙身边，辅佐他治理西域。白厉显然感到措手不及，跪在那儿一脸惊愕，半天没有应声，想来是贴身保护我多年，没料到我会把他留下。乌沙却欣然跪下，向我谢恩。

"有副都护辅佐，臣定如虎添翼，不负陛下所托。"

白厉沉吟片刻，知是推拒不得，便只得走上前来，接了我的封位诏书，而后磕头谢恩。走下去时，来到乌沙面前，一拳砸在他胸口，乌沙亦回他一拳，二人凝目片刻，相视而笑。

其实我知道，他们这一路，不打不相识，早已将对方视为生死至交。白厉虽被乌沙俘虏，受了折辱，可到底记着他的救命之恩，自乌沙上次向他致歉以后，二人其实便已冰释前嫌。

这二人以后互相辅佐，于公于私，都是再好不过了。

愿万里江山永葆太平。愿有生之年永享安康。

三日之后，魍国王宫举行了隆重的逐火典礼，乌沙登基。

在响彻天地的击鼓诵歌声中，在照亮天穹的烟火中，我与萧独纵马驰向茫茫大漠。万里黄沙自足下掠过，卷起滚滚尘埃，像红尘嚣嚣，将我二人湮没于宽阔天地之间。

……

乾封四年初，萧独随我返京，获封亲王、镇国公，兼任兵部尚书，重权在握，一人之下，万人之下，与我共治天下。

乾封五年，在西域大都护的监督下，西域商道正式开通，中原与西域互相融合，文化经济日益繁荣，太平盛世自此开启。

乾封六年，萧澜再次与霖国私通，意图谋反，熙洲大乱。

萧独率兵平反，大败其父，萧澜不愿回京领罪，服毒自尽。

烟花三月，乍暖还寒，我尚未睁眼，便接到远方的捷报。

展开信筒，看见萧独大胜而归的消息，我起身下榻，披了件大氅，便匆匆奔向寝宫内朝向北门的天台。

城门缓缓而开，泄入一片金芒，满城百姓夹道相迎，容那一身黑甲金披的英雄率领八千铁甲将士浩浩荡荡地行入城内。

我站直了微微有些颤抖的双腿，登高展臂。

萧独飞身下马，跪于城道之中，仰头朝我望来。

——吾皇万岁万岁万万岁。

震天动地的吼声之中，我笑了起来。

山河万里，江山多娇，不及君位之侧，有你赤子之心。

图书在版编目（CIP）数据

永安 / 崖生著 . — 北京：北京燕山出版社，
2023.7
ISBN 978-7-5402-6924-1

Ⅰ . ①永… Ⅱ . ①崖… Ⅲ . ①长篇小说—中国—当代
Ⅳ . ① I247.5

中国国家版本馆 CIP 数据核字 (2023) 第 085828 号

永　　安

著　　者	崖　生	
责任编辑	王月佳	
出版发行	北京燕山出版社有限公司	
地　　址	北京市西城区椿树街道琉璃厂西街 20 号	
电　　话	010-65240430	
邮　　编	100052	
印　　刷	三河市兴博印务有限公司	
开　　本	880 毫米 × 1230 毫米　32 开	
字　　数	245 千字	
印　　张	8.5	
版　　次	2023 年 7 月第 1 版	
印　　次	2023 年 7 月第 1 次印刷	
定　　价	49.80 元	